U0091977

硬頸姑娘 3

文創風 725

鹿鳴 著

目錄

第六十一章 雕版印刷

當崔景蕙被院子裡一陣銀鈴般的笑聲吵醒過來的時候，已經是翌日下午了，她扶著有些頭昏的腦袋從炕上坐了起來，習慣性地往身側一摸——團團不在！她倏地心驚了下，卻聽到外面傳來「格格格」的笑聲，笑聲中似乎還夾雜著春蓮的聲音。

這般認知，瞬間讓崔景蕙鬆了一大口氣。從炕上起身下來，走到門口，一眼望過去，暖暖的春日照射在院子裡，團團被春蓮抱在懷裡，而春元拿著一支撥浪鼓在團團面前撥弄著，引得團團時不時地發出「格格」的笑聲；三爺坐在一旁的竹椅上，大黃搖著尾巴圍著三爺轉悠著，一副祥和悠閒的模樣。

「大妮，妳總算醒了，我還以為妳要睡到太陽落山才會醒來呢！」春蓮抬頭便看到倚在門口的崔景蕙，頓時朝她綻放了一個燦爛至極的笑容。

崔景蕙也沒想到自己這一覺會睡這麼久，對於春蓮的打趣，崔景蕙絲毫沒有半點羞澀。她走到院子裡，看著明顯輕鬆下來的春蓮，不禁有些愣然地問道：「你們這是……我是錯過了什麼嗎？」

「還說呢！今兒個一早，村長就召集我們要說團團的事，妳倒好，睡得死沈死沈的，怎麼都叫不醒妳，最後沒有辦法，我們只好自己帶團團過去了。村長已經當著全村的人說了團團的事，以後這汙水再也潑不到團團身上，更重要的是，我終於可以堂堂正正地來找妳玩了，這段時間可把我給憋壞了！」春蓮早就憋了一肚子的話，這會兒逮著了機會，自然是噼哩啪啦的把事情說了一通。

崔景蕙邊聽邊點了點頭，這事她昨天就預料到了，所以倒也沒有覺得意外。她看著春蓮明顯胖回來的臉龐，忍不住伸手往春蓮的臉上捏了捏。「我看妳這日子過得甚好，哪裡有半點憋壞了的樣子？」

「妳還打趣我，小心我以後可不理妳了！」春蓮朝著崔景蕙翻了翻白眼，扭頭躲開了崔景蕙的魔爪。團團的事一了，春蓮在崔景蕙面前，整個人都感覺輕鬆多了。春蓮忽然想起了什麼，將團團往崔景蕙懷裡一塞，嘴裡邊說著，腳下已經往灶屋方向走去了。「對了，瞧我這記性！我娘燉了隻雞，讓我拿過來一些，這會兒正在灶屋裡溫著，要不我給妳盛點來？」

崔景蕙一把拉住春蓮的胳膊，臉上帶著一絲無奈。「我這還沒出孝呢，吃不得葷，那雞肉就留給三爺吧！我去煮碗疙瘩就好了，妳要不要也吃點？」

崔景蕙的手藝自然是沒話說的，被她這麼一說，春蓮還真覺得有些餓了，極其自覺的將團團又給托了回來，兩眼放光似的瞅著崔景蕙，絲毫沒有半點扭捏的感覺。「成！妳這麼一說，我肚子也有些餓了！」

崔景蕙正要應，旁邊一副老神在在的崔三爺也張了張嘴。

「我也餓了！」

崔景蕙看了一眼待在一旁顯得有些靦覥的春元，將他的也一併算上了。「那行，都做上！」

「快去、快去，我都好久沒嚐到大妮妳的手藝了！」對於有吃的，春蓮使喚起崔景蕙來，那是半點壓力都沒有。

崔景蕙早就習慣了春蓮的性子，直接去了堂屋裡，拿了麵粉，就上灶屋忙活起來了。

這煮食麵疙瘩本來就不需要花費多大的工夫，不過一刻鐘時間，崔景蕙就端出兩碗麵疙瘩來，給了三爺一碗，剩下一碗小了點的便塞進春元的手裡。

「春元，你也嚐嚐！」

「嗯，謝謝大妮姊。」春元的臉以肉眼可見的速度染上了一絲粉紅，他不好意思地看了崔景蕙一眼，低低地道了一聲謝。

「春兒，把團團放搖籃裡，讓他自己玩會兒，妳也來吃。」崔景蕙無視春蓮那副眼巴巴的模樣，囑咐了一句後，轉身進到灶屋裡，又端了兩碗出來。等春蓮把團團連人帶搖籃地一併弄到了院子裡，這才遞給了春蓮一碗。

春蓮自然是不會跟崔景蕙客氣的，接過碗，就開始吃了起來。

崔景蕙正要動筷子，卻看到春元端著碗，遲遲沒有動手。

「春元，吃吧！」

春元見崔景蕙這麼一說，這才低著頭開始吃了起來，頓時，院子裡只剩下麵疙瘩吸進喉嚨裡的「滋溜」一聲。

「真舒服啊！」春蓮有些意猶未盡地擱了碗筷，看到崔景蕙慢條斯理吃東西的模樣，怎麼看都覺得無比的舒服。

然而，她這目光卻盯得崔景蕙想要忽視都不能，索性擱了碗筷，望向春蓮。「春兒，怎麼了，是不是有話要說？」

春蓮被崔景蕙這麼一問，瞬間回了神，忙搖了搖頭。「啊！沒有，我只是覺得大妮妳吃東西的樣子看起來好舒服，就多看了兩眼。妳吃，不用管我。」

竟然是這個理由。崔景蕙有些無奈，也不想再被春蓮這麼注視，索性幾口將剩下的麵疙瘩全嚥了下去，而一旁的春元見大家都吃完了，也加快了速度，將碗裡剩下的麵疙瘩一股腦兒都塞進了嘴裡。

崔景蕙收了碗筷進灶屋，也拖了把凳子放在搖籃邊上，一隻腳踩在搖籃的橫杠上，搖著搖籃，手裡拿了個玩偶，逗弄著團團。

春蓮見此，直接挨了過去，和崔景蕙並排坐著。

春蓮絮絮叨叨地說著她最近聽到的一些謠傳，恍若從前一般。

崔景蕙只靜靜地聽著。良久，她忽然輕嘆了一口氣，終究還是物是人非了，她也再沒了以前的心境。挪開目光，看著局促地坐在一旁的春元，崔景蕙忽然有了一絲想法。

「春元，你們私學什麼時候開課？如今你已學到哪裡了？」

崔景蕙突然轉向春元，倒是讓春元愣了一下，下意識裡紅了下臉，他沒想到崔景蕙會有此一問。「三月初一，夫子便開課了，如今正在讀《四書》。」春元定了定心神，這才垂著頭，輕聲回答道。

春元已經十二歲了，這會兒正處在變聲期間，所以說話是格外的注意。

「冒昧地問一下，春元你之前的開蒙書本還在嗎？」

春元又愣了，大妮姊問這個幹什麼？難道她想識字？春元心裡打了個問號，但提到書本，他整個人都感覺端正了起來。「在的！」

「可否借我一觀？你放心，我定不會弄壞的。」讀書人都愛書如命，所以崔景蕙看見提到書本時春元下意識直了直背脊，不由得加上最後一句。

春元有些遲疑地看了崔景蕙一眼，又瞟了一眼整個身體都靠在崔景蕙身上的春蓮，這要是自己不答應，老姊會不會揍他一頓呀？「這……我這就去拿給妳。」

「大妮，妳要書幹什麼？難道妳還識字？」春蓮瞅了一眼春元往家去的背影，有些疑惑地伸手戳了戳崔景蕙的臉蛋。

「字不認識我，我也不認識它。怎麼非得認字才能看書嗎？」崔景蕙其實是認得幾個字的，可是這話卻不好跟春蓮說。

畢竟她跟春蓮也算是從小玩到大，這一天到晚的廝混在一起，她根本就沒有沾過和書有關的東西。春蓮本就好奇心重，這要是說看了，定會尋根究底的問自己是哪裡學的？難不成自己還告訴春蓮，是上輩子、上上輩子學的？這話說出去，指不定還以為自己是中了邪。

「可是不認得字，這書還能看出什麼花樣來嗎？」春蓮倒是被崔景蕙弄得有些迷糊了，她是看過春元的書的，上面的字歪歪曲曲，跟個小蚯蚓似的，能有什麼看頭？

「到時候妳就知道了！」現在跟春蓮解釋也解釋不清楚，崔景蕙索性賣了個關子。

春元也是個實誠的，讓他拿開蒙的書，便直接將「弟三千百」四本書全拿了過來。崔景蕙伸手接過被壓得平平實實的四本書，隨便翻開一本，只見書本的紙張翻得都有些起毛了，但是上面除了一些必要的批註以外，多餘的字一個都沒有，顯然這本書的擁有者十分的愛惜。

崔景蕙下意識裡看了春元一眼，小小的少年直勾勾地望著崔景蕙手裡的書本，臉上是掩飾不住的不安。

崔景蕙也沒有讓春元憂心很久，她只是將四本書都翻了一下，比對了一下上面的字跡，想了片刻之後，留下一本，將其他的三本都還給春元。

春元看著被崔景蕙留下的那本《千字文》，嘴裡喃喃了幾句，還是忍不住開了口。「大妮姊，妳是想要認字嗎？」

「我不打算認字。春元能告訴我，這本書是哪裡買的嗎？」崔景蕙搖了搖頭，她本來就認得字，自然也沒那個閒工夫再認一次。她之所以留下這本，只是因為上面的字，雖然是毛筆寫就的，卻是現代書本所用最標準的印刷體，如果她想要做活字印刷的雕版，這上面的字應該是她目前最好的選擇。

「我的書都是在鎮上的老顧書屋買的。大妮姊，妳是打算要去買嗎？這書可貴了，花了我娘八百個銅板兒！妳要是想認字的話，我可以先借給妳，只要妳小心些，別弄壞了就成。」春元雖然不捨，可卻還是狠了狠心，說出了這話。

「春元，我確實打算向你借幾天，不過你放心，我只是想比對一下字跡，等用完了，我就還你，絕對不會弄壞的。」崔景蕙有些好笑地看著春元那欲捨不捨的目光，雖然並不想奪人所愛，但是她確實有用，還是需得借上兩日。

「成，就借給大妮姊幾日，妳可千萬別弄壞了。要沒別的事，我先回去溫書了。」得了崔景蕙的保證，春元這才不好意思地點了點頭，拿著剩下的幾本書回去了。

「大妮，妳說妳這又不打算認字的，買書幹什麼呢？這不是浪費錢嘛！」春蓮一臉不解地望著崔景蕙手中的書。她這都琢磨好一會兒了，也沒想清楚大妮要書用來幹什麼？

「這自然是有它的用處了。再過兩天就是趕集了，我打算去一趟鎮裡，春兒妳有安排嗎？」這活字印刷的事，崔景蕙也沒打算細說，一切還是等她去過鎮上書屋再說，而且這私學馬上就要上課了，她定然是趕不上這一茬，所以就算是真的做好了，那也得等到下半年的私學重新開課那一季了。這時間充裕得很，她可以慢慢來，不著急。

「這個我也不知道，妳也知道這生孩子的事沒個準，說生就生了。我姑婆自從上次遇了險，這身子骨和精神都大不如前了，要是有人來請，我必須得去。」說到這個，春蓮也是嘆了口氣。就因為這個，現在出去接生，都是由她動手，姑婆只在旁邊看著；若是遇到她實在搞不定的產婦，姑婆才會出手。這樣一來，雖然她進步很快，但是真的也好累啊！

「嗯，這樣的話，若是妳有空，咱們就一道去；沒空的話，我自己去也成。」崔景蕙也不勉強，畢竟這生孩子的事還真是強求不來。不過見春蓮提到安大娘，崔景蕙還是忍不住關心了一嘴。「既然安大娘的傷勢還沒有完全痊癒，春兒妳也爭點氣，多幫安大娘一些，畢竟安大娘也上了年紀，這有了傷痛，還是得好好休養一下才成。」

春蓮連連點頭，等崔景蕙說完，忍不住露出一臉可憐兮兮的表情，指了指自己的眼睛，開始向崔景蕙訴苦起來。「我明白，我最近可努力了！妳看我這眼睛，都起血絲了，妳也不知道心疼我一下！」

崔景蕙細看了一下，黑眼圈確實有點重，不過看到春蓮那副可憐兮兮的模樣，她還是沒忍住手癢，捏了捏春蓮的臉頰肉。「我怎就不心疼妳了？要不今晚留在這裡吃碗飯得了！妳娘不是送雞肉來了？到時候多吃兩塊，補補元氣。」

說到吃雞，春蓮頓時露出一臉嫌棄的表情，搖了搖手。「得了吧，妳別提雞了！我娘也不知道發了什麼瘋，一個年過的，把家裡的雞都殺了一半了，我吃得都快要吐了！」

崔景蕙白了春蓮一眼。「這還不是妳給吳嬸嚇的！」

崔景蕙才說了這麼一句，春蓮便嚇得一把捂住了崔景蕙的嘴巴。就因為年前那事，她可是作了好一段時間的噩夢，每次一睡著，就會夢到大丫穿著一身的紅底碎花衣，瞪著鼓鼓囊囊的眼珠子望著自己，可嚇人了！「別別別，我膽子小得很，大妮千萬別說那事了，不然我晚上又得作噩夢了！」

崔景蕙點了點頭。

春蓮這才將手從崔景蕙的嘴巴挪開，兩個人轉而說起別的事了。

崔三爺坐在一旁，手裡有一下、沒一下地幫著大黃順著毛，目光望著兩個如花朵一般的少女挨坐在一起，時不時蕩著清脆的笑聲，饒是崔三爺一向板著個臉，也不由得稍稍緩和了下唇線。

「大妮，妳在找什麼？」崔三爺一進堂屋，便看到堂屋的橫梁邊上撐著把木梯，一抬頭便看見崔景蕙貓在橫梁上翻揀木材。那堂屋橫梁上擱著三、四十根木材，都是已經去了皮、風乾好的，這只看木材而探其樹名，對崔景蕙而言，確實需要花費一點時間。

崔三爺這一發問，崔景蕙便知道自己幹了件蠢事，這木頭都是崔三爺的，她根本就不用上來自己找，直接問三爺不就可以了？「三爺，這裡有梨木，或者是棗木嗎？」

「妳要找這個？那妳還是下來吧，上面沒有妳想要的木頭。」那上面的木頭是崔三爺一根一根吊上去的，是什麼木頭，沒有人比他更清楚，他說沒有，那鐵定是沒有了。

既然崔三爺都這麼說了，崔景蕙自然沒有再堅持的道理，她小心翼翼地下了梯子。

崔三爺等她落地了，這才繼續問道：「這兩種都是不常用來製作家具的，大妮，妳找它們幹什麼呢？」

「雕版，我打算做雕版，印書。」崔景蕙並沒有告訴三爺自己打算做活字印刷，畢竟這東西，沒有的時候，誰都沒想到，但只要看上一眼就能明白過來，所以還是誰都不要說的好。

這倒是說得過去，不管是梨木還是棗木，都是做雕版的上上之材，只是用此來賺錢，卻是成本太高了點。不過既然崔景蕙有這樣的念想，崔三爺自然也願意支援一二。「這樣啊！我倒是存了一根，但是在大別山裡，妳要急的話，我現在就去給妳拖回來！」

「大別山裡？三爺，您怎麼想到將木頭放到那裡？」崔景蕙愣了一下，下意識裡問了一句。畢竟在大河村裡，大別山可是代代相傳的可怕，再加上去年又出了人命，只怕這會兒大河村的人更加不敢踏進大別山了。

「大別山可是個寶庫，我一輩子在大別山裡伐來的木材，全存在那兒了。」作為木匠，自然對木材鍾愛了些，大別山裡樹木叢生，百年老木比比皆是，崔三爺每年都會走上幾遭，取之以木，還之以苗。

不過想到之前團團被周氏那婆娘丟山裡的事，崔三爺下意識裡覺得崔景蕙可能對大別山有種畏懼感，不由得又寬慰了崔景蕙幾句。「其實大別山也沒妳想的那麼可怕，只須得當心些，定不會有危險的。」

崔景蕙有膽子一個人半夜去到大別山裡，又怎麼可能會怕這個？只是這還在春頭上，大別山的動物想來也是剛從冬眠中甦醒過來，這餓了一冬天，自然也就比其他的時候危險得多。「我並不是怕，只是正是萬物復甦之際，想來大別山裡的動物也開始覓食了，我怕三爺會有危險。」

「這……」崔三爺猶豫了一下，心裡計較了一番，這才下定了決心。「妳把團團暫且送春蓮那兒，我帶妳一起去。我知道有條路可直通到大別山，我的木頭也都放在那裡面。」

裡面?密道?!

崔景蕙的腦袋裡瞬間浮現出這個詞來，她有些震驚地望著崔三爺。能夠避開各種動物而直接進入到大別山裡，甚至可以儲存木材的，除了密道以外，她實在是想不出其他的路來。

第六十二章　找樹尋人

三爺是個說幹就幹的人，既然已經打定了主意，自然是片刻也不耽擱，讓崔景蕙將團團餵飽了就直接送到春蓮那裡，然後自己拿上了鋸子、火把，領著崔景蕙就往墳山的位置走去。

等三爺徑直走到墳山後面一處石頭聳立地帶，崔景蕙整個人都有些迷糊了，往這兒走能走到大別山裡去嗎？

不過，三爺很快就給了崔景蕙答案。只見三爺手腳敏捷地爬上一塊大石頭，然後像揭茶壺蓋一樣，將石頭上一塊環抱大小的石頭輕易地揭開。

這、這……她不會是眼花了吧？崔景蕙有些瞠目結舌地望著這一幕，可崔三爺卻不給她繼續震驚的機會。

「快點，爬上來！」

「喔，好！」崔景蕙依樣畫葫蘆地爬上了那塊大石頭，站在石頭上，她才看到被三爺挪開的石頭處，一個黑黝黝的、沿著石階一路蜿蜒而下的大洞出現在崔景蕙的面前，果然是密道！只是，究竟是誰，閒得沒事，竟在這種窮鄉僻壤的地方挖了這麼個密道？難道是吃飽了撐著沒事幹？

崔景蕙完全沒有將這事想到崔三爺的頭上，她可不認為三爺有這麼大的能耐，能在神不知、鬼不覺的情況下挖這麼條密道。

而下一刻崔三爺的話，亦是證明了她的想法。

「這是我年少時偶然發現的，從這裡面走，可以直通到大別山裡面的三個地方。等一下妳可得跟緊了，裡面可不止這一條路。」

三爺事先將火把點燃，然後示意崔景蕙先沿著石階往下走，自己這才跟了下來。只聽得一沈悶的碰撞聲，崔景蕙便覺得視線一暗，抬頭發現原本揭開的石頭蓋再度堵住了入口處，三爺的手裡這會兒還揣著一根鐵鏈子沒有鬆開，想來是借助此，將石頭蓋復原的。

下到石階底部，崔景蕙稍稍停了一下，將三爺讓到了前面，崔景蕙跟在三爺身後，沿著密道往前走。崔景蕙大致估計了一下，地道寬約一公尺有餘，高也不過一百五十公分左右，以崔景蕙現在的身高，得貓著腰才行；而密道兩邊的泥巴被壓得嚴嚴實實，崔景蕙摸了一把，只覺得十分的乾燥。

「前面這條路再走的話，便是個死胡同了，大妮記住了，我們得走左一邊。」

在遇到第一個岔路口時，崔三爺讓到一邊，向崔景蕙指了指右邊的那條死路，然後示意崔景蕙往另一邊走。如此走過了四個岔路口，在第五個岔路口時，崔三爺的話終有所不同。

「這兩條路都可以走。大妮，妳是想先去看我存的木頭，還是先隨我去大別山裡伐一棵棗木？」三爺將選擇的權力交給了崔景蕙。

「三爺，咱們先去大別山裡。」一根木頭確實是不太夠的，而且將原木伐下來之後，得先擱置好一段時間，才能將木頭裡面的水分慢慢風乾，既然三爺知道哪裡能砍到棗木，就算是先去認個路也好。

「行，要進大別山的話，就走這邊。」既然將決定權交給了崔景蕙，三爺自然是不會再提出什麼反對的意見，領著崔景蕙就從左邊的洞口走了進去。

「這另外兩條都不是死路，都是可以通往大別山另外的位置，這次咱們要去棗木那裡，所以就走這條道。」

一個三叉路口前，崔三爺又給崔景蕙解釋了下，這才進入了他手指所指的地洞裡，崔景蕙將三爺的話暗暗記在心裡，不敢忘記。

此後又經過兩個岔路，崔景蕙走著走著，感覺有股冷風迎面撲了過來，便看到走在前面的三爺停了下來。

「這就到了，再往前走，也是條死胡同了。」崔三爺伸手將火把遞給了崔景蕙，一直貓著的腰也終於伸直了。

頭直接頂過了密道頂部，崔景蕙頓時便看到一些光亮從三爺頭上被撐起的位置照射了進來。

三爺伸手往上摸索了一下，等手上抓住了可以支撐的東西，便雙腿蹬著壁面，「噌噌噌」地往上爬，原本蓋在上面的落葉一類，順著三爺的動作「撲撲」地直往下掉，光線也亮了很多。

等到三爺爬上去了之後，崔景蕙索性將火把在地上裹了裹，滅掉了。

「我拉妳上來。」來不及拍掉身上落葉的崔三爺已經站在洞口，向崔景蕙伸出了手。

崔景蕙也不矯情，直接將手遞給了三爺，三爺拉著崔景蕙的雙手，拖著往後走了幾步，崔景蕙便借著三爺的力道，踩著壁面爬出了洞口。

這是……灌木叢裡？

站在上面，崔景蕙這會兒才發現，自己所站立的位置旁邊，全是手腕粗細的灌生木立在那裡，春初新芽剛出，可以很輕易地看到枝椏盤根相錯，層層疊疊。

有這般偽裝，確實很難發現這灌生木下另有乾坤，若是再過一段時間，枝椏簇新綠，只怕就更難尋了。

「往這邊來！」這會兒崔三爺已經選定好一個方向，招呼著崔景蕙，小心翼翼地穿過錯綜複雜的枝椏，走出了這片灌生木。

站在灌生木外面，崔景蕙又細看了一下，即便他們剛剛從地洞裡出來，落了痕跡，這站在周邊一眼望去，確實看不到任何破綻，想來這灌生木也是有人特意栽植的。

「大妮，過來！」三爺這會兒站在一棵百年古木之下，正朝著崔景蕙招招手。

崔景蕙走了過去，順著三爺的手指，便看到古木上做著的印記，印記很簡單，也就是用柴刀對著灌木的那一邊，砍了三條道兒。

「以後妳若是自己來的話，在裡面就朝最大的那棵樹走，在外面，就從印記對著的位置走，這是最短、也是最好走的路。」

崔景蕙點了點頭，既然三爺這麼說，這條路肯定是他研究好久才得出來的，所以崔景蕙完全沒有半點質疑的應了下來。「三爺，我記住了。」

「走吧，我記得那棵棗木就在離這兒不遠的地方，咱們快點。」

崔景蕙的認同，確實大大取悅了崔三爺。將路線都教給了崔景蕙後，崔三爺循著自己記憶裡種棗木的方向走去，果然不一會兒，便看到了此行要找的樹。

崔三爺拍了拍樹身，對崔景蕙問道：「就這個成嗎？」

果然是棗木，這就是自己要找的木材！崔景蕙重重地點了點頭。「成，就這棵吧！」

崔三爺見崔景蕙應下，取了身上的鋸子，往手心裡吐了口唾沫，選了個離地面半公尺高的位置。「大妮，妳拉那一邊。」

見崔景蕙站好了位置，二人便開始拉起鋸子。春日林中寂靜，唯有「呲啦呲啦」的鋸子聲在林中迴蕩。

這一幹就幹了大半日的工夫，才將棗木鋸成一段一段扔進地道裡。崔景蕙晃了晃已經疼了的手，看著地道裡攤了一地的木頭，倒是有些為難了，這可怎麼搬回去呀？

「走吧！」崔三爺坐在一截棗木上，伸手捶了捶腰部，待疼痛緩解了些，便站起身來，貓著腰子，往來路處走。

這……三爺這樣子，難道是要把木頭扔這兒不管了嗎？崔景蕙的腦子瞬間有些短路了，遲疑地問道：「這……不拿回去嗎？」

「這木頭又沒長腳，妳還怕它們跑了？就先擱這兒了，要是再折騰下去，我這把老骨頭只怕都要散架了，等歇上幾天再來拿也不遲。」崔三爺看著崔景蕙不同於平常的憨兒模樣，頓時沒好氣地瞪了崔景蕙一眼，這活能是一天都幹完的嗎？

對喔，她怎麼就忘了這一茬了！崔三爺這麼一提，崔景蕙就醒過腦來了，她怎麼就問了這麼一句蠢話？崔景蕙臉上罕見地升起了一絲粉紅，她忙蹲下身去，低著頭將木頭都往裡面挪了挪，避開了洞口的位置，等臉上的粉紅褪去之後，這才起身朝一直等著自己的三爺趕了過去。

待走過三岔路口之後的第一個岔路口，三爺便領著崔景蕙直接拐上了另一條密道，直至走到一堵石牆，三爺才停了下來。「這裡妳將這個燈檯往自己手的位置轉一圈，這個門就會開了。」崔三爺邊說便示範地將掛在牆壁上的一個燈檯扭了一圈，便看到那堵石牆緩緩升了上去，露出了一個密室。

崔景蕙站在密室口，往裡一瞅，看見裡面大半個密室整整齊齊的堆著截成一段一段的木頭，她下意識回頭看了崔三爺一眼，就見三爺的臉上有著罕見的得意。

「怎麼樣？這可是我存了幾十年的乾貨！雖然大多不是什麼頂級的木材，可這裡面的每一棵都有百年樹齡以上！」

「三爺，您實在是太厲害了！」饒是崔景蕙，也忍不住露出一臉震撼的表情。

「這還用說！」崔三爺滿足的點了點頭，率先走進密室之內。他圍著被堆成一垛垛的木頭堆，轉了一圈，然後在一處木頭垛前停了下來。

「找到了！大妮，過來幫忙。」

崔景蕙忙跑了過去。

崔三爺指了指藏在木頭中間的幾根。「總共有三段，我們今天先把它們都抽出來，但是今天只拿一段回去，剩下的等以後再來拿。大妮，妳覺得可以嗎？」

「嗯，都聽三爺的。」這一段就已經夠自己折騰好一段時間了，崔景蕙自然是不會反對的，而且反正還要再來，不急著這一時。

二人合力將三段棗木搬出木頭垛，隨意選了一段，前後扛著由原路出了大石頭，又一路抬回到崔三爺的院子，等進了堂屋，崔三爺累得直接一屁股就坐在地上。

「三爺，您先歇會兒，我去灶屋弄點吃的。」崔景蕙也是累得夠嗆，她揉了揉痠脹的胳膊，對崔三爺說一句，便拖著腿往灶屋裡去了。

幹了大半天的活，崔三爺也是餓急了，所以沒有阻止崔景蕙。

崔景蕙隨便弄了點吃的，填飽了肚子，便直接癱在炕上，連團團都顧不上接回了。

最後還是春蓮有些放心不下，將團團送了過來，並幫著崔景蕙給團團餵了一次奶，這才離開，而崔景蕙攬著團團，直接睡了個天昏地暗。

等到第二天醒來，全身肌肉更是痠痛得感覺不像是自己的，還被過來串門的春蓮取笑了好一會兒，自然大別山之行，也是耽擱了下來。

而這一痛，一直到集市的日子，都沒有徹底好起來，所以去大別山裡搬木頭的事，便一而再，再而三地耽擱了。

今日春蓮終究是沒能陪著崔景蕙一併去鎮上，因為就在昨天晚上，春蓮跟著安大娘去鎮上一戶人家接生了，或許運氣好的話，今兒兩人有可能會在鎮上碰到面。

「大妮，妳來了？快上車，就等妳了！」剛叔早就在村頭等了好一會兒了，看到崔景蕙抱著團團過來，頓時喊了一嗓子。

「老剛，你怎麼可以讓這種人上你的驢車？你要是讓她上車，我就不坐了！」早已坐在驢車上的劉氏，看到崔景蕙走過來，頓時一骨碌跪在驢車上，拉扯住剛叔的衣袖，帶著些許歇斯底里的大喊了起來。

「這種人？劉氏，不如妳來告訴我，我這種人，算是什麼人？」崔景蕙這會兒已經走到驢車面前，自然也就聽到了劉氏說的話，她冷笑了一聲，伸出手箝制住劉氏的下巴，將劉氏的臉直接掰到自己的面前。

「不要碰我！我不想死，快滾開！」一瞬間工夫，就在劉氏對上崔景蕙視線的那一刻，劉氏臉上瞬間變得無比驚恐，她死命地摳撓著崔景蕙的手，一雙眼睛瞪得圓圓的，就好像崔景蕙是瘟疫一樣。

崔景蕙如劉氏所願，鬆開了她的下巴。

下一秒劉氏便連滾帶爬的跌下驢車，帶著一副劫後餘生的表情，衝到了不遠處的排水渠旁，也不管春水冷徹，直接就用手捧起一把一把的水，抹向自己的下巴，就連春水浸透了夾襖也不在乎，只想將崔景蕙留下的味道徹底洗刷乾淨，似乎這樣她才能心安。

崔景蕙看了一眼劉氏有些神經質的動作後，繼而望向了驢車上無比安靜的其他村婦。

「妳們還有誰不願意和我坐同車的，想明白了的話，就趕緊下來，別耽誤我的時間。」

這……坐在驢車上的幾個婦人面面相覷了一會兒，還真又下來兩個人，垂著頭避得崔景蕙遠遠的。這大妮姊弟兩個太邪乎了，雖然村長已經說了，但是該避的還是避一下的好，反正這集會常常有，也不急著這一天。

崔景蕙又等了一會兒，看到沒有人下來之後，這才上了驢車。這一上驢車，便明顯看到幾個挨得比較近的婦人往旁裡縮了縮，硬生生的給崔景蕙周圍讓出一圈地兒來。

沒有人擠著自己，在崔景蕙看來，自然是最好不過了，至於那些個異樣眼光，她根本就沒有放在心上。

剛叔倒是有些無奈地撇了撇嘴，雖然他知道大妮是個好的，卻不能將自己的感覺強加在別人身上，畢竟，有些恐懼一旦認定了，不是一時半刻轉得過來的。

「申時，我會準時等在這裡，如果妳們還要坐驢車的話，可在這裡等我。」進了鎮子後，剛叔便將驢車停了下來，一人收了一個銅板，又囑咐了一句，這才趕著驢車，「噠噠」地往鎮裡行去。這會兒時間還早，如果運氣好的話，還可以拉上幾個活兒。

崔景蕙早在來之前，就已經向春元問了老顧書屋的大致位置了，所以這會兒抱著團團徑直就往老顧書屋的方向走了過去。

或許是因為快要開課的原因，崔景蕙隔著老遠就知道老顧書屋的位置了，因為這會兒，老顧書屋的店門口已經圍了一大堆穿著長襖的讀書人。崔景蕙倒是有些猶豫了，她這時候上去會不會有點不太妥當？崔景蕙遲疑了一下後，還是決定等一會再過去。

也是崔景蕙的運氣，那些個讀書人應該都是一起來的，所以崔景蕙並沒有等上多長的時間，便看到老顧書屋店門前圍著的人走了七七八八。崔景蕙鬆了一口氣，這才重新開始邁步。

「小……姑娘，是來買書的嗎？」老顧書屋的掌櫃，是個腆著肚子的中年男人，他一看到崔景蕙進來，就笑著臉迎了上前招呼，只是看崔景蕙略顯稚嫩的臉龐，還有她懷裡的團團，一時間倒不知道該如何稱呼崔景蕙了。

「嗯。我想要這個人謄抄的書，你店裡若是有的話，我便要，什麼書都可以。」崔景蕙直接從包袱裡拿出了從春元那裡借來的《千字文》，翻開送到了顧掌櫃的面前。

老顧倒是有些奇怪的看了一眼崔景蕙，他還是第一次遇見這買書只認字，不認書的。他伸手接過了崔景蕙手中的《千字文》，撫著長鬚，看著上面的字跡，只思索了片刻，就想起來這書是誰謄抄的了。「這是米秀才寫的，不過他好長一段時間沒接抄書的活了。妳等著，我去看看店裡還有他之前抄的書沒？」

米秀才的字寫得不錯，他謄抄的書價錢也賣得高些，自然這給的潤筆費也是高了，所以顧掌櫃還是很有印象的。將手中的書還給崔景蕙，轉而走到店內，開始翻找了起來。

米秀才所謄抄的書他有印象，所以找起來也容易很多，只需要翻特定的書冊就可以，可是等顧掌櫃翻完之後也沒有看到，想來是之前都已經賣掉了。

「這位姑娘，實在是不好意思，這米秀才抄的書都賣完了，妳要不選選其他的？」

這……還真是有些不妙呀！崔景蕙完全沒有想到居然會是這麼一個答案，她特意趕過來，就是想要米秀才的字，如今卻不能如願，難道真要用春元的這本？

但是想到春元看著書本的目光，還有這書裡稚嫩的批註，崔景蕙便直接掐滅了這個念頭。

「掌櫃的，你知道米秀才的家在哪裡嗎？」既然書屋裡買不到，那她就只能想辦法上門去求字了。

「這……」顧掌櫃頓時露出一臉的為難表情，眼睛往店裡瞟著，嘴裡支吾半天，卻是什麼都不肯說。

奸商！崔景蕙還有什麼不明白的？自己若不在他店裡買點東西，想來這胖子是絕對不會告訴自己米秀才的住址的！不過筆墨紙硯反正都得備上，倒是便宜這顧掌櫃了。

「掌櫃，給我裁兩刀紙，紙要不浸墨的那種，還要軟毫筆一枝、墨錠一顆。掌櫃的給算算多少錢？」

「好咧！紙兩刀四百錢，筆一百五十錢，墨錠八十錢，一共是六百三十錢！」這生意人都一個模樣，一有錢進來了，整個人的精神都感覺不一樣了。

崔景蕙付好了錢，便見顧掌櫃手腳麻利的將她要的東西打包好送到了她面前，也不消崔景蕙再問，又將米秀才的住址一併說了出來。是個識趣的人。

「姑娘，東西拿好了，下次再來！米秀才的家就住在文竹巷第三間，姑娘看貼在門口春聯上的字就能認得出的。」

「多謝。」崔景蕙也不多說，提了東西，抱著團團，轉身就去。

第六十三章　定下買賣

崔景蕙其實很少來鎮上的，所以這文竹巷在哪裡，她還真不知道，一路問了好幾個人，崔景蕙才找到了文竹巷的位置。

不過，她還沒有走到文竹巷的時候就發現，自己可能找到米秀才了。

在崔景蕙經過普濟藥房門口時，一個穿著一身打著補丁的春長衫，看起來瘦不拉嘰、鬍子拉雜的中年人正一臉死灰地跪在那裡，也不說話。崔景蕙本來也沒在意，不過走出五十公尺開外的時候，忽然聽到後面傳來一道憤怒的聲音——

「米秀才！我說你也是個秀才老爺，怎麼就沒一點骨氣呢？你跪在我這店門口，我這店裡生意還要不要做了？你摸著自己的良心說說，我都賒了多少劑藥給你了？這要是每個人都跟你一樣，往我這門口一跪，我就得給藥，那我這藥鋪還要不要開了？」

米秀才？難不成這就是自己要找的那人？崔景蕙回過身來，便看到一個花白頭髮的老者站在米秀才的面前，鐵青著一張老臉望著米秀才，就算是隔了這麼遠，崔景蕙依然能看到老者眼中的鄙夷。

只是這會兒，米秀才已經走投無路了。他娘病了一個冬天了，家裡能換錢的，不是賣了就是已經被他當了，如今他實在是沒有其他的法子了。雖然他也知道自己這般卑躬屈膝，丟了讀書人的顏面，可是他實在是已經到了山窮水盡、走投無路的地步了，哪裡還會管眼前的老者說話難不難聽？

他跪著往前蹭了好幾步，一把抱住了老者的大腿，抬起一張瘦得脫了形的臉，一臉的哀求。「趙大夫，您就再賒些藥給我吧？只要我娘好了，我就一定會還您錢的！求求您發發善心，救救我娘吧！」

趙大夫垂著頭，有些厭惡地看了米秀才一眼，然後直接往一側挪了兩步，想要將腿從米秀才手裡掙脫出來，只是米秀才抱得緊緊的，趙大夫掙扎了兩下，竟然沒能將腿掙出來，頓時一股子惡氣湧上心頭，索性抬腳，一腳踹在了米秀才的心窩上。

米秀才兩天沒進米食了，哪裡承受得住這力道？直接便被趙大夫一腳踹下階梯，滾了好幾個圈，這才停了下來。

趙大夫看米秀才掙扎了幾次，想要從地上爬起來卻無果之後，心裡也有了一絲後怕。這米秀才可是有功名在身的，要是真被自己踢出事來，自己只怕也會惹上官家的。這般想著，再看米秀才時，更是哪兒都不順眼。

「哼，你這秀才腦袋讀書都讀壞了吧？連人話都聽不懂了嗎？米秀才，看在你也是孝子的分上，之前你在我店裡賒的藥錢，我就當是施捨叫花子了。你也別死賴在這裡耽誤我生意了，若是你木魚腦袋聽不進人話的話，那就別怪我對你不客氣了！」怕這米秀才再來糾纏不休，他索性送了個人情，而後撂下一句狠話，直接回了藥鋪。

「咳咳、咳咳！」米秀才咳了好幾聲，這才緩了過來。他無視於街上異樣的目光，費了好大一會兒勁，這才從地上爬了起來。他側頭看了一眼藥鋪的招牌，搖了搖頭，晃晃悠悠地又往另一條道上走去。

崔景蕙也沒有直接叫他，而是遠遠地跟上米秀才的步子，等到拐了個彎，進了另一條巷子，崔景蕙看著巷子不遠處的一家懷仁藥堂，哪還有什麼不明白的？米秀才看來還是沒有死心呀！倒是個純孝之人，只是這腦袋，怕是真的讀書讀傻了。

就在米秀才走到懷仁藥堂門口，正要再次跪下來的時候，崔景蕙已經匆匆忙忙從後面趕了上來，她直接伸出一隻腳勾住了米秀才正要跪下的小腿。

「男兒膝下有黃金，可跪君恩，可跪爹娘情。秀才，您不覺得您這一跪，太不值錢了嗎？」

清脆的聲音，讓米秀才瞬間直了身，往後退了幾步，避開與崔景蕙肢體的接觸。他垂著目光，因遵於禮法，不去直視崔景蕙的面容。「姑娘，妳什麼都不懂，又何必在這裡說風涼話？若是能求得藥材，救我娘親，別說一跪了，便是讓我磕頭，我也願意。」

一個心存孝念、遵於禮法的讀書人，雖說有些迂腐，卻讓崔景蕙不討厭，所以崔景蕙也願意和他多說幾句。「那您就更加求錯人了！您現在最應該求的，是您自己。」

米秀才愣了一下，確實更加不懂崔景蕙話裡的意思。「我自己？姑娘說笑了，小生如今已是身無分文，到了走投無路的地步，家中老小也快兩日未曾進食，小生實在是……愧讀聖賢之書，枉為人！」

米秀才那一副羞愧難安的模樣，落在崔景蕙眼裡，卻讓她不由得深深地嘆了一口氣，果然是傻得有些可憐。「我且問您，尊堂生病之際，您在何處？」

「自是守在病榻之前侍疾，不敢擅離半步。」

果然如此！米秀才的回答，頓時讓崔景蕙露出了一絲無語的表情。

「我再問您，尊堂未曾生病之際，您家以何生計謀生？」

說到這個，已近中年的米秀才，竟罕見地紅了耳廓。「小生慚愧，學識不夠，未曾爭得廩生頭銜，平日裡乃是老母與內人做些繡活為生，小生讀書之餘，也會領些抄書的活計。」

「所以，當尊堂病重之際，本該支撐起整個家的您，不想辦法賺錢養家，反而像個蠢蛋一樣守在床邊，這才是您落得今日這般窘迫地步的罪魁禍首。」崔景蕙毫不猶豫地揭穿了米秀才的愚孝行為。爹娘生病，侍疾於床榻間，確實是為孝之本，但卻不應該是一味迂腐的執行，而是應該順時應命，作出改變才對。

崔景蕙的話，如重錘一般錘在了米秀才的胸口，簡直比之前趙大夫踹在心窩還要疼上幾分，身體猶如站立不穩地搖晃了幾下。他一向自認是至孝之人，所以娘親病重之後，他日日守於床榻邊，甚至連學業都荒廢了，不敢有絲毫的懈怠。

他為食不果腹憂心忡忡，他為藥不續劑而苦思冥想，賣盡了家財，卻從來沒有想過，自己其實可以不用這般卑躬屈膝，便能換到了錢的。

這一刻，米秀才宛若醍醐灌頂一般，原本渾渾噩噩的腦子瞬間通透了起來。他站在那裡，或哭或笑，似在埋葬自己的不甘與荒唐一般，行若癲狂，引人側目。

崔景蕙卻知道，米秀才不過是想清楚，想明白了，所以她沒有動，也沒有說話，只是在一旁靜靜地等著，等著米秀才發洩完。

良久，米秀才掏出一方手帕，將面上的狼藉收拾乾淨。他深吸了一口氣，臉上的灰敗氣息盡褪，雖然留著幾分潦倒，但終究多了一絲讀書人該有的儒氣。

「小生受教了！」米秀才面帶感謝地對著崔景蕙行了一書生禮，滿懷感激的話說出口時，卻只化為短短的一句。

只是崔景蕙卻不受他這個禮，她往側面避開兩步，躲開了米秀才的禮。「我跟您說這些，並不是為了您，而是為了我自己。」

「這……」米秀才有些愕然地抬起頭，第一次注視上了崔景蕙那張雖沒有表情，卻難掩妍姿俏麗的面容，腦中下意識裡閃過一句「新月如佳人，瀲瀲初弄月」。

「去吧。」崔景蕙並沒有察覺到米秀才驚豔的目光，她托著團團，目光落在懷仁藥堂的招牌上，嘴裡說著去的話，可是步子卻是半分未挪。

「去哪兒？」米秀才下意識裡問了一句，這才注意到崔景蕙看向的地方，臉上不由得露出了一絲為難。「小生、小生囊中羞澀，實在是……」

崔景蕙沒有答話，而是朝米秀才伸出手，手心裡放著的正是一顆銀珠子。

「這、這……使不得！」米秀才忙擺了擺手。這位姑娘已經幫了他良多，他怎麼好意思再接受她的饋贈？

「迂腐！」崔景蕙倒是沒有想到，這米秀才完全就往兩個極端上走了。之前死乞白賴著求人家贈藥，如今卻又端著讀書人的架子，拒絕了她的幫助，面對這種人，崔景蕙說起話來，自然是半點都不留情面的。「兩個選擇，一是拿著這錢去買藥，救尊堂一命，我們再來說其他的事；二是離開這裡，等尊堂餓死病死，您好掙個孝子名頭。自己選！」

米秀才被崔景蕙的話一下子臊得臉通紅通紅，他一臉慚愧的拈起袖子，隔著布料將崔景蕙手中的銀子拿起來，進了藥堂的門。

有錢就能買賣，所以沒過多久米秀才就提著幾包藥走了出來，這正要將剩下的銀錢還給崔景蕙，崔景蕙卻率先提了步子。

「走吧！」

米秀才一臉不明所以，滿腦子的問號，見崔景蕙徑直往前走，也就只能抬步跟上。

「進去。」崔景蕙在一家糧鋪前面又停了下來。

這米秀才也是長記性了，沒再多問什麼，直接走進去，買了些下等的米麵，揹了出來。

米秀才原本就不事活計，在家裡連水都沒有挑過，加上這又餓了兩天，肚子裡除了水以外就沒有其他的東西，所以這米麵雖然不是很重，可是壓在米秀才的背上，卻猶如壓了一座大山一樣，不過是走了百來公尺，便已經是氣喘吁吁、虛汗直冒了。

只是抬頭一看，崔景蕙懷裡揣著個奶娃娃，手裡提著一包東西，沒有半點壓力的走在前面，他也就只好咬咬牙，堅持了下來。不過……這路怎麼越走越熟悉？

「開門吧。」正如顧掌櫃說的，只要一看門上貼著的春聯，就知道米秀才的家是哪一戶了。崔景蕙站在米秀才家門前，扭頭望了一眼腳下虛浮、臉上的汗水早已將鬢角打濕，就連春衫的前襟處也是濡濕了好大一塊水漬的米秀才。

米秀才這會兒整個腦袋都是懵的，聽到崔景蕙的話，茫然地看了好一會兒，這才想明白，崔景蕙站著的位置，正是自家門口。他現在肚子空空，腦袋發懵，哪裡還能想到崔景蕙為什麼會知道自己家的位置。

乓乓啪！「秀蓉開門！」米秀才全身都靠在門框上，拳頭砸著破敗的木門，嘴裡有氣無力地喊著自己媳婦的名字。

門「吱」的一聲打開，還沒見到人，便已經聽到一道柔弱的聲音傳了過來——

「相公，你回來了？娘的藥賒到了嗎？相公！你這是怎麼了?!」

等門開了之後，便見一個同樣瘦得脫了相、形容枯槁的女子走了出來，待看到依靠在門框上的米秀才，女子愁苦的臉上頓時帶上一絲惶然，就連聲音也拔高了幾分。

崔景蕙看著那個叫做秀蓉的女子，那消瘦卻又溫婉的模樣，竟讓她一瞬間將對方和李氏的身影重疊了起來。

米秀才這會兒累極了，可面對妻子的關心，語氣還是緩和了幾分。「我沒事。這是娘的藥，還有一些米麵，妳先拿進去灶房吧！」

「這……這實在太好了！我這就去給娘煎藥！」秀蓉這才注意到堆在米秀才腳下的藥包和布袋，頓時一臉激動崇拜的望向米秀才，眼眶更是瞬間變紅了。她蹲下身，極其輕鬆的將藥包和米麵提了進去，自始至終，她的目光都在米秀才身上，完全沒有注意到站在不遠處的崔景蕙。

「姑娘，院內簡陋，還望姑娘不要嫌棄。」米秀才注視著秀蓉消失在自己的視線範圍之內，這才有些不好意思地轉頭招呼崔景蕙。

崔景蕙只看了米秀才一眼，便直接越過米秀才的身子，跨進了院子裡。整個院子裡空空蕩蕩的，除了一個破盆、幾條缺了腿的凳子以外，什麼都沒有。崔景蕙環視了一周，最後選了一條看起來最結實的凳子，坐了下來，

崔景蕙也是半點都不耽擱，直接拿出春元的那本《千字文》，遞到了米秀才的面前。

「這本書可是秀才您謄抄的？」

米秀才伸手接過書本，只看了封面，他便已經認出了這是自己給老顧書屋抄的書。不過，這姑娘問這個幹什麼？「這……是我的字。」

「那就好，看來我沒有找錯人。」崔景蕙這才算徹底放下心來。她伸出手，指了指擱在另一條凳子上的包裹。「打開它。」

米秀才一臉疑惑地望了崔景蕙一眼，卻還是按照她的要求將包裹打開，露出了裡面的筆

墨紙。

「我想硯臺這種東西，您應該是有的，所以我就沒有重新買了，希望您不介意。」

米秀才更加想不明白了，索性直接問了出來。「妳這是想要我做什麼？」

「我要您的字，也是您最擅長的事，抄書。」崔景蕙直接說出了自己的目的，並從懷裡掏出一顆銀珠子。「我今天出來只帶了這麼多，我想您現在會需要的。」

崔景蕙直接將錢遞到了從灶房出來的秀蓉手裡。「我需要您替我抄十本不同內容、有關科考的書，至於筆墨的錢自然也是由我支付。我只有一個要求，四天之後，我要拿到第一本書。」

「這……」崔景蕙的話，就好像天上掉了個餡餅一樣，一時之間，讓米秀才有些不敢相信會有這樣的好事。

「相公，答應她！」秀蓉無比激動地看著手中的銀珠子，近乎喜極而泣。只要有了這錢，就能治好婆婆的病，他們也不用挨餓受凍了！所以她直接拽上了米秀才的衣袖，一臉迫切的請求著。

「除了這個，妳還有別的要求嗎？」米秀才還是有些不放心，不相信會有這樣的好事。

「自然是有。我要的每一個字，都必須盡您最大的能力，我不希望到時候我看到的字是您隨便敷衍的結果。」

這對米秀才而言，並不是一件困難的事。「就這個？」

崔景蕙點了點頭，她並沒有其他多餘的條件。「只有這個。四天之後，若是我沒有來的話，您就在申時前趕到城門外，將書交給一個叫剛叔、趕著驢車的人便可以。這筆生意，您是做還是不做？」

「好，我答應妳。」如果說這是一筆生意的話，無論從哪一方面考慮，都有利於米秀才。而且正如這姑娘所言，他現在迫切的需要這筆錢，所以他根本就沒有拒絕的理由。

「您作出了個不錯的選擇。」崔景蕙點了點頭，然後將團團重新塞進胸前的布兜裡，伸手扯過米秀才手中的《千字文》貼身放好，然後便起身直接離去。

米秀才完全就是一臉呆愣的望著崔景蕙往門口走的背影，這事就這麼結束了？難道不用請個中人什麼的？「姑娘，妳就不怕我不認這樁生意嗎？」

崔景蕙回頭看了看米秀才，一臉淡然的開口。「這錢沒了，還能夠再掙；這臉要是沒了，可就一輩子都掙不回來了。秀才，您覺得我說得對嗎？」

米秀才默然。

而崔景蕙也不需要他的答案，她朝二人點點頭，直接轉身出了院門。

第六十四章　雕版進行

事辦完了，崔景蕙也就沒什麼可以逛的，隨便找了餛飩攤，點了碗餛飩，又要了碗開水，給團團泡了碗米糊糊。

正吃著，一雙手卻從後面一把攬住崔景蕙的肩膀，同時春蓮熟悉的聲音從身後響起。

「大妮！沒想到竟然能在這裡碰到妳，實在是太好了！」

崔景蕙原本繃緊的神經徹底鬆開，她拉住春蓮的胳膊，將她拖到身邊的凳子上坐下，直接將自己面前還剩一半的餛飩推到春蓮的面前。「事都辦完了？」

「那是！有我春蓮出面，哪裡還有解決不了的事？」春蓮得意地朝崔景蕙一笑，也不嫌棄眼前的餛飩是崔景蕙剩下的，直接端了碗，三兩下便將餛飩灌進肚子裡。

「妳就吹吧！安大娘呢？」崔景蕙往自己身後瞟了一眼，卻沒有看到安大娘的身影。

「在那兒呢！」春蓮放了碗，順手往不遠處的一輛馬車上一指。

崔景蕙看見車廂窗內露出的正是安大娘的臉，朝安大娘擺了擺手，算是招呼過了。

「大妮，妳事辦完了沒？我們正要回大河村去，要不妳也跟我一道回唄！」春蓮邊說著邊從崔景蕙的懷裡將團團抱了過去，拿鼻子蹭了蹭團團的臉頰。「肉團子，想姊姊了沒？」

「這……不太好。」崔景蕙有些遲疑，覺得她還是等剛叔的驢車得了。

春蓮聽崔景蕙這麼一說，便知道她這邊的事都搞定了，直接嘟囔了一句，一手抱著團團，一手拽著崔景蕙，就往馬車的方向走。「這有什麼不好？馬車裡除了一個嬤嬤，也沒有其他什麼人。反正這鎮上也沒什麼好逛的，走吧！」

「妳快放手，好生抱著團團！我這還沒付錢呢，妳這般火急火燎的幹什麼呢？」崔景蕙被拽出了好幾步，這才將手腕從春蓮的手中掙脫了出來。她白了春蓮一眼，轉而掏出了幾個銅板擱在了桌面上，這才追上了春蓮。「妳說妳都能嫁人了，還這麼毛躁，以後誰受得了妳啊！」

「哼，反正又不用妳受，妳管得著嗎？」春蓮得意地朝著崔景蕙抬了抬下巴，臉上雖然染上了一抹紅，神色卻是落落大方。

這模樣，看得崔景蕙心中不由得一動，她抬頭看了馬車，見窗簾子已經落下，這才放心地扯了一下春蓮的胳膊。「妳跟石頭都說了？」

「說了，他跟我是一樣的心思。」春蓮點了點頭，瞬間臉變得更紅了。

「那他有說以後的打算嗎？」這個才是最困難的事。

「石頭哥讓我等他，說他會想辦法的，我相信他。」

崔景蕙望著春蓮說這話時閃閃發光的眉目，也不好在這個時候跟春蓮說什麼沒有未來的喪氣話了，伸手環了一下春蓮的肩膀。「不說這個了，走吧！」

「嗯！」

有。

兩人上了馬車，果然如春蓮所言，車廂內除了一個嬤嬤以外，便只有安大娘了。崔景蕙跟安大娘打了聲招呼，便挨著春蓮坐下了。

那嬤嬤只在崔景蕙進來的時候，瞟了崔景蕙一眼，便閉上了眼睛，連句多餘的話也沒有。

車轅上的車夫見眾人都坐好了，遂闔了車廂門，一揚馬鞭，馬車便徐徐往鎮外駛去。

在馬車駛到離大河村村口還有一段距離的時候，安大娘就讓馬車停了下來。

「嬤嬤，送到這裡就可以了。」

那一直閉目的嬤嬤，這會兒終於睜開眼睛，她從袖袋裡掏出一只荷包，送到了安大娘的手裡，嘴上雖然說著感謝的話，可是臉上卻是半點表情都沒有。「嗯。這是我們夫人的一點謝意，讓老奴交給安大娘妳的。」

「這……太貴重了，我不能收。再說，我已經收了紅封了。」安大娘一摸，硬的，是銀子，哪裡還敢往手裡收？忙推了回去。

「這是夫人賞的，老奴可是作不了這主，安大娘妳還是收下吧！再說，這也是妳應該得的。」嬤嬤又將荷包推了回去。

這倒是讓安大娘有些為難了，雖然孫家少夫人這一胎確實生得艱難些，可是接生本就是穩婆的分內之事，哪有什麼難不難之分？這額外的謝禮，她實在受之有愧。

嬤嬤見安大娘這模樣，心底倒是對安大娘又添了一分好感。她將荷包直接塞進安大娘的手裡，然後推了馬車門，率先下了馬車。

崔景蕙看著安大娘躊躇猶豫的樣子，這種事，她也不好開口，索性扯了一下春蓮的袖口，示意她下馬車。

春蓮會意，抱著團團率先出了車廂，正要往下跳，便看見那嬤嬤伸出了手。

「把孩子遞給老奴吧。」

「喔！」春蓮應了一聲，卻又扭頭看了崔景蕙一眼，見她點頭，這才將團團送了出去。

二人依次下了馬車，春蓮便將團團又接了過去。「多謝嬤嬤了。」

「這是老奴的本分。」嬤嬤面無表情的將團團送了出去，這說出的話，也是硬邦邦的。

春蓮扭頭朝崔景蕙吐了吐舌尖，然後抱著團團往前面走了一段，便等在原地，只看見安大娘下了馬車後和嬤嬤又推讓了幾回，最後還是收下荷包，往這邊走了過來。

「回吧！」待走到春蓮身旁時，安大娘招呼了春蓮和大妮一聲，三人便一道往村裡走去了。

在臨拐角的時候，崔景蕙無意識的往後瞥了一眼，看見那嬤嬤依然站在馬車邊上，目送著她們一行。

春蓮昨夜也是一宿未睡，所以崔景蕙也不招呼她去三爺家了，將春元的書給了春蓮，讓她轉交一下，便抱著團團道了別。

這才剛走上岔道口，便看見大黃遠遠的朝這邊奔了過來，崔景蕙抬頭一看，就見那小小的院子外，三爺正杵在岔路的終點等著自己，她不由得加快了腳步。

四天之後，米秀才果然如約讓剛叔帶了他謄抄的書過來——一本已經裝訂好的《三字經》、一本散頁的《爾雅》。

《三字經》顯然不是米秀才這幾日謄抄的，不過崔景蕙並不在乎，因為她要的只是米秀才的字而已，所以，這也算得上是意外之喜吧！

崔景蕙雖然有雕刻的底子，也識得一些字，可這認得和寫又是另外一回事了，她穿越來的那一世，可是沒什麼機會能夠拿筆的。

所以，崔景蕙一開始就打好了覆刻的打算。這幾天她已經弄出好幾塊雕版了，這會兒字來了，自然是忍不住有些心癢癢。

摸了刻刀，拿了塊雕版，直接拿了《爾雅》最上面的那一頁封皮，覆上雕版，就著上面的字的筆畫，在雕版上刻出了痕跡，把字的筆畫完全刻印到雕版上之後，崔景蕙又將覆在上面的紙，連同字收入自己之前就準備好的一個小木盒裡。

「這字不錯！」

崔景蕙雕得認真，倒是沒有注意到三爺什麼時候走到了自己身旁，他隨手拿起一頁書稿，端詳了一下，雖然他不認識幾個大字，可還是不由得讚了一句。

「確實還可以。三爺，您覺得我刻得怎麼樣？」崔景蕙將手中的雕版送到了三爺面前，雕版上的「爾雅」依舊還是只雕刻了線條的痕跡，而就在這兩個大字的右側，崔景蕙以線描的方式，雕弄出一個正拿著書本的老頭模樣，雖然還只有大概的輪廓，卻是神形俱全。

「比字好！」三爺早已將崔景蕙當成自己的孫女，自然是看哪兒都是最好的了。

崔景蕙也不說什麼謙虛的話，將雕版收了回來，拿著雕刻刀繼續刻著。

崔三爺瞅了一眼在搖籃裡睡得正香的團團，看了一會兒崔景蕙手上的動作，猶豫好久，這才開口說道：「大妮，我明兒個要去幹活了。」

崔景蕙手上的刻刀一定，抬起頭望向崔三爺。「三爺，您是去鎮上還是去縣裡？」

「縣裡。」這如今已是二月下旬，天氣是越來越暖和，東家放的假也到了，可不能再在村裡耽擱下去了。

崔三爺這麼一說，崔景蕙也沒了再刻的興致，她索性將刻刀和雕版都擱在一邊，挪了步子，轉身對向崔三爺。「明天一早就要走嗎？東西都收拾好了沒？」

「嗯，明日一早就得走。我已經跟剛子說好了，讓他送我。」崔三爺點了點頭。這人啊，一個人待得習慣了，離開也就不覺得捨不得；可是這身邊一有了牽掛，這越是離開就越是不捨得。

崔景蕙一時間倒是有些沈默了，這一起住了三個多月，她早就已經習慣崔三爺的存在，乍一聽到崔三爺要走，雖然只是去幹活，卻還是有些捨不得。

崔三爺見崔景蕙不說話，他也不知該說什麼了。

沈默了良久，崔三爺忽然想到了一個主意。「要不，妳和肉團子跟我一起去縣裡，我給你們在那兒租個房子！正好，留你們姊弟兩個在村裡，我也不放心。」

崔三爺越想越是這個理，只是卻沒想到，崔景蕙連想都沒想便直接拒絕了他。

「三爺，我不走，我也不能走。」

「為什——唉！」三爺正想問為什麼，只是這話一出口，便想起了崔景蕙和齊家那傻子的婚約，這連庚帖都給了，若是真的要離開村子，齊家那兩口子只怕也不肯放人。「大妮，這事妳別急，三爺一定會想辦法幫妳將這婚事解除掉，妳也別將這事往心裡裝。」

「三爺，您怎麼知——」崔景蕙愕然，隨即又想起，這事春蓮知道，想來是她說的。想通透了，崔景蕙也沒有再多問，而是點了點頭，說道：「我不會裝心裡的。」

「那就好。我也沒其他別的事了，妳忙。」崔三爺這會兒也不想說了，他搖了搖頭，背著手，轉而往屋裡走去。

崔三爺在翌日天微微亮的時候，躡手躡腳的出了院子，生怕打擾到大妮姊弟的休息，只是等他上了大道，坐上驢車，不過是一回頭，便看到暗沈的天際下，在不遠處的崔家院子口，一盞豆大的燈火搖曳在大地上。

崔三爺瞬間只覺得喉頭一哽，這個倔了半輩子的老頭，在不自覺中紅了眼眶。

崔景蕙目送驢車消失在視線之內，又在院子裡站了好一會兒，直至屋內傳來團團的哭泣聲，這才折返回屋子。

日子依舊得繼續，只是沒了崔三爺的院子，卻是顯得更加安靜了起來，幸好有春蓮常來，不然她還以為自己住的地方，是一塊被遺忘的死角。

而蘭姊自從大年三十那一日離去之後，便再也沒來過這裡，不過崔景蕙卻能夠理解，因為即便她不想聽到有關老崔家的任何事情，可是春蓮有意無意地還是透露了一些。

大伯從去年去縣裡打工之後，便再沒了消息；而被她砍掉了手指的周氏，從她離開崔家之後，便一直臥床不起，日日搓磨著張氏；崔老漢一向老實慣了，這一日一日的只能忍著；家裡短了人口，便是一向十指不沾陽春水的蘭姊，這會兒也是日日忙得暈頭轉向，哪裡有時間出來？

而且周氏又是個要錢不要命的人，把錢財都死死地摳在自己手裡，便是她自己的藥費，都是賒著江大夫的。聽春蓮說，這個年過的，崔家根本就沒有幾天安寧的日子。

崔景蕙雖然恨著周氏，可大伯一家卻還是不錯的，而且崔濟安也是為了自己才去縣裡的，所以她讓春蓮帶了五百文給蘭姊，讓伯娘安排，至於再多的她也管不了。畢竟她還帶著團團，自己也要生活，這身邊沒個錢，自然是不行的。

三月初七這天，還沒到酉時，整個天色就暗沈得沒有一絲光亮，天空中時不時地傳來轟鳴的雷聲，崔景蕙早早便掩了門戶，窩在屋內。

忽然，一道閃光從天際落下，似將這天地都劈開了一樣，伴隨著轟鳴的雷聲，傾盆的大雨瞬間將天地連接，密不透風。

而原本躺在搖籃裡正拿著一隻玩偶馬啃著的團團，渾身抖了一下，然後鬆開了玩偶，嘴巴一扁，頓時便哇哇的大哭了起來。

崔景蕙趕忙將團團抱進懷裡，手心一下一下輕撫過團團的背部。

「乓乓乓乓！」

也不知是崔景蕙的錯覺，還是真實，她似乎聽到了堂屋大門處有人敲門的聲音，這個時候還有什麼人過來？

「乓乓乓！」

「大妮開門！」

崔景蕙呆了一下，卻又聽到了一陣急促的敲門聲，且似乎還夾著一個熟悉的聲音。是三爺！崔景蕙待聽清楚聲音是誰之後，忙從側門穿到堂屋裡，將大門的門栓拔掉，一扯門，一股夾雜著飄雨的冷風便灌了進來。門外站著的是早已被淋成落湯雞模樣的三爺，三爺後面還跟著個方臉的漢子，漢子身後是一架驢車。

「三爺，快些進來！」崔景蕙趕緊讓開道兒，轉身回了屋子，將手上的團團送到搖籃裡，然後連帶著搖籃一併拖到了側門口，又點了盞燈擱在堂屋邊上，瞬間點亮了昏暗的堂屋。

崔三爺和他身後的漢子合力將驢車一併拖進堂屋裡。

被沾濕了一身皮毛的驢子甩了甩驢頭，崔景蕙連忙避開，這才沒有讓甩出來的水沾在身上。她小心翼翼地避開驢車，穿到三爺的屋子，尋了乾淨的帕子、衣裳擱到炕上。

「三爺，我收拾了兩身乾淨衣裳擺炕上了，您和這位大伯先擦擦，換身乾淨的衣裳。我去灶屋裡燒點水，你們等一下沖個澡，這淋了雨，可別傷風了才好。」

「大妮，這是和我在一道兒幹活的老吳頭，不能叫大伯，得叫吳爺，可不得降了輩分。」崔三爺聽了崔景蕙的話，直接扭頭朝著老吳頭「嘿嘿」笑了兩下，這才向她介紹。

原來是刻刀的主人呀！崔景蕙自然曉得這是誰了！

「吳爺！我給您也拿了三爺的一身衣裳，吳爺您就先湊合著穿一下。」崔景蕙又囑咐了一句。接著隨意弄了些吃食，送到三爺屋裡，又從堂屋的穀倉裡將之前還剩下的半罈稻花香也捧了出來。

「我說大妮啊，妳怎麼把這個拿出來了？快放回去！」崔景蕙都還沒跨進門檻呢，三爺便已經一臉肉痛的喊了出來，外衣也顧不得穿了，匆匆忙忙走了過來，就將崔景蕙往外推。

這可是大妮買來孝敬自己的，他自己都捨不得拿出來喝，怎麼能讓老吳頭占這大便宜。

「好你個崔三怪！有好酒還藏著掖著？這是……上好的稻花香！小姑娘可千萬別聽這崔三怪的，快把酒給我！」老吳頭的鼻子也靈得很，還沒揭蓋呢，便被他聞出酒的名字。

「你這鼻子，這麼鬼靈幹麼？知道這是稻花香，還不怕喝死你！」崔三爺也是和老吳頭日常對慣了，這說的話是半點都不客氣，只是嘴裡放著狠話，手上卻還是從崔景蕙手裡接過了酒罈子。「大妮，不用管我們這兩個糟老頭子，今天這雨太大了，別讓肉團子給嚇到了。」

「嗯，那我先回去了。灶屋那邊還燒著水，三爺記得洗個澡再睡。」崔景蕙也不勉強，而且她也聽到團團又開始「哼哼唧唧」了，不放心地又囑咐了三爺幾句，這才回了自己屋裡。

崔三爺看著崔景蕙拖著團團的搖籃徹底消失在自己的視線之後，這才轉過頭去，一臉得意地朝吳老頭炫耀道：「我這孫女不錯吧？」

「確實不錯。我們現在可以喝酒了嗎？」老吳頭隨口應了一句，眼睛直溜溜的瞪著崔三爺手中的酒罈子。這可是好酒，一罈可要二百銅板，他平常是喝不起的。

「你這個老貨！喝酒喝酒！」崔三爺看老吳頭那副饞樣，笑罵了幾句，卻還是捧著酒走到了炕邊，給老吳頭倒了一碗。

「來！」提到喝酒，老吳頭自然是沒有半點退讓。

兩個人就著烙餅、醬菜，喝著美酒，無比的暢快。

第六十五章　退婚不成

第二日便已是雨過天晴，崔景蕙早上一起來，就看到堂屋的大門已敞開著了，被關了一夜的驢子，這會兒已經繫在院角處，大黃正撒著腿兒圍著驢子歡快的繞著圈。

崔景蕙轉身抱了團團出了堂屋，往三爺屋裡走了過去，門敞開著，卻沒看到人在裡面。難道是出去了？崔景蕙正疑惑間，卻看到三爺小心翼翼地端著一個碗，從灶屋裡走了出來。

「大妮，起來了？快上院子裡坐！」

崔景蕙雖然有些不明所以，還是往院子裡擺上的桌子走過去，這剛坐定，三爺便將手裡的碗擱在了崔景蕙的面前，然後順手就接過了崔景蕙懷中的團團。

「大妮，今兒個是妳的生辰，我讓老吳頭給妳做了一碗長壽麵，這可是他的拿手活。妳快吃，不好吃的話，三爺給妳重做。」崔三爺明顯就不常說這種溫情的話，所以他說話的時候，連看崔景蕙一眼都沒有。

崔景蕙這會兒還真是呆住了，三爺冒著雨，在昨兒個快天黑的時候趕了回來，竟然只為了給自己過生辰？這般的認知讓崔景蕙頓覺眼眶有些發熱，她側頭看了一眼正在逗弄團團的崔三爺，吸了吸鼻子，然後拿起筷子，挑了一筷子麵吃進嘴裡。「三爺，很好吃。」

「好吃就多吃點，鍋裡還有！」聽崔景蕙這麼一說，三爺明顯鬆了一大口氣，臉上也露出笑容來。

「崔三怪，你放屁！老子煮的麵還能不好吃？」許是聽到了崔三爺說的話，老吳頭端著碗麵，就將腦袋伸出了灶屋，直接朝著崔三爺吼了一嗓子。原本繞著驢子打轉的大黃聽到了老吳頭的聲音，直接就跑了過去，直往老吳頭身上撲，老吳頭也是一把圈住了大黃的頭，一人一狗，挨著面就這樣蹭了起來。

「嘖嘖嘖，那可不一定了！你現在可是個半老頭子，自然是比不得當年嘍！」崔三爺有些眼紅的望著大黃對老吳頭親熱的模樣，他可是好吃好喝的餵了兩個多月了，也沒見大黃和他這樣親熱過！

「你這是嫉妒，哈哈哈……」老吳頭直接就戳破了崔三爺的心思。他幾口將碗裡的麵吸溜進了肚子後，一拍大黃的頭，將空碗擱回了灶屋，便大搖大擺的走到了崔三爺的面前，朝團團勾了勾手指。「崔三怪，把你懷裡的小東西給我玩玩。」

「玩個屁！」崔三爺那是半點都沒跟老吳頭客氣，面上瞪了老吳頭一眼，手上卻還是將團團送了出去。團團現在可會認生了，他就不信老吳頭抱得住！

只是……團團一進到老吳頭的懷裡，卻是連「哼唧」一下都沒有，反而「格格」的笑開來，崔三爺瞬間心裡又不平衡了。

他不屑地瞥了一眼得意洋洋地向他示威的老吳頭，背著手進了灶屋門，心裡自我安慰，現在可不是為這個生氣的時候，今天還有大事要辦呢！

這樣想著，心裡的那口氣就順了很多。他端起擱在灶臺上、早已盛好的一碗麵，挾了一大筷子便吃了起來。

院子裡，崔景蕙見團團被老吳頭抱著也沒有哭鬧，也放心開始吃麵了。

等到崔景蕙吃完的時候，崔三爺早就已經從灶屋裡出來，都逗弄大黃好一會兒了。

「大妮，妳和肉團子在家裡待著，我領老吳頭上村裡走一圈。」

「嗯，記得回來吃飯。」崔景蕙聽三爺這麼一說，忙收了碗筷，從老吳頭手裡接過團團。

三爺拍了一下老吳頭的肩膀，兩人一前一後的上了小道，就直接奔齊大山家去了。

「三爺，您什麼時候回來的？怎麼想起到我家來走走了？」齊大山招呼著崔三爺在自己院子裡坐下，堆著一臉的笑。未來媳婦如今正住在三爺家裡，怎麼著他也得對三爺客氣一點。正打算回屋去提個茶壺出來，卻被崔三爺一把擋住。

「你也別忙活了，叫你家婆娘也出來，我有正事跟你們兩口子說。」

齊大山扭頭看了崔三爺一眼，心裡頓時有了幾分計較，臉上的笑容也是淡了淡。

「這……三爺，您等著，我這就去喊我婆娘過來。」

崔三爺讓開道兒，讓齊大山進到屋裡，不一會兒，便看見齊家大嬸扯著外衣還沒有穿好的齊麟，一臉不情願的走了出來。

「三爺，今兒個什麼風，把您老人家吹到我屋裡來了？還真是稀客呀！這位是……」

也不知道齊大山和自己婆娘說了什麼，齊嬸子將齊麟扯著坐在了板凳上，一邊幫著齊麟繫外衣的帶子，一邊拿眼瞥著崔三爺和老吳頭。

「我朋友！」崔三爺沒有和齊家兩口子客套，他直接從袖子裡掏出了一個不小的布袋子，打開露出了裡面的一堆碎銀子，將銀子推到齊家兩口子的面前。

「這是三十兩銀子，你們收了這錢，把大妮的庚帖還回來，齊麟和我家大妮的婚事就算作罷，如何？」

齊大山看著銀子，頓時喉頭蠕動，不自覺的嚥下了口水，卻將目光移向了自己媳婦。

齊嬸子瞥了一眼面前的銀子，忽然伸手將銀子推還了回去，抬起臉，胖乎乎的臉上有的只有諷刺。「不如何，這銀子我們家不要！想要庚帖，三爺還是死了這條心吧，我齊家可是認定了崔大妮這個媳婦了！」

崔三爺雖然一早就知道這婚事退得不會那麼容易，可是見齊嬸子這話說得沒有半點改變的餘地，火氣就直接冒了上來，一拍桌子站了起來。

「妳！這三十兩銀子，夠妳家齊麟換一個不錯的媳婦了。齊家的，妳也別做得太過了！」

齊嬸子也是個潑辣的性子，不然怎麼可能把齊大山管得死死的？她見崔三爺這模樣，「噌」的一下也站了起來，直接伸手就戳上了崔三爺的胸口，嘴裡唾沫更是噴得崔三爺一臉。「我過分？三爺，這話您就說得沒理了！這婚事可是崔大妮自己認下的，庚帖也是她自己願意給的，怎麼現在看不上我家齊齊了？你們要是有理了，那一開始就別求到我們家來啊！」

「有話好好說、有話好好說，都一個村裡的，沒什麼過不去的坎，你們兩個都歇歇氣！」老吳頭雖然塊頭大，可卻是個心細的，他一看這情形有些不對，直接往後一把將崔三爺扯到凳子上坐下。

而齊嬸子也被齊大山給扯回了凳子，齊大山憨著個臉，搓著手，一臉不好意思地望著崔三爺。「三爺，您也別怪我媳婦發火，這婚事早就定下來了，我們夫妻也很喜歡大妮當我們家的媳婦，所以這錢您還是拿回去吧！」

「真的沒得改？大山，咱們也是一個村的，大妮也算是你們看著長大的，齊麟是個什麼樣的，你們當爹娘的最清楚，你們就真的忍心毀了大妮一輩子嗎？」崔三爺沈默了好一會兒，這才硬邦邦的丟出了幾句軟和些的話。

只是這話一出，旁邊的老吳頭便變了臉色。崔三怪這話說的，可是壞了事了！這下怕是半點迴旋的餘地都沒有了。

果然，聽了這話，齊嬸子的臉色瞬間就黑了，她瞪著一雙大眼睛，死死地望著崔三爺，沒有半點退讓。「三爺，這話可不能這麼說！怎麼你家大妮是個寶，我家齊齊就是根草了？什麼叫毀了一輩子？我家齊齊是傻了些，但沒那麼多花花腸子，崔大妮她只要安安心心的守著我家齊齊，沒個二心，我們齊家以後還能虧待了她不成？」

「那妳的意思，這婚事是不退了？」崔三爺不死心的又問了一句。

齊嬸子橫著脖子，說得斬釘截鐵。「對，就算是你拿個五十兩銀子出來，這婚事都不退！」

「那我就打到妳退！」崔三爺這口氣已經忍了很久了，被一個婆娘憋了一肚子，既然再怎麼說好話都沒用，那就先他娘的揍上一頓！他就不信，將這家子給打怕了，這婚事他們還敢不退！崔三爺站起身來，直接一拳頭就砸在齊大山的腮幫子上。

齊大山哪裡會想到崔三爺說動手就動手？自然是被這一拳頭砸到實處，整個人不由自主地往後退了幾步，腦子還沒回過神來，崔三爺便直接撲了過來，將齊大山一把撲在地上。

這突然的變故，讓齊嬸子瞬間驚叫出聲，她大叫著，踢開凳子，就要往三爺處衝。

「啊——作死啊，打人了！」

老吳頭見此，忙一把橫了過來，擋在齊嬸子的面前。

「你說，這婚事退不退？」崔三爺又是一拳頭砸在齊大山的面門上，嘴裡威脅著。

齊家一貫是媳婦當家，齊大山哪裡敢作主？便是痛得厲害，也只是「哎喲」的叫喚著，死都不開口應上一句。

「崔老怪，你就打吧！打死了我家男人，我就去吊死在你家門口！就算你把我們兩口子都給逼死了，這婚事你都別想退！就算你把我兒子也給弄死了，便是配冥婚，崔大妮也得嫁給我兒子！」

齊孀子歇斯底里、近乎瘋狂的話，饒是老吳頭聽了也不由得生出一絲冷意。他擋在齊孀子面前，扭頭對著崔三爺說了一句。「三怪，別打了！這娘兒們瘋了，大妮的婚事，咱們得另想辦法了。」

崔三爺又不是聾子，自然也聽到了齊孀子的話，他下意識裡還真生出了把齊家這娘兒們弄死的念頭，不過也只是一瞬間而已。

他從已經被揍得鼻青臉腫的齊大山身上站了起來，陰沈沈的目光剮了齊孀子一眼。而齊孀子這會兒完全就已經豁出去了，哪還會有半點懼怕的意思？直接伸手就要往三爺的臉上抓去！

可老吳頭就在跟前，又豈會讓齊孀子真傷到崔三爺？他隔著衣裳伸手，抓住齊孀子的胳膊，將她往旁邊一帶，看準了地兒，直接將齊孀子帶到齊大山的身上。

「走，我們回去。」老吳頭伸手將桌上的銀子揣回懷裡，直接扯住了崔三爺就往院子外走。

「好玩，真好玩！娘，齊齊也要玩！」

崔三爺原本就走得不甚情願，乍聽到齊麟拍著手板的聲音，下意識往後一看，便看見齊家那個傻兒子正拍著手，學著齊孀子的樣子，在地上轉了半個圈，然後順勢一跌，往地上齊大山的位置躺了下去。

看到這模樣，崔三爺頓時嘴角抽了抽，心裡更是打定了主意，要將大妮的庚帖要回來！要是真讓大妮嫁給這麼一個傻子，這以後大妮的日子還有什麼盼頭？

不過，既然用錢解決不了這事，他得找找其他的法子了。

「崔三怪，你今兒個實在是太衝動了。」等走出了老遠，老吳頭這才鬆開了崔三爺。

崔三爺苦笑了一下，他何嘗不知道自己衝動了些？可是有些事發生在別人身上不覺得，到了自己頭上，那種氣都衝到頭頂上了，能不衝動嗎？

「再想其他法子吧！還有一年時間，實在不行的話，我就帶著兩個小的離開大河村。」

「嗯，這也是個法子，不過不到最後關頭，這法子可不得用，我才不想以後沒了喝酒的伴。」老吳頭點了點頭，這想讓齊家兩口子改變主意，看來還真不是什麼容易的事，這事他們還得好好籌劃一下。

「那是自然。」崔三爺也點了點頭，這人到了一定歲數，都指著落葉歸根，離開大河村那也是最壞的打算了。「回吧！」

「嗯！」

「媳婦，我說妳死倔著不放幹什麼？三十兩銀子，就算是買，都能給齊齊買個不錯的姑娘了！我就想不明白了，妳怎麼就死揪著大妮不放呢？遠的先不說，她有那麼個能剋死人的弟弟，妳就不怕到時候進了門，將咱們倆真給剋沒了？」齊大山齜牙咧嘴的坐在凳子上，看著正在翻箱倒櫃找著藥酒的媳婦。他就不明白了，崔大妮到底是哪一點入了媳婦的眼了，他都被人給揍成這樣了，這門婚事都不鬆口。

「你知道個屁！村長不都說了那團子不是個剋人的命？而且這你就不懂了，我前些個日子，可是特意拿著大妮的八字和齊齊的八字去算了，那可是天造地設的一對！更重要的是，那崔大妮可是個多子多福的命，這要是讓齊齊娶了崔大妮，咱們還用擔心齊家會斷後的事嗎？」齊嬸拿了藥酒過來，沒好氣地瞪了齊大山一眼，然後倒了點藥在指尖，手上也沒個輕重就抹在齊大山的臉上。

「哎喲！媳婦妳輕點！」齊大山的臉痛得頓時擠成一團，他伸手一把擋住了媳婦伸過來的手，有些不確定地說道：「話是這麼說沒錯，可也沒誰家把個親事結成了仇的。這大妮一向是個護短的，但是咱齊家現在可不在她護短的範圍裡，媳婦妳把話說得這麼死，這要是大妮心裡生了怨，兒子這個情況，到時候吃虧的可還是咱兒子！」

「你這話，說得倒是有點道理。」齊嬸根本就沒往這方面想過，她只想著崔大妮以後得幫齊齊生七、八個孩子，卻忘了去想，崔大妮這麼厲害的性子，他們一家根本就壓不住！這倒是有些為難了……「有了！」齊嬸忽然想到了一個主意，手一拍大腿，轉而一臉得意地望向齊大山。「反正這親事是結定了，所以咱們乾脆在大妮出孝之前，讓齊齊和大妮多接觸一下，這處著處著，感情不就出來了？」

「可三爺會答應嗎？」齊大山卻沒齊嬸想的那麼樂觀，崔景蕙現在住在崔三爺的院子裡，崔三爺的態度，他們今兒個也見識了，這要是讓齊齊上崔三爺家，被三爺知道了，那還不得打了出去？

「誰說讓那個崔老怪答應了？」齊嬸看齊大山這麼不開竅，頓時沒好氣地在齊大山的腦袋上戳了好幾下。「咱們就不會選崔老怪不在家的時候，讓齊齊過去嗎？那崔老怪一年到頭在村裡也待不上幾個月，咱們等他一出去，就把齊齊給送過去不就得了？」

齊大山頓時恍然大悟，他點了點頭，轉眼卻看到正在屋裡角落撒尿的齊麟，不由得又擔心了起來。「這倒是可以，但媳婦，妳覺得咱們兒子能行嗎？」

「能行！上次大妮來咱們家，齊齊可是念叨了好幾天呢，他定會喜歡的！」齊嬸一臉自信的點了點頭，卻完全沒抓住齊大山話裡的重點。

齊大山見媳婦這麼有自信，張了張嘴，最後卻是什麼都沒說了。他媳婦對兒子齊麟一直都有種謎般的自信，他現在也不想和媳婦爭這個，等到時候他們娘倆在崔大妮那裡吃了虧，媳婦就會明白，她那一套在崔大妮身上根本就行不通的。

他可是聽說崔大妮為了她娘的事，把周婆子的手指給砍了兩根，這種人，又怎麼可能是他媳婦壓得住的？

第六十六章　姜尚上門

在齊家發生的事，和齊家兩口子的算計，崔景蕙自然是不知道的，因為她手上的這塊雕版，已經到收尾的關鍵時刻了。

「這就是崔三怪說的雕版？看起來也沒什麼特別的地方。」

崔景蕙剛雕完最後一筆，還沒來得及將雕版上的木屑吹掉，一隻大手突然從崔景蕙的身後伸了過來，直接將崔景蕙手中的雕版抽了去。

崔景蕙驚了一下，下意識往後一看，看到是老吳頭，這才鬆了一口氣，但轉眼又想到自己手中的刻刀還是老吳頭的，頓時又有些不好意思了起來。

「不過是些個微末技藝，在吳爺面前獻醜了。」

「什麼獻不獻醜的，只要能賺錢，就是好手藝！」老吳頭對崔景蕙這話卻是嗤之以鼻，他伸手將雕版遞還給崔景蕙。

崔景蕙伸手接過。

老吳頭也不收回手，而是又說了一句。「拿來。」

崔景蕙握著刻刀的手一緊，卻還是伸出手，將刻刀遞了過去。

「拿著！」只見老吳頭一手收了刻刀，另一隻手卻又伸到崔景蕙的面前，送出的手裡，是一個疊得整整齊齊的布包。

崔景蕙有些疑惑地抬頭看了老吳頭一眼，見老吳頭眼裡半點戲謔的神色都沒有，這才伸手接過老吳頭手中的布包。將布包打開，便看見布包裡整整齊齊的插著一套各種尖頭的刻刀，崔景蕙伸手抽出一把，在手裡打量了一番。

比老吳頭之前那把的手柄小巧了些，但是大小卻更適合自己一些。

「我這把刻刀，是祖上傳下來的，所以不能給妳。妳手上那一套是我爹在的時候自己做的，妳是崔三怪的孫女，那也算得上是我老吳的孫女，這套刻刀，就當是送妳的見面禮了。」老吳頭怕崔景蕙心裡不舒服，特意解釋了一番。

老吳頭給自己送了這麼大一份禮，崔景蕙哪還有什麼不滿意的？這個就算是自己要去鐵匠鋪做一套，只怕也想不到這般整齊。而這明擺著，老吳頭是看在三爺的面子上，才願意給自己的，想到此，崔景蕙由衷地向老吳頭道了聲謝。「這個禮物我很喜歡！謝謝吳爺。」說完又覺得乾受著這份大禮，有些不好意思，轉而起身走到不遠處的梳妝檯前，開了屜子，將剩下的兩支髮釵拿出來，送到老吳頭面前。「我也沒什麼可還禮的，這是我隨手雕的，也不值幾個錢，就當是回禮，希望吳爺不要嫌這回禮薄了些。」

「好東西！這香檀我記得還是崔三怪在我那裡摳索出來的，沒想到他竟然還真大方了一回，將他的寶貝都給了妳！」作為一個老木匠，老吳頭自然一眼就認出了髮釵所用的木料為何。先不說崔景蕙的雕工如何，便先揶揄了崔三爺一回。

這話，崔景蕙倒是不好說什麼了，因為只要一想起崔三爺那堆了一屋子的好木頭，再聽老吳頭這麼一句，她還真不知道該怎麼回了。

老吳頭見崔景蕙不說話，只當崔景蕙是不好意思，他打量了一番手中釵頭雕琢成桃花、梨花模樣的兩支髮釵，不由得點了點頭。「手法不錯，款式不錯，雖然流線生疏了一些，不過這都不是什麼大問題。怎麼，有沒有興趣跟我學學？」

崔景蕙乍聽到這一句，下意識裡便想拒絕，只是面子話總還得說說，畢竟才剛收了老吳頭一份大禮。她臉上帶著幾分恰到好處的為難，道：「吳爺，這……我已經拜了三爺為師了。」

這有了師父，自然就不能再另投他門了。只是一想到這麼好的一個苗子，竟然就這般被崔三怪給糟蹋了，老吳頭是氣不打一處來。「簡直就是誤人子弟！他一個只管成型的木匠，能教妳個屁！氣死我了，簡直就是氣死我了，不行，我得去說他一通！」

老吳頭說做就做，說完就往外走，只是氣勢洶洶地走到門口處，看到崔三爺佝僂著背，蹲在塘邊上，卻一下子又洩了氣。「算了，這帳還是下次再算吧！」老吳頭等平復了情緒後，又走了回來，伸手將髮釵丟回崔景蕙的手裡。

崔景蕙下意識裡將釵子接住，有些不解地望著老吳頭，這還沒說話，老吳頭就直接給崔景蕙解釋清楚了。

「這木頭不錯，好生收著，若以後有急事，還能換點銀子出來。別愣著，我要是真收了妳這回禮，轉頭要是被崔三怪知道了，還不跟我幹上？妳要真想謝我，就去弄點吃的，多準備些上次妳給三怪帶縣裡去的那種餅子，我和崔三怪今天下午就得回縣裡去了，這剛上工沒多久，活兒太緊，我們沒辦法多待。」

老吳頭都說得這麼清楚了，崔景蕙自然也就沒別的問題。她站起身來，將手中的東西都歸置好，便看見老吳頭已經將團團從搖籃裡抱出來，正往門外走。

崔景蕙也不耽擱，趁團團這會兒有人帶著，她拿了米麵去灶屋裡，經過院子的時候，卻看到老吳頭抱著團團一把塞進三爺的懷裡，只聽見三爺「肉團子、肉團子」的叫著，惹得團團一陣「格格」直笑。

看到這幕場面，崔景蕙不自覺的勾了勾唇，揚起一絲淺笑，轉身進了灶屋。

三爺和老吳頭在吃過晌食之後，便駕著從東家那兒借來的驢車上了路，這次崔景蕙卻是執意抱著團團一直送到村口，等看不到驢車的蹤跡，才轉身往村裡走回。

等她抱著團團一路回了院子，卻不知道春蓮已經在院子裡等她好一會兒了。

「大妮，妳可回來了！妳知不知道出大事了？」這一看到崔景蕙，春蓮便直接迎了上去，將她剛剛聽到的大消息說給崔景蕙聽。「妳知不知道，上午的時候，三爺去了齊大山家裡，還把齊大山狠狠地揍了一頓！」

崔景蕙確實是不知道還出了這一茬，三爺也沒跟她說過。她一臉疑惑地問道：「三爺去那裡幹什麼？」

「三爺沒跟妳說嗎？他上午拿了三十兩銀子去齊大山家，讓他們把妳的庚帖還了，齊大山家那婆娘不知道中了什麼邪，死都不同意，三爺生氣了，就把齊大山狠狠地揍了一頓，現在全村的人都知道了！」春蓮說到這裡，臉上全是幸災樂禍。

崔景蕙聽了春蓮這話，也不知道該用怎樣的表情來表示自己此刻的心情了。

三爺特意回來給自己過生日，她就已經很高興了，現在她倒是知道，三爺這次把吳爺也叫上的原因了。三十兩銀子，三爺怕是找吳爺湊的吧？只是她也沒想到，齊家的人會這麼倔，畢竟在這種小地方，三十兩銀子，就算是買，都能買得到一個不錯的姑娘了。

不過幸災樂禍完，春蓮卻想到一個更嚴重的問題。「大妮，妳說要是齊家一直這樣，妳的婚事可怎麼辦呀？我不想妳走！」

「如今也只能走一步看一步了。」崔景蕙搖了搖頭，話是這麼說，心裡卻有了計量。如今她已經知道衛席儒還在，要是齊家真要死咬著不放，她也就只能破罐子破摔了。

不過這事，還得好生想想，謀劃謀劃。

崔景蕙存了心思，也就沒注意到春蓮接下來和自己說的話了。

「大妮，妳怎麼又走神了？」好在春蓮已經習慣了崔景蕙這樣，拉了拉崔景蕙，讓她將注意力重新回到自己身上，這才一臉神秘兮兮的湊到崔景蕙的面前。「柱子昨兒個走了！妳知道嗎？」

「這倒是沒聽說過。是去哪兒了？」崔景蕙聞言愣了一下。自從上次和柱子攤明了之後，這中間出的事實在是太多了，她還真沒注意過柱子。

「從軍去了！妳不知道，柱子走的那會兒，柱子娘都快要哭暈過去了，畢竟她也就這麼一個兒子，要是出了什麼好歹，這鐵柱叔可得斷後了！」

春蓮一臉唏噓的模樣，倒是惹得崔景蕙伸手戳了戳她的臉蛋。

「這人各有命，保不齊人家柱子遇了貴人，一飛沖天了呢！這誰都說不準的事，妳就別在這裡瞎操心了，要操心還是操心一下妳自己的婚姻大事吧！」

「大妮，哪有妳這樣戳我痛處的，唉！」原本還生龍活虎的春蓮在提到婚事之後，瞬間就成了霜打的黃瓜，變得一副有氣無力的樣子。「妳說，石頭哥這麼好的人，怎麼我娘就看不上呢？」

「這話妳跟我說可沒用，妳還是好好想想法子，怎麼把這事給辦了，不然妳都快變成老姑娘了。」崔景蕙看到春蓮這模樣，心中倒是有些不忍起來，可是這兩家恩怨，又豈是一兩句話就能說得清的？倒也是苦了春蓮了。

兩個人閒話一陣後，春蓮這才起身離去。

崔景蕙則是繼續研究她之前的想法。這會兒雕版其實已經做好了，只需將字分開，便可成活字，但崔景蕙現在忙的卻不是這個，之前老吳頭的突然出現，讓她有了新的想法。

這雕版若是整的，別人自然是看不出其中的端倪；但是自己這一分開，若是被人瞧見了，只要是有點心眼的人，便會明白其中的關鍵所在。所以她想了想，這活不能在家裡做，得尋個隱蔽的地方，而三爺的那間密室，便是她現在最好的選擇。

崔景蕙思來想去，便想到了現代帶輪子的拖車，顯然這東西用來搬運是極省力氣的，所以崔景蕙這會兒做的便是這個了。

這活，要說真要下功夫的，就是輪子那一塊，崔景蕙差不多花費了近七天的工夫，才弄了八個菜碗大小的輪子出來，至於後面的工序，那便簡單得多了。想到去密道的路不好走，崔景蕙便將拖車做成了筐狀。

就在崔景蕙快要完工的時候，這日下午，一輛馬車駛入了大河村裡。

「姜兄，就在這下車吧，馬車怕是過不去了。」在馬車走到通往崔三爺家院子的那條岔路口時，停了下來。率先走下來的是一青年文士，此人正是村長家的秀才兒子崔明庭，而緊隨其後跟著下馬車的男子，錦衣玉冠，通身氣派，一看就是有錢人家的公子哥兒。

若是崔景蕙在的話，怕是一眼就能認出，眼前之人就是和她有仇的姜家公子，姜尚。

「顛死本少爺了！明庭，那崔大妮是住在哪一戶呀？」姜尚伸手捶了自己顛疼的後腰，看著面前滿眼的綠色，「唰」的一下打開了扇子，扇子下吊著的赫然是崔景蕙之前落下的那塊吊墜。

崔明庭在姜尚面前，自然是一副謙卑的模樣，他伸手給姜尚指了指崔三爺的院子。「姜兄，請往這邊看，那獨棟的一戶，便是崔大妮如今的居所。」

「行了，我知道了！明庭，這次謝了，改天我請你吃飯。」姜尚瞇著眼睛瞅了一眼崔三爺的院子，然後一臉笑咪咪地轉過頭，合起扇子敲了敲崔明庭的肩膀，一副無比熟絡的模樣。

「姜兄請自便！我且家去了，姜兄若還有事，只需沿此道一路而上，待看到一大塊空地，便是我家了。」崔明庭也是識趣的人，一聽姜尚這話，自然明白姜尚不願意讓自己跟去，他給姜尚指明了自家的位置，便轉身往山上去了。

「納福，拿好東西，走吧！」姜尚滿意的點了點頭，招呼了一下正在拴馬車的小廝，率先跨步上了岔路。

那個叫納福的小廝，等拴好了馬車之後，從車廂裡拖出一個大大的包袱，揹在背上，忙忙地追上了姜尚。

第六十七章　定下生意

崔景蕙這會兒正坐在院子裡給團團餵著奶，她本來沒注意到姜尚過來，不過原本正蜷在自己腳下的大黃忽然爬了起來，然後衝著姜尚的方向吠了幾聲，崔景蕙覺得有些不對，這才看到了姜尚。

看到姜尚，崔景蕙下意識往他身後一看，待看到跟著的不是衛席儒，崔景蕙眼中閃過一絲失落，不過是瞟了姜尚一眼，便直接低下頭，繼續手中的動作。

這番無視的模樣，讓原本對上崔景蕙的視線後，正露出一個燦爛微笑的姜尚，笑容頓時僵住，他小心翼翼地避開小道上的泥濘，踏上院子。

「小妮子，咱們又見面了！」姜尚湊到崔景蕙的面前，伸出手在團團臉上刮了一下，極其自然地端過崔景蕙擱在一旁的奶碗。

「這是什麼奶？聞起來怪香的。」姜尚將碗湊到鼻子下面，聞了一下，接著更是伸出舌頭舔了一口，這副親近模樣，不知道的還以為他們之間的關係有多親近。

「味道不錯吧？這是狗奶。」崔景蕙放下勺子，一臉平靜的看著姜尚的動作，等他放下碗，這才面無表情的說一句。

「噗噗噗！」姜尚瞬間就變了臉色，他當著崔景蕙的面，將頭扭到一邊，直接就開始乾嘔了起來。

一旁的納福看到主子這模樣，忙放下手上的東西，幫著姜尚順氣。

「咳咳咳！」姜尚嘔了好幾口，這才感覺將嘴裡的那股噁心氣息全都吐了出來，他手支著膝蓋的位置，看著崔景蕙極其淡定的又挑了一勺子餵入到團團嘴裡，頓覺得肚子裡又開始翻騰了起來。「妳瘋了吧？居然給人餵狗奶！」

「這還不是拜你姜家所賜？若是我爹不死，我娘又怎麼會死？我弟弟又怎麼會落到喝狗奶活命的地步？」崔景蕙一臉諷刺地看了姜尚一眼，然後將勺子落回碗裡，抱著團團，就打算往屋裡去。雖然知道關於爹娘的事，姜家並沒有多大的責任，可是一想到自己的爹娘都因此而死，她便忍不住想要遷怒於姜家。

早已將這事查清楚的姜尚，聽了崔景蕙這話，自然是委屈得不得了，他上前幾步，橫著手擋在崔景蕙的面前。

「小妮子，妳講點理行嗎？這事我可是特意查了一遍，害死妳爹的可不是我姪子，是個叫什麼漢的人，是他害死了妳爹，這事可不能怪到我們姜家頭上。」

姜尚的話確實說得沒錯，可是崔景蕙又不是個傻子，她冰冷的目光直視著姜尚，然後冷笑了一聲。「你姜家也算是名門了，那麼大的雨，若沒個陰私，一個幾歲的孩子，怎麼可能出現在慶江河的堤壩上？我爹只不過是為你姜家齷齪的內宅私慾葬送了性命而已！姜公子，我們之間沒什麼好談的，請你這就離開我家，我不想看到你，也不想看到你們姜家的任何人！所以，不要逼我，逼我做出什麼不適當的事來。」

姜尚被崔景蕙瞪得有些渾身發冷，而且崔景蕙這些攤明了的話，亦是讓姜尚有些啞口無言。因為崔景蕙猜得一點都不錯，他的姪子是被堂兄的妾偷了出去，欲置死地的，所以他根本就沒有半點底氣再來辯解一二。

崔景蕙見姜尚不說話，直接從他身側走了過去，然後進到自己的屋裡，轉身就要將門拴上，可一隻靴子卻突兀的伸了進來，卡住門，接著便擠進了姜尚那張臉。

「小妮子，咱們今天不說這個成不成？我來找妳是真的有事！」

「我跟你們姜家沒有什麼事可談的。」崔景蕙想要拒絕和姜尚談話，可是這姜尚完全就像是個無賴一樣，不管崔景蕙說什麼樣的狠話，他依舊是死皮賴臉的湊了過來，崔景蕙簡直就快要無語了。

「不談事，絕對不談事，咱們今天只談生意就成！」姜尚嬉皮笑臉的，將門使勁推開，也不進去，只是一隻手擋在門板處，免得崔景蕙再來關門，也不等崔景蕙再說話，直接扭頭對納福吩咐了一句。「納福，把東西給小妮子拿過來。」

主子有吩咐，納福自然是得聽從，他拿了大包袱走到姜尚的跟前，站在門外，將包袱放進屋內，姜尚朝著納福搖了下扇子，納福便了然的去院子外等待了。

也不管門檻上髒不髒，姜尚一撩衣襬便坐了下來，他伸手將大包袱打開，露出了裡面一根環抱粗細、約一公尺高左右的大木頭。

「悟塵大師手上的那串羅漢珠是妳送的吧？我祖母很是喜歡。這是一塊烏木，幫我雕一座觀音大師的坐蓮像，我可以給妳五十兩銀子。」

崔景蕙並沒有在意姜尚的話，因為從那塊大木頭出現之後，便已經將她所有的目光吸引了過去，只是礙於姜尚在旁邊，崔景蕙並沒有走近去看。

就這樣過了好一會兒，當姜尚以為崔景蕙要拒絕自己的請求時，崔景蕙忽然朝姜尚伸出一根手指頭。

「我要一百兩，而且這剩下的料，全部歸我所有。」

「成交！」姜尚幾乎連想都沒有想，便一口應承了下來，而且生怕崔景蕙反悔一般，從懷裡掏出一張銀票擱在了烏木上。

「這是二十兩銀子的銀票，就算是定錢，餘下的錢款，等交貨的時候再給妳。」

「可以。什麼時候要？」崔景蕙點了點頭，一手交錢，一手交貨，自然是理所當然的事。

姜尚想了一下，定了時間。「現在是三月中旬，端午節之前我來拿行嗎？」

崔景蕙伸手指了指院外的方向，絲毫不給姜尚留半點情面。「你不用來，讓他來就可以了。記得把錢帶過來，我只要現銀，不要銀票。」

「好，我會記得。」姜尚一臉頹喪地瞅了一眼崔景蕙，他今天在崔景蕙這裡受到的冷待，簡直比他前十九年所有的冷待加起來還要多。

「記住了，那就回你自己的地兒去，恕我不招待了。」崔景蕙才不管姜尚高不高興呢，反正她現在是不高興得很，所以她一點都不想看到姜尚那張臉。

「妳、妳……算妳狠！」姜尚這會兒都不知道該哭還是該笑了？是笑崔景蕙同意了自己的請求，或是哭自己在一個黃毛丫頭這兒碰了這麼大壁？

不過姜尚這會兒也不敢放什麼狠話，畢竟他現在還有求於崔景蕙，只得無奈地站起身來，將跨在屋裡的那隻腳退出了屋外。

「砰！」姜尚動都沒有動，便看見原本一直站在屋中間的崔景蕙像隻兔子一樣衝了過來，當著他的面，直接就將門給拴上了，絲毫不給姜尚留半點情面。

姜尚臉上露出了一抹極其無奈的微笑，搖了搖頭，轉身出了院子。

姜尚的馬車就這樣「噠噠」地離開了大河村。但是這麼大的事，不到一個時辰的工夫，就已經傳得滿村都是了，畢竟像姜尚這種一看就是富公子的人，平常在村子裡可是看不到的，而今兒個不僅看到了，且這人還去尋了崔大妮！一時間，村裡眾說紛紜，說啥的都有。

而春蓮本來就是個好奇的性子，這剛從外面回來，便聽到這麼個大消息，且還有關大妮，哪裡還忍得住？連家門都沒進，就直接衝到崔三爺的院子裡，想向崔景蕙問個究竟了。

「大妮、大妮！妳在幹什麼呢？」春蓮一走到堂屋那裡，便看到崔景蕙正蹲在地上，打量著一個黑乎乎的大木頭樁子，頓時一臉疑惑地湊了過去。

「看木頭呢。春兒，怎麼這麼早就回來了？」崔景蕙抬頭看春蓮，倒是有些疑惑地問道。今兒個是春兒舅舅的生辰，往年春蓮可是得在舅舅家待上兩日才回來的。

提到這個，春蓮頓時露出一臉鬱悶的表情。往年她沒及笄，舅母從來沒提過這個，她也沒放在心上過，所以根本就沒想過舅母會說這事。「別說了，我表哥娶不上媳婦，我舅母就把主意打到我身上來了，我娘一生氣，飯都沒吃完，就直接回來了。」

「妳表哥那情況，確實有點不好找，不過這主意打到妳身上，倒是真的不地道了。」崔景蕙和春蓮走得近，自然也知道她表哥小時候生了天花，雖然救回來一條命，可臉上卻留下了疤痕。這容顏有礙，找起媳婦來，自然較尋常人要困難了些。

「那是！」春蓮也是一臉認同的點了點頭，不過她現在可不想和大妮糾結這個。「大妮，說這個沒意思，妳快告訴我，今天是不是有個男人來妳家了？還給妳送了一大堆東西？是誰？妳在哪兒認識的？」

春蓮一連串的問題，問得崔景蕙完全沒有辦法靜下心思考，她索性站了起來，拉了條長凳坐下，看到春蓮一雙眼睛滴溜溜的望著自己，無奈地撫了撫額頭，知道自己要是不讓春蓮知道的話，今天是絕對清靜不了。

「是來了個人，姜家的，就是我爹救下的那一戶，是個叫姜尚的，也是上次縣裡碰到的。他那個大包袱，就是這個。」

崔景蕙伸出腿，點了點面前的大木頭椅子，一口氣將春蓮提的問題全部說了，末了又加了一句。「他送這個來，是想讓我給他雕個觀音像而已，我答應了。」

聽了崔景蕙這話，在腦子裡理順了的春蓮瞬間跳腳。「就是害了順叔的那個姜家？大妮，妳怎麼能答應呢！」

「就算有仇，咱也不能跟錢過不去，我可是要了人家一百兩銀子。」崔景蕙跟春蓮說了個數。

春蓮原本還義憤填膺的表情，瞬間就凝了下來，她艱難地吞了口口水，然後緩緩的朝崔景蕙伸出一根手指頭，十分困難的開了口。「一百兩？」

「嗯，所以我才答應了。」崔景蕙這才點點頭，春蓮就衝了過來，一把將崔景蕙抱了個嚴實。

「大妮，妳實在是太棒了！這種人，就應該狠狠地敲上一筆！」

崔景蕙猝不及防之下，差點被春蓮直接撲倒在地上，她好不容易穩住身形，伸手拍了拍春蓮的後背。「這錢還沒到手，春兒妳現在激動也沒用。」

「沒跑的！大妮妳手藝這麼好，肯定做得到！」春蓮後退幾步，一臉笑盈盈的看著崔景蕙。不知道為什麼，反正她就覺得，只要是大妮想幹的事，就一定會成功的。

「嗯，要是成了，到時候我請妳去縣裡吃頓好的。不過這事妳可得給我老老實實的憋心裡，誰都不能說，知道嗎？」俗話說得好，財不露白，這若是被一些心思不正的人聽了去，只怕會惹出不必要的岔子。

「大妮，妳放心好了，這點分寸我還是有的！」春蓮一臉慎重的點了點頭。一百兩銀子啊，她聽了都心動了，何況是別人？這要是傳了出去，只怕沒幾天就會招來梁上君子了。

滿足了自己好奇心的春蓮，終於對眼前這一大塊木頭有了一點興趣，伸手戳了戳。「大妮，這是什麼木頭呀？烏漆墨黑的，這中間還帶了一點綠，感覺好奇怪啊！」

崔景蕙伸手摸上木頭，這塊木頭一看就是個老物件，雖然說短了一點，但能生得這麼大，實屬不易。雖然她不知道姜尚是從哪裡得來的，也不知道這個朝代對烏木的估價，但是這麼大一塊，只怕也是有市無價的好東西。但是，這話她自然是不會和春蓮細說的，一來是春蓮本來就不懂，二來也是怕說出價錢來嚇到了春蓮，所以崔景蕙想了想，還是決定避重就輕的好。「妳看它黑乎乎的，自然就叫烏木了，烏木都是這樣子，也沒什麼好奇怪的。」

春蓮不懂這個，自然也沒覺得有什麼不對，兩人又窩在一塊兒，說了好些話，直到在崔景蕙這兒吃了晚飯，這才回去。

等春蓮離開之後，崔景蕙卻是將團團兜在胸前，將《三字經》的雕版裝進了拖車裡，掩了門戶，也沒有點燈，悄然往墳山的密道而去。

這密道崔景蕙已經來過幾次了，所以也算得上是熟門熟路。等確定沒有人會出現在墳地裡，崔景蕙先將團團送了下去，然後返回，將拖車也帶了下去，將石頭小心復原之後，崔景蕙這才將團團兜回了胸前，拖著拖車，繼續前行。

崔景蕙直接走到密室裡，尋了個角落，將拖車裡的雕版放下，又看了之前割下來的那根棗木。春日多雨，崔景蕙就怕木段發霉，待細細查看了一番，棗木風乾得甚好，崔景蕙也算落下心來。

出了密道，崔景蕙摟著團團，站在岔道口，鬼使神差的走出洞口，再度來到三岔路口上，想了想，她沒有走之前走過的那條道，而是選擇了中間的那條路走進去。

一路走下去，沒有了三爺的指引，崔景蕙毫無意外的在接下來的岔道口進了死路，一個差不多有四尺左右高寬、陷入泥裡的大石頭攔住了崔景蕙的去路，崔景蕙也沒有氣餒，直接折返回去，繞到了另一條路。

崔景蕙在走到某一處時，忽然聞到一股混合著泥土氣息的青草味，遂停了下來，似乎感覺還有風拂過一般，因此崔景蕙抬頭細看了一下，終於發現有一塊地方似乎不是泥土，而是石頭。崔景蕙伸出手，順著石頭摸了一圈，發現石頭旁邊是空的，應該可以爬上去。

崔景蕙低頭看了一眼已經睡過去的團團，將身上的布兜解下來，鋪在不遠處的地上，又單手脫掉了薄襖，將團團裹住，擱在布兜上，這才攀上了石頭，就著一個傾斜的角度，慢慢地爬出了地洞。

這是……大別山裡的那座破廟！崔景蕙完全爬了出來，環顧了一周，這才發現，這地兒眼熟得很。她垂下頭，看著自己剛剛爬出來的地兒，那哪裡是什麼大石頭，而是一座傾倒在地上、破敗的佛祖石像，而她就是從那石像下面的空隙爬出來的。

崔景蕙心裡不由得讚了一句，不管這密道設計之初，這上面的寺廟是否還在，但是站在這片廢墟上，任誰也想不到其實這廢墟下面另有洞天。

崔景蕙本來也就是心血來潮才走上這一遭，如今這路也尋到了，崔景蕙又擔心在地道裡面的團團，便想著從原處重新鑽回密道裡去。

春夜寂靜，崔景蕙正蹲下身，卻意外聽到了一串粗獷的笑聲在大別山裡響起，雖然傳到崔景蕙耳裡，已經不是那麼高昂，卻足以讓崔景蕙聽個清楚。

崔景蕙下意識裡抬頭看了一下黑夜中的那輪清月，是晚上沒錯呀！只是，這個時候怎麼可能會有人出現在大別山裡？難道是他們村的人？

腦袋裡冒出這個想法的瞬間，便被崔景蕙直接掐滅。去年村裡的王進死在大別山裡，只怕這會兒村裡的人，白天都不會願意到大別山裡來，又何況是晚上呢！

就在崔景蕙愣神的時候，一個打趣的男聲清晰無比的傳入崔景蕙的耳朵裡，崔景蕙下意識在原地縮成了一團。

「老黃，你說這麼個狗不拉屎的地兒，怎麼可能會有寶藏，上面不會是弄錯地了吧？」

「咱們就是給人辦事的，你管他有什麼寶藏？有最好，沒有也不關咱們的事！」

「我倒是希望有，到時候上頭高興了，隨便扔下一塊，也夠我快活了！」

接下來，便是一陣窸窸窣窣的聲音。崔景蕙聽見腳步聲遠去，直至什麼都聽不見了，一直憋著的那口氣才敢慢慢吁了出來。

崔景蕙窩在原地又等了一會兒，這才貓著腰，慢慢地繞過破廟的另一邊，只看見沿著斜坡而下，稀疏的樹林之下，離著破廟差不多五百公尺開外的一片樹林中，不知何時，那兒的樹木和灌木已經被盡數清理掉，露出一大片的空地。崔景蕙粗略算了一下，空地上，大大小小的帳篷至少有近二十個，而在崔景蕙的視線範圍內，崔景蕙很清楚地看到幾幫人圍坐在幾個火堆旁，雖然他們的談話崔景蕙聽不真切，但還是能聽到含糊的笑聲。

崔景蕙只覺得心如擂鼓，她從來沒有這麼慶幸過自己擁有夜視能力。

她貓著腰，悄無聲息地轉回去破佛像那兒，然後躡手躡腳的鑽回了密道之後，看到裹著自己的衣服睡得香甜的團團，崔景蕙心中又閃過一絲慶幸。

她將團團連著衣服抱進懷裡，拿好布兜，用最平穩的速度，直接出了密道，回了院子，就連留在那裡的拖車也顧不上帶出來了。

崔景蕙躺在炕上，就算這會兒已經算得上是安全了，崔景蕙心中的恐慌卻依舊沒有褪去。

她睜著眼睛，望著頭頂上的房梁，輾轉難眠。

要是她聽得沒錯的話，那兩個人說的應該是大別山裡有寶藏的事。只是她在大河村裡生活了十來年，卻從未聽過有關大別山寶藏的事，便是有年長者提到大別山，也是一臉恐懼，無比懼怕。

難道是……密道?!

崔景蕙猛的從炕上坐了起來，她這會兒心中已經有了一個大膽的猜測，如果說大別山裡真有寶藏的話，唯一可能的地方，應該就只有密道。密道裡面既然已經發現了一個密室，那是不是說，應該還能找到其他的密室？而其他的密室裡，便有可能存在那兩人口中的寶藏！

崔景蕙越想越覺得有這個可能性，越想卻是越覺得害怕。據三爺所說，那個密道是他十來歲的時候發現的，三爺在地道裡摸索了幾十年，也只找到了一個空的密室而已。這明顯就說明，這個密道下面只怕根本不是崔三爺說的那麼簡單。

而一個不簡單的寶藏，只怕能夠得到寶藏消息的人，也定然不是身分簡單的人。大別山的那個營地，就那些個帳篷而言，裡面待著的人，怕是不下百人。

一百來個人，就這樣進入大別山裡，雖相較於大別山而言確實不算什麼，但若是被周邊村裡的人碰上一個，只怕就不是這麼簡單的事了。

一想到各種假設而導致的最壞結果，崔景蕙頓時有些不寒而慄了起來。

不能！她絕對不能讓她生活了十幾年的村子毀在那些人手裡！

崔景蕙定了定神，心中已然打定了主意。

第六十八章　蘭姊求助

昨晚想了一夜，翌日崔景蕙的精神自然是有些不濟，她索性便拉著團團，在炕上又躺了好些時辰，直至巳時三刻，才在春蓮急促的敲門聲中起了身。

崔景蕙拉開門，卻看到春蓮後面跟著過來的安大亮，崔景蕙一個孤女住在屋裡，也不好將安大亮迎進屋裡，索性便招呼著安大亮在院子裡坐下。

崔景蕙端了兩杯水過來，便看到春蓮扭著頭坐在安大亮身邊，一副鬧情緒的模樣，而安大亮卻是一臉無奈地坐在旁邊。

等崔景蕙將水擱在春蓮的桌前時，卻看到春蓮一臉不好意思地看著自己，欲言又止。

崔景蕙心裡頓時有了幾分思量，她轉而扭頭望向了安大亮。「安叔，您今兒個怎麼來了，可是有事？」

「這個……叔確實有點事要麻煩妳！」安大亮也是不好意思地看了崔景蕙一眼，搓了搓手，憨著臉笑了一下，說道：「這春已經暖了，種子也育得差不多了，我想在三爺的塘裡挖點塘泥肥下田，不知道能不能行？」

聽了安大亮這話，崔景蕙明顯愣了一下，她沒有想到安大亮特意來找自己，居然是為了這個。她愣愣的轉向了春蓮，卻看到春蓮這會兒已經羞得頭都低胸口去了，而安大叔更是掛著一臉訕訕的表情在旁邊點著腳。

「這不是什麼大事，想來三爺也不會介意的，安叔您想要塘泥的話，隨時來挖就是了。」不過是幾塊泥巴的事，這自然也沒什麼好拒絕的，崔景蕙想都沒想便直接答應了下來，頓時便看見安大亮面上一喜，整個人都好像亮了起來一樣。

「大妮，實在是太謝謝妳了！我現在就回去拿東西過來！」安大亮倏地站起身來，和崔景蕙道了一聲謝，轉身便大步跨著上了小道，春蓮也隨著去了。

崔景蕙看到安大亮這般的真性情，原本籠罩在心裡的愁雲也是散了幾分，索性先將密道的事暫且拋到了腦後，將搖籃擱在堂屋裡，便開始琢磨起烏木的構形來。

崔景蕙想了大半個日頭，直至腦袋開始抽抽的痛，團團也不願意再在搖籃裡待著了，崔景蕙這才揉了揉自己的腦袋，抱著團團掩好了門，打算上村子裡走走。

這才剛上了大道，便聽到有人向這邊吆喝。

「崔姑娘！崔姑娘妳等等！」

崔景蕙循著聲音一看，只見一個有點眼熟的男子，駕著一架由馬拖著的板車，板車上放著兩個籠子，籠子裡是一大一小的兩頭羊。

「崔姑娘，正巧遇到妳，實在是太好了！這是我家少爺讓我給妳帶的羊，母的，正產著奶！」納福這會兒也是一躍便從車轅上跳了下來，一路小跑著跑到了崔景蕙的面前，一臉討好的笑。

聽納福這麼一說，崔景蕙倒是想起來這人是誰了。「你，姜家的？」

納福見崔景蕙認出自己，這臉上的笑容堆得更真了，他生怕崔景蕙不收，忙將姜尚讓自己帶的話說與崔景蕙聽。「對，崔姑娘，妳想起小的來了？我家少爺說了，這人喝狗奶還是不太合適的，所以他就讓小的給姑娘弄了頭產奶的羊過來，給小寶長身體。我家少爺還說，這羊是他送給崔姑娘妳的見面禮，不算在工錢裡。」

產奶的羊，這還真是送到自己心坎裡去了。她這幾天正愁著大黃的奶水可是一天比一天少，她還想著得讓團團把奶給戒了，這會兒得了這樣的寶貝，團團豈不是又能喝上奶了？崔景蕙可不是會和自己較勁的人，直接就爽快的說道：「跟我來！」

「好咧！麻子，幫我提溜一下！」納福見崔景蕙這麼容易就答應了，倒是鬆了一口氣，招呼了趕車的王麻子一聲，和王麻子一起將板車上的羊牽了下來，並幫崔景蕙將羊牽到了院子外面的一處木樁子上拴住。

等拴好了羊後，納福生怕崔景蕙會反悔似的，直接拖著王麻子跟崔景蕙告了辭，便匆匆駕著馬車往縣裡趕去了。他們可得快點，要是不能在天黑前進城，便只能在城外待上一夜了。

崔景蕙看著已經自顧自啃著青草的兩隻羊，倒是有些犯難了。這雖然是個好東西，可自己沒養過啊！正當崔景蕙犯難的時候，卻聽到不遠處的道上傳來了剛叔的聲音——

「大妮！妳要的東西我給帶回來了，妳過來拿一下！」

「好，我這就過去！」崔景蕙扯著嗓子應了一句，將團團擱進了搖籃裡，而後提著裙襬一路跑了過去。

剛叔將幫崔景蕙從集市裡買回來的筆墨紙硯，還有米秀才送過來的兩本書稿，一併拿給了崔景蕙。「米秀才說筆、紙和墨都用完了，所以買筆墨剩下的錢，我都給米秀才了。」說到這個，剛叔倒是有些不好意思地看了崔景蕙一眼，畢竟這是崔景蕙的錢，而他卻擅作主張了，確是有點不太好。

「我知道了，有勞剛叔了。」崔景蕙倒是不在意的，畢竟她之前可都和米秀才說好了，抄書用的筆、墨、紙都由自己來提供。而且這一個來月的時間裡，米秀才已經帶了七本謄抄本過來，想來紙早就已經用完了，米秀才這時候才說，她已經算是高看他兩眼了。

剛叔見崔景蕙不在意，這才緩了口氣。知道放團團一個人在家，崔景蕙不放心，所以剛叔也沒多說什麼別的話，拉了驢車就要往自己家走。

崔景蕙見此，也和剛叔道了別，便轉身往小道上去了。

「咩咩咩……」

剛叔都已經倒了方向了，突然聽到幾聲羊叫傳了過來，他下意識裡抬頭一看，便看見遠遠的崔三爺的院子邊上，一大一小的兩頭羊就擱在那裡。剛叔先是愣了一下，待醒過神來，匆匆忙忙將手中的韁繩綁在了路旁的一小樹椏上，直接甩著腿兒，幾步就衝到了院子外面。

這突然的動作，倒是將崔景蕙嚇了一跳。

「大妮，這拴著的羊是妳家的？」剛叔眼瞅著兩頭羊，一副眼珠子都要瞪圓了的模樣。

「嗯，別人送的，說是給團團養著吃奶的。」崔景蕙點了點頭，也沒有注意剛叔的眼神有異，將手中的東西擱回了屋裡，又抱了在搖籃裡已經開始哼哼唧唧的團團走了過去，這才發現剛叔的異樣。「剛叔，您這是怎麼了？」崔景蕙瞅了瞅兩頭羊，這好像也沒啥特別的吧？

剛叔聽到崔景蕙的聲音，這才好不容易將目光從母羊身上挪開，面露懇切地望向崔景蕙。「那個……大妮，叔能跟妳商量個事不？」

「有啥事，剛叔儘管直說！只要能幫上忙，我一定幫。」崔景蕙毫不猶豫地應了下來，畢竟這段時間麻煩剛叔的地方實在是太多了，要是能讓她還點人情，她自然再願意不過。

「也不是什麼大事，就是妳橋嬸前段時間被診出了消渴症，江大夫說若是能每日喝上些羊奶，對妳橋嬸的病症可以減緩很多。只是大妮妳也知道，叔家去年才添了頭驢子，實在是沒那麼多錢再去買隻能產奶的羊，所以我就想，能不能在妳這裡每日勻上一碗羊奶？妳放心，叔知道妳這是給團子備的，也不用很多——」

崔景蕙見剛叔越說越謙卑，忙開口打斷了剛叔的話。「剛叔，您別說了，這事我應您，我家團團也吃不了那麼多的。」

「這……這實在是太好了！大妮，太謝謝妳了！」剛叔見崔景蕙應下了，臉上的表情也輕鬆了起來，畢竟在一個孩子嘴裡奪食，也不是什麼值得稱道的事，可是橋嬸跟了自己一輩子了，如今拉下面子，對剛叔來說也是應該的。

剛叔的道謝，倒是讓崔景蕙有些不好意思了，她忙擺了擺手。「剛叔，別說謝了！這段時間可是麻煩您了，您要是為了這麼點事跟我說謝，您讓我這臉往哪裡擱啊！」

剛叔卻是搖了搖頭，一本正經的說道：「這只要是能治病的東西，可都是好東西。」

崔景蕙看剛叔的手輕輕地撫過羊的背脊，心中忽然有了一個主意。「剛叔，您也知道我這裡連個養羊的地兒都沒有，不如這兩隻羊就養在您家吧？我也不瞞您說，我昨天接了個活兒，要是橋嬸在家裡沒什麼事的話，我想麻煩橋嬸幫我照顧團團一段時間，作為酬勞，我可以將這隻母羊送給您，但是我希望剛叔您能一直供著團團直到斷奶，行嗎？」

「妳橋嬸反正在家閒著也沒什麼事，我等一下回去就讓她過來幫忙帶團團。我看妳這裡也確實沒地方養羊，我那裡也有地兒，羊妳可以放在我那兒，但是我不能要妳的羊，這要是讓妳橋嬸知道了，我可就真沒臉了。」

剛叔沒有想到崔景蕙突然改變了主意，還將羊交到了自己的手裡，他只是稍稍愣了一下，便點頭答應了下來，不過卻是拒絕了崔景蕙送羊的事，畢竟這能產奶的羊，只怕至少也得賣個二十兩銀子，鄉里鄉親的，他哪能占崔景蕙這麼大的便宜！

「剛叔，這事就依我，不然我還真不好意思讓橋嬸也來為我的事麻煩！」崔景蕙卻是一再堅持，不管接下來剛叔怎麼勸，崔景蕙依舊不為所動。

剛叔實在沒有辦法，也只能先將羊牽了回去，打算先幫崔景蕙養著，等以後崔景蕙想要的時候，他再還給她。

崔景蕙說得嘴皮子都要乾了，這才把羊送了出去。這羊不用自己養了，喝奶的問題解決了，團團白日裡也有人幫忙帶了，崔景蕙頓時覺得一身都輕鬆了起來。

其實墳山裡的密道，並沒有太多的彎彎繞繞，可饒是如此，崔景蕙還是花了三個晚上的時間，才將密道摸了個底朝天。讓她失望的是，即便她摸過了每一處可能會有密室的地方，卻依然沒能找到其他的密室。

而破廟下面的那處營地，崔景蕙也是夜夜都會觀察一下，原本近二十個的帳篷已經少了一半，這或許說明這幫人已經分出了一部分人到另外的地方去駐紮，尋找所謂的寶藏。若真是如此，只怕她以後來這大別山要更加的小心了。

夜裡探尋沒有進展，而觀音佛像，崔景蕙已經畫好圖稿，並將那一大塊烏木的中點做標誌，將其分割成了三角形。有了圖紙的對照，崔景蕙直接從觀音的底部開始打磨，打算先弄出大概的形狀，再進行細化的雕琢。

這幾日白日裡，橋嬸都會拿著擠好的羊奶過來，然後在這裡待上一整天，直至幫崔景蕙做好了晚飯才回去，這倒是讓崔景蕙減輕了很多的壓力。

這日，崔景蕙正在堂屋裡忙活著，忽然光線暗沈了下來，崔景蕙抬了抬頭，卻看到許久不見的蘭姊正紅著眼眶、神情苦楚地站在堂屋外面，待和崔景蕙的視線對上之後，還未說話，眼淚就已經撲簌簌地直往下掉。

崔景蕙忙將手裡的刻刀放下，起身撣了撣身上的木屑，走到崔景蘭的面前，一臉不解地問道：「蘭姊，怎麼了？」

崔景蘭淚眼婆娑的看著崔景蕙，然後直接就撲進了崔景蕙的懷裡，帶著哭腔的話語，斷斷續續地傳入了崔景蕙的耳朵裡。「大妮，我實在是沒法子了，妳一定要幫幫我，我不想嫁到姨嬤嬤家去！」

「蘭姊，別哭，先別哭！有我在呢！慢慢說，先不著急！」崔景蕙伸手拍了拍崔景蘭的後背，安撫著，將她領到了屋內的炕上坐下，給她倒了一杯茶，又搬了條凳子對著崔景蘭坐下，將她消瘦、粗糙了不少的手握進自己手裡。

或許是看到了崔景蕙的緣故，崔景蘭那顆原本惴惴不安的心終於有了一個著落，她紅著眼睛，雙眼滿是祈盼的望著崔景蕙，哽咽著開口說道：「前些日子姨嬤嬤到咱們家來，說是看上了我，想要親上加親，讓她家大孫子娶我，我娘不肯，跟阿嬤大鬧了一頓。我本來以為這事就這麼完了，可是今日姨嬤嬤又來了，還帶了媒婆一道兒，一上咱家門，就擺出了十五兩銀子擱在阿嬤面前，阿嬤看了錢，便一口就應承了下來，我娘自然是不肯的，現在正在屋裡和阿嬤鬧著！我實在是沒辦法了，大妮，妳一定要幫幫我！」

崔景蘭哆哆嗦嗦的把話說完，崔景蕙卻是氣得臉都青了。小周氏家的大孫子是個什麼人，崔景蕙怎麼可能不知道？是個啞巴先不說，十幾歲就偷了村裡的寡婦，弄大了人家的肚子，這事當年可是傳得沸沸揚揚，周邊幾個村就沒有不知道的！就這樣一個癟三，居然惦記上了蘭姊？也不撒泡尿看看自己是個什麼德行！「蘭姊，別怕，妳現在就去找村長。大伯現在不在家，妳的婚事輪不到周阿花作主，所以這事村長出面最好。」

崔景蘭剛點了點頭，便看到崔景蕙起身就要走，忙伸手抓住了崔景蕙的手，一臉不安的問道：「那大妮妳呢？」

崔景蕙拍了崔景蘭的手，面色沈沈的說道：「我自然是要先去看看周家屋裡的人不要臉到了什麼地步？」

聽崔景蕙這麼一說，崔景蘭就像是吃了一服定心劑一樣，鬆開了崔景蕙的手。「大妮，只要妳肯幫我，那我就什麼都不怕了！」她一臉堅定地點了點頭，然後伸手抹掉臉上的淚痕，朝崔景蕙淺淺的笑了一下，也站起身來。父母之命，媒妁之言，大妮說得對，她爹現在不在，只要她娘不同意，就算是阿嬤也作不了這個主，她得去找村長主持公道！

崔景蕙進了堂屋，順手將自己之前擱在地上的刻刀收進了袖袋中，出了門，便看到橋嬸正抱著團團站在不遠處，崔景蕙過去和橋嬸打了聲招呼，便出了院子。

第六十九章　混淆黑白

沿著山道一路向上，再次看到那個熟悉的院子，崔景蕙竟然生出了一種恍如隔世的感覺。她推開柵欄的門，沿著斜坡而上，還沒走到正屋那裡，便聽到伯娘張氏撕心裂肺的哭喊聲——

「周氏，妳個黑心肝的老娼婦！我嬌養了十五年的蘭姊兒，憑什麼就得讓妳嫁給這麼一個賴貨？我告訴妳，今兒個我就是死在這裡，也不會同意這門婚事的！」

「這裡沒妳說話的分兒，還不給我滾出去！我老崔家的孫女，我想讓她嫁給誰，不需要妳這個外人在這裡指手畫腳添亂子！」

說到這裡，只聽見周氏訓斥的聲音一頓，接著崔景蕙便聽到周氏帶著幾絲諂媚的聲音再度響起——

「老妹妹，妳可別聽我這媳婦的，她這是昏了頭，這門婚事我同意了！」

「不，我不同意！爹，濟哥不在家裡，您就說句話啊！蘭姊兒不能嫁給那個痞子，這樣會毀了她一輩子的！爹，我求您，求您說句話吧！」張氏看說不通周氏，轉而將希望投向了崔老漢身上。

可是張氏這哀求的話說完之後，崔景蕙卻沒有聽到崔老漢有任何的話傳出來，接著便又是張氏的哭嚎聲響起，顯然她也已經明白了崔老漢的意思。

崔景蕙知道不能再等了，她上前幾步，然後推開了正屋的門，屋內的聲音瞬間戛然而止。

「禍害！妳這個禍害，快給我滾出去！」

「大妮，妳怎麼來了？大妮，幫幫伯娘，幫幫妳蘭姊兒！」

周氏一看到崔景蕙出現，整個臉上都變得惶恐了起來，她下意識裡收了收自己少了兩根手指的手，卻又逞強般的喝斥了起來。

而已經陷入絕望邊緣的張氏，看到崔景蕙的到來，先是愣了一下，然後就像是看到了救星一樣，直接朝崔景蕙爬了過去。

「伯娘，您站起來！」崔景蕙低頭看了張氏那鬧騰得一副狼藉不堪的模樣，也不嫌棄，而是伸出手將張氏拉了起來，然後帶到了自己的身後。

她看著一臉警惕的周氏，輕輕地勾了勾唇，直接拉了一條椅子過來，自顧自的坐下。

「周氏，看來妳還是沒弄清楚，妳那一套在我面前根本就不管用。」崔景蕙用極其平淡的語氣將話說完之後，轉而望向了坐在一旁的小周氏和一個打扮得花枝招展的媒婆。「都說說吧，妳們這又是鬧的哪一齣呀？」

小周氏下意識裡望向周氏，可是周氏卻垂著眼皮子，抬都不抬一下，一副根本什麼都沒聽到的模樣；而崔老漢更是悶葫蘆，根本就指望不上。小周氏只好自己堆了笑臉，對著崔景蕙說道：「也沒什麼，我這次來啊，也就是想給蘭姊兒說門好親事。」

「好親事？喔，我記得妳好像有個姪子，是叫鄭易安，似乎已經有十七了吧？是個秀才，還沒談婚事吧？怎麼，難道妳打算把蘭姊兒說給他？」崔景蕙故作沈思，卻又刻意誤解了小周氏的意思，以至於小周氏聽完崔景蕙的話，整張臉都僵在了那兒，笑也不是，不笑也不是。

而一旁完全不明所以的媒婆聽到崔景蕙這話，為了自己這樁生意能夠達成，她甚至連看小周氏的表情都沒有，就焦急的反駁道：「姑娘，這妳就弄錯了！我們這次來，可不是為了鄭秀才提親的，而是為了鄭義來向蘭姊兒說親的，鄭義是——」

崔景蕙將目光落到媒婆身上，清脆而冰冷的語氣，讓媒婆的話不由自主地停了下來。「鄭義是誰，難道我還需要妳來告訴我嗎？」

「不是，姑娘，我不是這個意思，我——」媒婆急切地想要反駁。

只是崔景蕙根本就不給她說話的機會。「不是的話，就閉嘴，我這裡不需要妳說話。」媒婆被崔景蕙冰冷的目光注視著，忽然心底升起了一股寒顫，不自覺間更是挪開了視線，不再說話。

崔景蕙將目光再度挪到小周氏身上。「鄭義，那癟三？我倒是沒發現這樁親事好在哪裡？不如就請『姨嬤嬤』妳好生給晚輩解釋一下，這樁婚事到底好在哪裡？」

那一字一頓，聽到小周氏耳裡，就如同一種莫大的諷刺一樣，她沈了沈心，終於抬起了頭，一臉厲色的向崔景蕙說道：「大妮，妳一個被逐出崔家的人，有什麼資格坐在這裡，用這種語氣跟長輩說話！」

崔景蕙絲毫沒有半點生氣，她一臉驚訝的看了一眼周氏，口氣中稍稍帶著一絲疑惑。「怎麼，周氏沒有告訴過妳，我只不過是分出了崔家？這分家分家，分的可不是情分，我親堂姊的婚事，難道我連問都不能問一句嗎？」

原本一直裝死的周氏猛的站了起來，一雙眼睛鼓鼓囊囊地瞪著崔景蕙，失聲大叫了起來。「不！怎麼可能？」

崔景蕙看周氏如此震驚的模樣，露出一絲恍然大悟的表情。「瞧我這記性，我倒是忘了，周氏妳大字不識一個，自然不會知道當初我簽的契約是什麼內容了，倒是讓妳失望得緊了。」崔景蕙對著周氏說完之後，又將目光放回了小周氏身上。「所以，『姨嬤嬤』，妳現在可以給晚輩我說道說道，這樁親事好在哪裡了嗎？」

小周氏這會兒也算是看明白了，這崔大妮明擺著就是衝著自己來的，這要是說不出個一三五來，只怕今兒個自己半點好都撈不到了。

「那個……大妮啊，妳怕是不知道，咱家鄭義現在可是上了正道了，而且還在縣裡鎮上找了個活兒，一個月的工錢可有半兩銀子，蘭姊兒嫁過去，可是半點苦日子都不用過。妳說說，這上哪兒能找到這樣的好親事？要不是看在咱們是親戚的分上，蘭姊兒也是我看著長大的，這才撿了這麼大的便宜；要是別人，先不說咱們鄭義願不願意，我可是頭一個就不會答應的！」

小周氏面不改色的將自己那個一無是處的大孫子吹上了天，那語氣誠懇的，若不是那鄭義的根底崔景蕙知道，還真有可能被小周氏騙了去。

崔景蕙看著小周氏那張強作鎮定的臉。「半兩銀子？我倒是想知道，鎮上有什麼活兒工錢能有這麼足？不如姨嬤嬤妳也一道給我說說，好讓晚輩也長得見識。」

「也沒在哪兒，就是在那如意賭坊看場子的活兒！」小周氏說到這個，臉上不由得露出一絲得瑟。如今她的大孫子在村子裡面哪個不羨慕？要不是她看蘭姊兒八字好，她還不願意和崔家結這個親呢！

這下，崔景蕙還有什麼不明白的？這幹的是捨命的活，賺的是黑心的錢，難怪有底氣了。

「阿爺，您怎麼說？」崔景蕙望著耷拉著腦袋、坐在長凳上的崔老漢。不過是幾個月工夫，崔老漢原本只是花白的頭髮，這會兒竟然已經全白了，顯然這段時間對於他而言，過得並不是很好，且崔老漢原本離不得手的煙槍，居然也不在身上了。

聽到崔景蕙的聲音，崔老漢抬了抬頭，也不去看崔景蕙和她身後的張氏，渾濁的目光卻是望向了桌面上小周氏帶來的銀子，半晌之後，帶著幾分嘶啞而無奈的聲音響起。「大妮，我想把妳的庚帖拿回來。」

張氏聽了這話，眼中殘留的希望瞬間變成了絕望，一雙眼睛死死地盯著崔老漢。難怪自己怎麼求都沒有用，原來爹早就想好了，要用蘭姊兒換大妮！她想破口大罵，她想哭訴崔老漢的不公，可是僅存的一點理智掩下了張氏的憤怒。這個時候，她不能說話，她不能再把大妮推到周氏那一邊去了，不然她的蘭姊兒就真的沒有活路了！

所以，即便張氏這會兒已經肝腸寸斷，可她還是忍，便是用牙咬住了唇也得忍著。

崔景蕙倒是沒有想到，這扯來扯去，卻還是扯到了自己的身上。

「阿爺，從前的事您幫不了我，以後的事我也不需要您的幫忙。而且，阿爺您覺得這十五兩夠嗎？阿爺，不如把元元給賣了吧？總也能賣個十來兩銀子，然後再把田裡的地也都賣了，湊個四十兩，這樣我看倒是有點希望。阿爺，您覺得我這辦法好嗎？」既然戳心窩子了，那就戳個徹底吧！

只是這話聽在耳裡，周氏哪裡還受得了？賣了元元，她以後到了底下，哪還有臉去見崔家的列祖列宗？賣了地，她以後可得喝西北風去了！不行，她絕對不允許這樣的事發生！

當下，周氏「唰」的一下就從凳子上站了起來，然後伸出手指指著崔景蕙，氣急敗壞的大叫了起來。「妳個小騷蹄子，妳休想！元元是我老崔家的獨苗，哪能為了妳這麼個賤人賣了？還有，我老崔家的田也不會賣的，妳就死了這條心吧！這彩禮錢也都是我的，誰都別想拿我的！」

只可惜，不管周氏在這裡如何跳腳，崔景蕙卻是連看都沒有看她一眼，她的目光一直落在崔老漢身上，不曾移動半分。

「怎麼……會這樣？」崔老漢這會兒就像是喉嚨裡堵了口痰一樣，心裡憋得慌，有些茫然地望著崔景蕙。不管怎麼說，他打心底覺得，蘭姊兒嫁給鄭義，比大妮嫁給傻子要好得多，所以他才會在張氏的哀求聲中按下心中的愧疚，選擇默認了這門婚事。

可是現在，崔景蕙卻告訴自己，這麼一點錢根本就挽回不了任何事！難道自己真的要傾家蕩產才能換回那張送出去的庚帖？

他有些狼狽地避開了崔景蕙的視線，更不敢去看張氏吃人般的目光。望著周氏那一臉猙獰、不斷張合著的嘴，他猛的站了起來，兩步就跨到了桌子前，伸手一把將桌上的銀子掃在地上，直接就朝小周氏和媒婆咆哮道：「滾，帶著妳的銀子給老子滾出去，這樁婚事我不答應！」

而周氏原本叫囂著，隨著銀子散落在地上，她的聲音就像是被掐斷了一樣，接著便看見周氏猛的撲到了地上，直接伸手就往銀子抓。「天呀！我的銀子！天殺的短命鬼，你們都給我走開！這是我的銀子，誰都別想拿走我的銀子！」

被崔老漢突然的發怒嚇了一大跳的小周氏，在看到周氏那使勁往自己懷裡扒拉銀子的模樣，哪裡還受得了？當下也撲了過去。「這都是我孫子的血汗錢，憑什麼是妳的？給我拿來！」

周氏也不甘示弱，於是兩個年過半白的老姊妹，索性就這樣在地上撕扯了起來。

「娘！我把村長請……來了！娘，這是……怎麼了？」崔景蘭領著村長走了進來，便看到阿嬤和姨嬤嬤兩人咬牙切齒、打成一團的模樣，頓時就愣住了。

「我可憐的女兒，沒事了，都沒有事了！」張氏這會兒其實腦袋裡都是糊的，剛剛她還聽著大妮讓爹賣這賣那，轉眼便見爹拒了婚事，然後娘和姨娘便打成了一團！這會兒看到女兒回來了，她便什麼都顧不上了，抱著崔景蘭就痛哭了起來。

「村長，這剩下的事便有勞您費心了！」崔景蕙率先和村長招呼了一聲，然後看了看抱做一團的母女倆，轉出崔家院子，這裡已經沒她的事了。

崔景蕙回到三爺院子裡的時候，卻發現院子裡多了一個人，走得近了，這才發現，是齊家那個傻兒子齊麟，只是他怎麼會在這兒？

崔景蕙正疑惑的時候，橋嬸抱著團團走過來，一臉不好意思地對著崔景蕙說道：「大妮，妳說說這都什麼事？就剛剛妳走了沒一會兒，那齊嬸子就將她兒子送了過來，說是齊麟在田邊沒人看著，想著以後反正都是一家人，就把人給撂這兒了！我回話都沒說呢，人就走了！」

崔景蕙聽了這話，再看看蹲在院兒邊上、拿了根木棍不知道在地上捅著什麼的齊麟，哪裡還會想不明白齊家的意思？就是怕自己這個未來媳婦跑了！崔景蕙也不好將齊家這心思說與橋嬸聽，只說了一句。「橋嬸，沒事，您看著團團就成！就讓他在這裡玩吧，不用管他。」

「那成！」橋嬸也是鬆了一口氣，她可是依著崔景蕙的情分，這才過來幫著看團團的，她可不想因著齊家的事，和崔景蕙生了間隙。

齊麟自個兒玩自個兒的，崔景蕙也沒有在意，回了堂屋，便開始繼續琢磨手上的活計。交貨的時間本來就不長，而這手上的功夫又是細緻活兒，可耽誤不得。

或許是怕生吧，齊麟在崔景蕙這兒待了一天，雖說時不時地往這邊瞅，可見崔景蕙絲毫沒有半點理會他的意思，在齊大山將他接走之前，齊麟也沒敢往崔景蕙面前湊。

入夜，崔景蕙照例將團團送到春蓮手裡，便再度進了大別山裡。密道裡面都已經摸遍了，崔景蕙也沒打算再在裡面耽誤工夫，破廟那裡有人守著，她也不敢太冒進，所以她今晚打算先去灌木林裡碰碰運氣。

如今的灌木林早已鬱鬱蔥蔥，枝根交錯間根本就不見天日，饒是崔景蕙夜視無礙，可穿梭其中，還是得費些功夫。崔景蕙手裡拿著一根木棍，以密道口為中點，然後向四周展開地毯式的搜尋，直至將灌木叢都尋了個遍，又將灌木外面她覺得可能會有密道存在的每一處都摸了個仔細，結果還是一無所獲。

崔景蕙沒有辦法，只能選擇折返回去。她從密道出來時，已過子夜，整個人更是疲憊至極，她一邊往回走，一邊思索著大別山裡其他有可能存在寶藏的地方。

走到半路，只見夜色中，不遠處一片火光瀰漫，白色的煙霧在夜空中飄蕩著，崔景蕙只一眼望過去，便近乎心神俱裂。

若是她沒有看錯的話，那分明就是崔三爺院子所在的位置！

一瞬間，崔景蕙周身疲憊盡數褪去，拔腿就往回衝去。

春兒！團團！你們可千萬不能有事！

第七十章　房子著火

回去的路其實並沒有多遠，可是在這一刻，崔景蕙卻恨這路太遠，恨她腿太短。

「快點，快救火啊！」

離得近了，崔景蕙就看到數十人，拿桶的拿桶、拿盆的拿盆，正往燒著的地方淋著水，遠處的道上，還有人不斷往這邊走來，原本在夜色中已經沈寂下去的村子，瞬間燈火從一個個窗戶裡面透出。

「春兒！團團！」

崔景蕙奔了過來，來不及細看，便叫喚了起來。

「大妮，是大妮！妳沒事實在是太好了！」正在救火的安大亮聽到崔景蕙的聲音，忙奔到了崔景蕙的面前，一臉喜悅的向旁邊大喊了幾句，然後對著崔景蕙，往自己屋子的方向指了一下。「大妮，春兒和團團這會兒都在我家裡，他們兩個都沒事！」

崔景蕙聽了安大亮這話，頓時也鬆了一大口氣。「這實在是太好了！」

「大妮，妳想想屋裡有什麼貴重的東西？現在火勢越來越大了，這火怕是澆不滅了，要是有的話，我想想法子，看能不能幫妳拿出來。」安大亮看著已經將崔景蕙住的那間屋子籠罩了大半的火光說道。這火燒得太快了，就靠這一桶一桶的水，無疑是杯水車薪，怕是沒多大作用，還是想法子先把值錢的東西拿出來，將損失儘量減到最低吧！

崔景蕙也有這個打算。「安叔，您找幾個人，先幫我把堂屋的壽棺和穀倉抬出去，只要誰肯進去，我就給他十個銅板。其他來幫忙滅火的，按人頭算，一人五個銅板。您把話幫我放出去，不要怕花錢，能救出一點是一點，進屋的人，您都幫我記著。」

這個時候，靠人情什麼的根本就不管用，更何況村裡人如今還都遠著自己這一家子，所以什麼都比不得用錢實際。崔景蕙當機立斷，向安大亮說了自己的打算。

等看到安大亮應下，崔景蕙直接搶過一桶水，然後從頭淋下，用袖口摀住口鼻，率先衝進了堂屋，然後一腳踢開了自己那屋的門。火無情的在屋裡蔓延，三爺特意為自己打造的梳妝檯已經燒了大半，自己之前費心雕琢的髮飾，只怕也在大火中燎為烏有，只是崔景蕙這會兒根本就顧不上這個了。

她直接衝到挨著炕頭放的箱子旁，將箱子打開，在裡面翻找了片刻，找出個巴掌大的小木盒子，塞進懷裡，然後抱起一把衣服，扔進挨著炕邊、還沒被火焰燎到的搖籃裡，也顧不得搖籃被烘烤得滾燙的溫度，直接抄起搖籃就往外衝去。

重賞之下必有勇夫，原本還不樂意冒險的村民，在聽到只要將壽棺和穀倉抬出來，便能得十個銅板，頓時有膽大者躍躍欲試，而救火的人知道能得五個銅板，這來回池塘邊也是更有勁兒了。

所以崔景蕙才將搖籃抱出了裡屋，還未跨出堂屋門，便已經有人冒著濃煙衝了過來，直接接過崔景蕙手中的搖籃就往外跑。

崔景蕙這手一鬆，回頭往堂屋裡一看，就看到連帶著安大亮在內的八個漢子，渾身濕漉漉的，抬起穀倉正往堂屋外走。崔景蕙趕忙讓開道兒，自己也不耽擱，將擱在堂屋邊上的工具箱揹在了背上，然後雙手抱起旁邊用布罩著的那一大塊烏木，跟在穀倉後面一併衝了出去。

而之前切出來那幾塊打算留給自己的烏木，崔景蕙一早就放在三爺屋裡那木箱裡面的地窖下了，所以崔景蕙並不急著將它們拿出來。

「大妮，妳快出來，那裡實在是太危險了！」

崔景蕙抱著烏木，這還沒走出堂屋，便聽到春蓮焦急跳腳的聲音，其中還夾雜著團團的哭泣聲。崔景蕙想也不想地衝了出去，便看到春蓮抱著團團，站得遠遠的，正往這邊張望著，想來應該是剛剛過來的。

「大妮，妳瘋了！這要是被火燎到，妳以後可怎麼辦呀？妳要有什麼東西沒拿出來，跟我爹說，他一個糙漢子，身上留兩個疤也沒多大事！」春蓮看到崔景蕙的那一刻，也直接衝了過去，等到了崔景蕙面前，崔景蕙話都沒說，就被春蓮好一陣埋怨。

春蓮這話說的，倒是讓崔景蕙臉上露出了一絲無奈。安大亮是春蓮的親爹，她怎麼可能願意讓他去以身犯險？她已經嘗過失去爹的滋味了，又怎會願意讓春蓮嘗試？所以她才寧願自己衝進自己的屋內，讓安大亮處理堂屋裡的東西。

只是這話，崔景蕙自然是不好和春蓮說的。崔景蕙手裡抱著東西，不好去拉春蓮，只得自己一直往外走。「春兒，妳怎麼過來了？這裡不安全，妳先帶團團離開這兒，我自己有分寸，不會有事的。」

「妳一回來，我爹就讓人去叫我了，我實在擔心妳，這才過來的。」春蓮跟著崔景蕙的腳步一邊往外走，一邊回道。「也是咱們運氣好，夜裡團團睡著，忽然大哭了起來，我看他好像是餓了，灶屋裡也沒有羊奶了，所以我就抱著團團去了剛叔家，等我回來的時候，才發現妳這屋裡已經燃著了。大妮，我是直接摸黑出去的，又沒有在屋裡點燈，這不該著火啊！」

春蓮也是怕崔景蕙誤會，當下便將事情的經過說與了崔景蕙聽。其實她心裡也是後怕不已，若不是團團餓了，她找不到灶屋的羊奶，只怕就糟了。

崔景蕙走出兩百公尺左右，才將手裡的烏木和背上的工具箱都放了下來，她看著春蓮急於解釋的模樣，伸手拍了拍春蓮的肩膀，一臉正色地說道：「這不是妳的問題，可能是別人太恨我了，想要燒死我和團團吧！妳和團團能安全，我就已經謝天謝地了，至於是誰放的火，等這火滅了，到時候總能查出一些蛛絲馬跡的。」

這村裡，要說恨他們姊弟的人，還真是不少，所以崔景蕙完全不懷疑別人放火的動機，只是現在不是說這個的時候。崔景蕙側頭看了一眼已經被火光盡數籠罩了的那間屋子，而濃煙滾滾冒出的堂屋裡，一具棺材正被人抬了出來。崔景蕙也不敢耽擱了，三爺屋裡的東西還沒整呢！

「春兒，妳要是不願意回去的話，就先幫我在這兒看著東西，我過去跟安叔說一下，堂屋不能進了。」

春蓮順著崔景蕙的視線看了一眼，臉上也是擔心不已，忙點了點頭。「大妮，妳小心些，可別再進到火裡去了！」

「妳放心，有團團在，我哪敢出事啊！」崔景蕙給了春蓮一個保證，這才折身跑了回去，正好攔住了還要往堂屋裡去的安大亮一行人。

「安叔，堂屋不能進了，其他的東西也別管了。趁現在，上三爺屋裡，把能搬的東西都給搬了。」

那火燎子已經從側門探出來了，安大亮這心裡也是怕呢，可是這應下的擔子哪能說放就放的？崔景蕙這話，可是說到他心坎上去了。「成！這事妳說了算！」

安大亮朝崔景蕙點了點頭，然後往後喊了一嗓子。「都聽到了，分幾個去灶屋，剩下的跟我去三爺屋裡搬東西！」

「成呢！」

幾個人頓時從安大亮身後拐進了灶屋裡，剩下的也不消安大亮再說，便衝進了三爺屋裡開始搬東西了。

安大亮前腳剛進了屋，後腳便發現崔景蕙又跟了進來，忙攔了崔景蕙的路。「大妮，快出去，可別被熏著了，這裡嗆得很！」

「沒事，安叔！有個地兒你們不知道，必須得我來。」崔景蕙也不好去推安大亮。三爺屋裡可還有個地窨，地窨裡這會兒堆著好些木頭和糧食，得弄出來才行。

崔景蕙這麼一說，安大亮雖說是半信半疑，但還是退了一步。「那妳指個地兒就出去，剩下的就交給叔來，這可不是妳個小姑娘能待的地兒！」

「行！」崔景蕙一口應承了下來，然後跑到牆角邊上的那個箱子旁邊，直接動手想要將箱子搬開，這手剛碰到箱子，便聽到背後傳來個聲音——

「大妮，讓我來！」

崔景蕙下意識裡讓開道兒，便看到一臉灰頭土面、渾身濕漉漉的石頭上前，拿住箱子，輕而易舉地挪開了地兒。

箱子挪開之後，地窨口便只剩一個圓蓋兒了，這次也不消崔景蕙開口，安叔便將圓蓋兒揭開，然後探頭往裡一看——好傢伙，東西還不少呢！

現在的時間可是耽誤不得，安大亮招呼了石頭一句，就要下去地窨。「石頭，我先下去，你接著東西！」

「叔，別忙！這下面東西瑣碎得很，搬怕是得費點功夫。要不這樣吧，」這一來一回、一送一遞，需要的時間太多了，如今他們可是搶急，不是在逛花園，石頭當下便阻止了安叔的動作，轉而望向一旁的崔景蕙。「大妮，咱把院子的那塊青石板搬進來，擱這上面，這樣的話，就算火燒到這個屋裡，也燒不到地窖裡去了。」

崔景蕙也是急暈頭了，地窖上面蓋個青石板，這火還能把石頭給燒了？當下她便點了點頭。「這法子可以。安叔，就這樣辦！」

石頭也是鬆了一口氣，聽崔景蕙答應了下來，他轉身喊了幾個人，順手又拿了點物件出了門。

崔景蕙答應了，安大亮自然沒啥別的問題，將圓蓋兒又擱回了地窖口。「大妮，這會兒妳放心了吧？趕緊出去，這裡有安叔呢！」

「那好吧，安叔您小心點。」崔景蕙這次也不再堅持，直接轉身便出了屋子。

她想得沒有錯，她那屋裡木製的物件沒有多少，再加上有人一直在淋水，所以這火勢蔓延得不是很快。但等火苗衝進了堂屋裡，那就不一樣了，先別說牆角跟上堆了一堆木頭，就連那梁上可也是堆了不少，這乾柴對上了烈火，不過是一個進出屋子的工夫，堂屋就已經被張牙舞爪的火焰盤踞，就算是前來救火的村民越來越多，可那一桶水才剛潑上火焰，便被火焰吞噬，這火顯然已經成了氣候。

崔景蕙在來來回回的一堆人中間，一眼就看到了橋嬸，她直接跑到橋嬸的面前。「橋嬸，讓人別潑水了，這火滅不了，別白費功夫了。」

「這……這簡直就是造孽呀！」橋嬸又何嘗不知道這個？只是怕崔景蕙沒了棲身之所，這才拚了命的滅火，如今聽了崔景蕙這麼一句，原本就已近力竭的身體，頓時洩了最後一口氣。她看著崔景蕙那張被煙灰糊黑了的臉，跺了下腳，嘆氣連連。

「橋嬸，麻煩您去給大夥兒們說一下，都退下去吧，別被火燎子沾到了。」崔景蕙又囑咐了一句，便挪開了視線。她看著五個用濕帕子捂住口鼻的漢子抬著青石板進了濃煙直冒的屋裡；看著堆在不遠處空地上的穀倉和壽棺，以及一堆零散的物件；看著不遠處的塘埂上，春蓮抱著團團站在烏木旁邊；看著從濃煙中出來，不斷咳嗽著，卻又打算衝進去的安大亮、剛叔、石頭等等……

她伸手摸了摸揣在懷裡的小箱子，也該是夠了吧？只能這樣了。終究還是留下了點東西，也算是不幸中的萬幸了。

「安叔，讓人都別進去了！」崔景蕙扯著嗓子大喊了一句，讓安大亮一行人瞬間止了腳步，往這邊看了過來。

「大妮，沒事，還能進去一趟！」剛叔這會兒早已被煙熏得成了個黑人，饒是如此，他卻連摸一把臉都顧不上，憨笑著寬慰崔景蕙，想盡可能的多給崔景蕙拿出些東西，以減少損失。

崔景蕙心存感激，她走到剛叔面前，一臉誠懇地說道：「剛叔、安叔，已經夠了，再進去，只怕會傷人了。」

被煙熏得眼睛通紅的虎子聽了崔景蕙的話，一臉煞有介事地點了點頭。「還是妳這妮子明白！不過也別傷心，有用的物件，咱們哥兒幾個都已經幫妳弄出來了，等這火滅了，咱們再來幫妳另外起個房子！這舊的不去，新的又怎麼會來？石頭，是不是這個理兒？」

「虎子，別鬧！」石頭沒好氣地瞥了虎子一眼。也不看看這是什麼場面，人家這屋子還在燒著呢，說什麼舊的不去，新的不來？這不是存心往別人心裡添堵是什麼？

「虎子哥這話說得沒錯！」這虎子也是一番好意，崔景蕙自然不會為了這個生氣。「剛叔、安叔，麻煩你們幫我看一下幫忙救火的人，認個門兒清，等明兒個我去鎮上換了銅板兒，就把答應的錢結給大家夥兒。」

「這都一個村的，談錢多不合適……啊！誰他娘的掐老子？張榔頭，你想挨揍呀？」虎子正打算拒絕崔景蕙的好意，只是他這話還沒說完，便被人掐了一把，痛得他直跳腳。

「虎子，這事輪不到你來出頭，別鬧了！」

張榔頭一句話，就堵得虎子沒話說了，他頓時也明白了，自己不是衝著錢來的，可別人不是啊！所以人家豈會願意讓自己來當這個老好人？他下意識伸頭看著周圍投過來的不善目光，這事惹眾怒了啊！虎子訕訕地乾笑了一下，掩耳盜鈴般的退了幾步，縮到了石頭的背後。

崔景蕙也沒想賴這個錢，她看著已經停止了救火的村民，不管是出於本心，還是利誘，至少他們還是來幫了忙，所以當下她便承諾道：「你們放心，這錢我一分都不會少你們的。」

突逢此變，安大亮也不想崔景蕙再糾結這個，忙把事情攬了過來。「這事就交給我們好了，也是累了半宿了，大妮妳先去我家睡一覺！這裡有我和剛子守著，差不了！」

「對，剩下的事妳就別管了，去睡一覺，等睡醒了就什麼事都沒了！」剛叔也是同意的點了點頭。

既然如此，崔景蕙也不勉強了，朝眾人點了點頭，便朝著春蓮站著的位置走去。

身後大火噼哩啪啦、張牙舞爪的向整座院子吞噬，橙紅色的火焰在夜空中搖曳、示威，肆無忌憚，就連空氣中似乎都帶上了一絲窒息的味道。

「走吧！」春蓮等崔景蕙走到跟前，這會兒也不知道該和她說些什麼安慰的話了。

「嗯。」崔景蕙點了點頭，將工具箱和那一大塊烏木抱著，往春蓮家的方向走去。

春蓮走在前面，她忽然回頭，咬了咬下唇，一臉認真地對崔景蕙說：「別怕，大妮，一切都會好起來。妳知道的，我一直都站在妳這邊的。」

「我知道！」崔景蕙笑了一下，點了點頭。她一直都知道的，所以她也很慶幸有春蓮這個閨友。

大火燒了一夜，直至翌日破曉，一場突如其來的暴雨，這才將火勢澆滅。而等到崔景蕙早上去到院子的時候，那些之前搶救出來的物品上面，已經搭了一個簡易的棚子，顯然是昨天晚上安大亮幾個搶建的。

崔景蕙說話算話，去鎮上換了些銅板，讓剛叔、安大亮安排，分給昨夜幫了忙的人。安叔常年在各村走動，所以崔景蕙又拜託他幫自己尋些會起房子的人，畢竟這房子沒了，她得給三爺一個交代。

安大亮經常在村裡村外走動，這周邊幾個村的人，誰幹活索利，誰有一把子力氣，那是摸得一清二楚，而且崔景蕙答應給的工錢也是地道得很，所以安大亮找起人來自然是沒一個不答應的。不過一個下午，他就從周邊村裡弄來了四十來個人先到村裡認了個門兒清，然後約定好明兒個一早就開工。

安大亮選的人，都是幹活實誠、又有一把子力氣的人。三爺家這院子能燒的也都燒得差不多了，所以不過大半天的工夫，就把燒壞的東西給撿拾乾淨，這地基便開挖了。

崔景蕙自然是沒工夫管這個，她將起房子的事全權託付給剛叔和安大亮，團團也有橋嬸幫她帶著，於是她一頭扎進了那一大塊木頭上。只剩不到四十天的時間了，她才剛把底下的蓮花座雕好，這時間確實有點緊了。

第七十一章 周氏鬧事

三月過得只剩下個尾巴，這日傍晚邊上，崔景蕙還在春蓮屋裡忙活時，幹得滿頭大汗、穿著個馬褂的安大亮突然苦著個臉，出現在了屋門口。

「大妮，妳跟我過去看看吧！妳阿嬤在那兒鬧騰的，兄弟們都開不了工了。」

「周氏？她上那兒幹什麼？我這就去看看。」崔景蕙明顯愣了一下，她是完全沒想到這個時候了，周氏竟然還敢在自己的地兒上作妖，當下就放了手中的刻刀，將烏木重新蓋上布，褪下圍兜和袖套，跟著安大亮出了院子。

這才剛走上大道，還沒上小路呢，崔景蕙便聽到周氏滿口的髒話，問候祖宗的話傳了過來，她當下便沈了臉色。她早就已經把三爺的家當成自己的家了，周氏在自己家門口，沒一句人話，這能問候的，除了三爺和自己姊弟，還能有誰？

她可不是個軟柿子，能受得了人家捏來捏去，既然周氏自個兒不長記性，那她就只能發個善心，幫周氏長長記性了。

崔景蕙上了院子，還未走近，便沈著臉毫不客氣地打斷了周氏辱罵不斷的話，絲毫不給她留半點情面。「這都是鬧什麼呢？周阿花，要鬧騰上別處鬧去，別在我這兒丟人現眼！」

崔景蕙的聲音雖然大，可是早已陷入癲狂狀態的周氏根本就沒聽進去，她這會兒正跳著腳撒著潑，對著搭在院角處一個棚子裡的崔老漢捶胸頓足，死命地咆哮著。

「你這個殺千刀的、剁腦殼的！大妮那騷蹄子起房子的錢，是不是你這個缺德鬼背著我給的？老天爺啊，我怎麼嫁了個這麼吃裡扒外的東西！我辛苦了一輩子，竟然全讓這殺千刀的倒騰上這兒了，我的命怎麼這麼苦啊！我活著還有什麼意思？不如死了算了！」

不管周氏罵的話如何不堪入耳、以死相逼，崔老漢佝僂著背，坐在一條板凳上，始終頭也不抬、話也不說，任由周氏胡鬧著。

周氏一想到這麼好的房子都是從自己那兒倒騰出來的錢，這心啊，就像是被千刀萬剮了一樣！而且自己都說要尋死了，崔老漢始終不給句話，氣得周氏全身直哆嗦，這腦袋一渾，便衝到了池塘邊上。「崔老漢，你個殺千刀的！今兒個你要是不給我個說法，我就從這兒跳進去，誰都別來救我！」

回答她的依然是崔老漢的沈默。

周氏一臉猙獰地站在池塘邊上，腳下卻遲遲不動，顯然也只是嘴上放放狠話而已。「我簡直就是白瞎了狗眼，嫁給你這麼個死東西！崔老漢，你啞巴了，還是聾了？連句人話都說不——唉唷喂，救命啊！」

周氏正對著崔老漢做最後的掙扎，卻沒注意到，早已聽不下去的崔景蕙走到了她的身邊，直接一抬腳，便踹在了周氏的屁股上，周氏話還沒說完便身形一晃，往池塘裡跌了下去。

「救命啊！咕嚕……快來救命啊！」周氏一跌進池塘裡便喝了一大口水，瞬間慌神了。她還沒活夠呢，她可不想死！

而院子裡的人看到這一變故，直接就傻了眼了，再聽到周氏喊救命的聲音，當下便有幾個人衝了過去，欲去救周氏。

這人還沒到池塘邊上，崔景蕙聽到後面的響動，就頭也不回地說道：「都給我退回去，誰都不許去救她！」

「這……這……」幾個外村人面面相覷，卻是不知道該怎麼辦了。去吧，怕得罪了崔景蕙，丟了這份工；不去吧，這可是人命一條，心裡過不去啊！

安大亮哪裡想到崔景蕙這麼恨周氏，二話不說就將人給踹池塘裡了，這會兒也是有些後悔把崔景蕙叫來了。但事實已成，再後悔也沒用了，索性便放任崔景蕙去了，他相信崔景蕙不會做出太出格的事來。「都回去幹活吧，這是人家的家裡事，你們別管。」

既然安大亮都這麼說了，幾個人也是鬆了口氣，回去繼續幹活了。

「大妮……妳個賤人、毒婦！咕嚕……妳不得……好死，我……做鬼……咕嚕……都不會……放過妳……」周氏在水裡不斷掙扎沈浮著，嘴上罵人的話卻是一句都沒有停。

「周阿花，可是妳先說好的，不讓人來救妳，我這不過是遂了妳的意思。我倒是好心提醒妳一句，妳要是有這個閒工夫來放狗屁，倒不如好好想想怎麼上來？」這池塘邊上並沒有多深，根本就淹不死人，崔景蕙那一腳也是留了力，不至於把周氏踹中間去。這周氏只不過是太怕死了，這才撲騰不到水底下去，若是她踩下去的話，那水深最多也不過是到她大腿那兒。

周氏這會兒已經認定了崔景蕙想要置自己於死地，正要接著破口大罵，卻看到崔景蕙直接轉身離開了池塘邊上，不理自己了，周氏頓時更加慌神了。「大妮，妳別走，救救我！求妳……發發善心……救我，別走啊！」

崔景蕙根本就不理會周氏，還有這個力氣叫，又怎可能會死得了？

她看著佝僂著背走出棚子的崔老漢，並沒有過去，而是走到安大亮身邊。「安叔，他怎麼會在這裡？」

「這個……之前我安排了守夜，結果夜裡掉了些東西，妳阿爺怕妳吃虧，夜裡便自個兒過來守著了。我勸了幾回，他都不聽，我也就只能隨他了。」這事，安大亮可是猶豫了好幾天了，不知道該不該告訴崔景蕙，畢竟這村裡誰不知道大妮和本家鬧得不安生？可崔老漢也是一片好意，所以這才把安大亮給難住了。

這清官都難斷家務事，更何況安叔只是在幫自己的忙，所以崔景蕙自然是不會將氣撒到安叔身上。「阿爺他來幾天了？工錢結了嗎？」

安大亮很無奈，這老爺子也是倔強得很，不管自己用什麼法子，這錢他就是不收。「都五天了，工錢他不要，我強塞都沒塞過去。」

「嗯，我懂了，辛苦安叔了，這事便交給我自己來處理吧！」崔景蕙也是明白了這是怎麼一回事了。

「大妮，妳別怪大亮，都是阿爺固執己見，硬要來幫忙的。」崔老漢看崔景蕙走了過來，雖然他沒有聽清楚崔景蕙和安大亮說了什麼，但是他看見兩人臉色都不好，以為崔景蕙是為了這個跟安大亮生氣了，所以不等崔景蕙開口，崔老漢便開始為安大亮辯解了。

「我沒——」崔景蕙正想說自己並沒有生氣，卻看到渾身濕漉漉的周氏從池塘邊上爬了上來，直接就向自己衝過來。

「崔景蕙，妳個娼婦、騷蹄子！我今天非殺了妳不可！」

對於周氏，這個名義上的阿嬤，崔景蕙從來就沒有客氣過，所以等周氏撲過來的時候，崔景蕙想也沒想，直接抬腳就往周氏胸口上踹。

周氏這次是鐵了心要和崔景蕙幹上一架了，便是被踹得後退了幾步，周氏依然伸著手，就想往崔景蕙的臉上抓撓。但周氏畢竟是老了，論動作的快慢，哪裡比得上崔景蕙？所以這手是伸到崔景蕙的面前了，只是卻被崔景蕙一把帶住手腕，然後一個背摔，將周氏摔在地上，摔得周氏感覺自己的骨頭都快要散架了。

這次不等周氏再爬起來，崔景蕙拿住周氏的手，將其反在了背後，往旁裡直接摸了一根草繩，將周氏的雙手在背後綁了個結實。

周氏像條蚯蚓一樣在地上扭動著，她費力地抬起頭，一臉瘋狂地望著崔景蕙，眼睛裡的恨意足以將崔景蕙淹沒。

「崔景蕙，妳殺了我啊！妳忤逆長輩，妳要是不殺了我的話，我就去縣裡告狀，我要讓妳下大牢，然後我就把妳家那個喪門星給丟糞坑裡淹死！妳有種的就殺了我啊！哈哈哈，用我這條老命換妳這個小娼婦一命，值了！」

「大妮，我……老婆子她……」崔老漢手足無措地看著崔景蕙，想要說什麼寬慰的話，可是話到嘴邊，卻是什麼都說不出，他這會兒臊得簡直就想挖個地洞直接鑽了進去。

在崔景蕙眼裡，周氏就是一個瘋子，她又怎麼會去跟個瘋子計較呢？所以不管周氏說什麼，她都不在意，她在意的只是不想周氏再出來打擾自己的生活罷了。

「阿爺，這會咬人的狗還是拴在家裡，比較讓人放心一些，我想這看狗的事比看棚子該是重要得多。家裡已經成這個樣子，阿爺您也不想再看到崔家有喪事發生吧？」

崔老漢看著自己婆娘那猶如瘋婆子的模樣，再聽聽崔景蕙那不帶任何感情的話，他完全就想不明白，為什麼好好的一個家，忽然就變成這個樣子，變得沒一點人味了？

心裡的愁苦在臉上畫成了一道道的川字，崔老漢連連向崔景蕙鞠躬道歉道：「大妮，是阿爺對不起妳，阿爺以後一定會看好她的，絕對不讓她再給妳惹麻煩。」

崔景蕙卻是連忙避開，不受崔老漢這禮。她將手中的草繩遞到了崔老漢的手裡，然後從袖袋裡摸出一顆碎銀子，再度塞進了崔老漢的手裡。

「是阿爺糊塗，阿爺都聽妳的……」崔老漢點了點頭。都怪他，都怪他太沒用了，才會讓崔家走到今天這個地步。

「沒事的，回吧。」崔景蕙卻是不想再多說什麼了，她漠然地看了一眼地上讓她覺得無比噁心的周氏，然後轉身離去。

她手上的事還多著呢，可沒時間耽擱在周氏這種人身上。

這天兒自從入了四月之後就越來越暖和，房子的進度也是越來越快，不過是四月中旬的時候，便已經開始上梁了。崔景蕙依舊是一天天雕琢那塊烏木，這會兒已經將觀音的服飾和六臂雕出來了。

這期間，崔景蕙又去了大別山幾次。讓她心驚的是，大別山裡的那夥人數量好像又多了一些，這讓她後來搜尋起來，也只能越來越小心，但她將那三個大別山的密道口都摸了一遍，依舊是一無所獲。

崔景蕙索性先停了下來，打算把手上的這個活兒做完之後，再好好去尋個究竟。

而誰都沒有想到，並沒有被崔景蕙追究的那個放火人，膽子會大到再次動手，只是這次，那人卻沒了上次的好運氣，就在其打算點火的時候，被安大亮安排的守夜人抓了個正著。

剛巧那晚負責守夜的是外村人，所以抓了人之後，因為也不認識，索性將那人給綁在棚子的柱角上，直到第二日上工的時候才交給安大亮。等到安大亮讓人過來叫崔景蕙上宗祠的時候，崔景蕙才知曉此事。

春蓮聽了自然是憤恨不已，直接拖了崔景蕙就上宗祠去。

這還沒到宗祠門口呢，崔景蕙便聽到裡面傳來一陣哭天搶地的聲音，不知道的，只怕還以為是有人在裡面哭喪呢！

雖然之前帶信的人沒說抓了誰，可這會兒，哪還有什麼不明白的？只是她怎麼也想不到，這崔阿牛一家到底跟自己有什麼深仇大恨，竟到了欲置自己於死地的地步了。

「妳嚎什麼嚎？這人贓俱獲的，人家苦主都還沒哭呢，妳哭個屁啊！」男人的嗓門就是大，安叔吼了一嗓子，裡面瞬間噤了聲。

「走！我倒要看看，是哪個這麼沒臉，害了大妮第一次還要害第二次！」春蓮在門口早就聽不下去了，直接拉了崔景蕙就衝了進去。「原來是你們幹的！我說你們這一家子，到底還要不要臉呀？禍害了琴姊、大丫還不算，現在又來禍害大妮，我看你們這一家子都是壞得沒邊了！」

這都照面了，春蓮自然也就認出了被繩子捆得嚴嚴實實的是崔阿福的媳婦；在她旁邊乾嚎不止的，便是那李老太；至於那崔阿福這會兒卻是矮著身縮在角落裡，頭都沒抬一下。

「大妮，妳來了！」安大亮這會兒正站在旁邊虎視眈眈地盯著崔阿福一家，所以便是看到了崔景蕙進來，李老太也沒敢撲將上去撕扯一二。

「嗯，安叔。」崔景蕙和安大亮打了聲招呼，這才向一旁的村長問道：「村長，這事確定是劉嬸幹的嗎？」

「嗯，劉氏剛剛認了，之前也是她放的火！」村長一臉歉意地看著崔景蕙，在他擔任村長期間，村裡竟出現這樣的事，他確實有責任。

崔景蕙聽到這個答案，沈默了一下，目光轉而落到劉氏身上。「為什麼？」

劉氏抬起頭，望著崔景蕙的眼睛裡只有無盡的恨意，她咬牙切齒地看著崔景蕙，一字一頓地說道：「都是妳！你們姊弟倆的存在就是個禍害！要不是妳，大丫就不會死，阿牛哥也不會因為殺了琴姊而被下到大獄裡去，我們崔家就不會變成現在這個鬼樣子！妳怎麼就不去死？我只恨之前那把火沒能把你們姊弟給燒死！」

春蓮聽到劉氏顛倒黑白的言語，頓時氣不打一處來，下意識裡就辯駁道：「妳胡說！要不是因為妳爬上了崔阿牛的床被琴姊發現了，琴姊怎麼可能會死！」

「琴姊死了？什麼時候的事？」聽了二人的話，崔景蕙卻是一片愕然，這事她可是半點都沒有聽聞過。

「就過了元宵沒多久的事。這個不要臉的早就和崔阿牛廝混在一起，就連那崔根生也是崔阿牛的孩子，他們的事被琴姊發現了，崔阿牛惱羞成怒，失手之下就把琴姊給掐死了，崔阿牛也被下了大獄。我知道妳不耐煩聽他們家的事，也就沒和妳說起。」

春蓮見崔景蕙一副不解的模樣，忙小聲地替崔景蕙解釋了一通事情的緣由。

「這又關我什麼事？關團團什麼事？」崔景蕙一臉無語地環視了對面恨不得將自己生吞活剝了的崔阿牛一家。這事明明和自己半點關係都沾不上，就因為那莫須有的命理之說，便賴在了他們姊弟身上，這都是什麼事呀！這下崔景蕙更是不想理會這一攤子爛事了。「村長，您看這事怎麼處理？」

還不等村長開腔，春蓮已經不忿地提出了自己的想法。「還能怎麼處理？這種人直接趕出去就是了！可不能留在咱們村裡，免得到時候又禍害別人！」

「春兒，閉嘴，這事輪不到妳來作主！」安大亮忙拉了春蓮一下，示意讓春蓮閉嘴，這種事，可不是春蓮一個小輩能作得了主的。

「村長，大妮說得對，這事您得拿個主意。」

「村長啊，你可千萬不能趕我們出去啊，我們這一家老的老、小的小、弱的弱，這要是出了村，那可是要絕了咱家的活路呀！村長你可不能這麼狠心啊！」

便是被安大亮拉著，春蓮還是忍不住冷笑了兩下，直接落井下石道：「狠心？這誰家的心也沒你們這一家子狠吧？自家媳婦、孫女都不給條活路，都做得這麼絕了，還指望別人能給你們條活路？李老婆子，妳就死了這條心吧！」

「春兒！」崔景蕙也是無奈地看了春蓮一下，明明心比誰家的都軟，可這嘴巴卻是半點都不饒人，這要是崔阿福一家離了大河村還好說；要是沒走，不平白的得罪人嘛！而且，這會兒村長在呢，這事可輪不到春蓮來說道。「村長，這事不管您打算怎麼處理，我都沒有異議，春兒這也是為我打抱不平，嘴上才沒了輕重，希望村長不要和春兒計較。我那邊事兒比較多，就先不打擾了，要是村長您有了決斷，到時候直接讓人來知會我一聲便成。」

崔景蕙說完，便伸手將春蓮拽了過來，然後朝村長和安大亮點了點頭，便將一臉不情願的春蓮直接拉出宗祠。她吵累了，真的不想吵了。

安大亮直至傍晚邊上，才從宗祠那邊回來。他看到橘黃色的陽光映照在堂屋邊角上，而崔景蕙垂著頭坐在那裡，手中的刻刀不停歇地在她懷裡那塊木頭上挪動著，再看看手裡那明顯就分量不夠的荷包，一時間都不知道如何跟崔景蕙開口了。

還是崔景蕙抬頭的時候，這才發現了安大亮的存在。

「安叔，回來了啊！」

「誒，回來了！」安大亮點了點頭，這沒得法子了，只能硬著頭皮走過去，將手中的荷包遞到了崔景蕙的面前。「大妮，這是崔阿牛家給妳的賠禮，村長說現在正是青黃不接的時候，要是真把崔阿牛一家趕出大河村，那便是斷了崔阿牛家的活路，所以暫時只能這麼處理了。」

「裡面多少錢？」崔景蕙看了一眼那個荷包，忽然開口問了句。

安大亮不好意思地說了個數。「一百三十一個銅板。」

他幫崔景蕙管著起房子的事，自然知道崔景蕙為了起這房子，連料帶工錢，已經花了快二十兩了。這點錢送到崔景蕙的面前，也才兩天的工錢而已，村長這樣的處理結果，他簡直就沒臉見崔景蕙了。

「不必給我了，拿去結工錢吧。」崔景蕙說完之後，便垂下了頭，手中的刻刀一下一下地劃過手中的木頭，不再抬頭。

安大亮等了一會兒，見崔景蕙沒再搭理自己，只能苦笑著，拿著荷包轉身而去。

等安大亮的腳步聲再也傳不進崔景蕙的耳裡時，崔景蕙手上的刻刀一頓，抬了頭，望著被夕陽染紅了的天際，深深地嘆了一口氣，腦中紛亂如麻，卻是什麼心思都沒有了。

第七十二章　姜尚再來

二十九日，是個好日子，當一串串炮竹從三爺家的屋頂噼哩啪啦落到地上時，也宣告著一棟青磚白瓦的屋子已經徹底完工。

崔景蕙頂著一雙熬紅眼的臉，看著來上工的人將在外面棚子裡擱置了一個多月的壽棺、穀倉以及別的東西抬進了堂屋裡，心中也是感嘆不已。

讓春蓮將她們昨晚準備好的紅封給了安大亮，讓他分給上工的人；又將一小筐子單個繫著紅線的銅板交給了剛叔，剛叔讓人拿著上了屋頂，一把把昭示著好彩頭的銅板從屋頂上飛落而下，引得圍觀的村民哄搶不已，一時間，這小小的院子被鬧騰得熱鬧不已。

崔景蕙看了一會兒，便湊到春蓮耳邊，輕聲說道：「春兒，我先回去了，這兒就麻煩妳了。」

「就交給我吧！大妮，妳放心好了！」春蓮也知道崔景蕙手上的活已經到了最後的時候了，所以也不拖著崔景蕙，忙點了點頭，將這事給攬了過去。

崔景蕙又扭頭囑咐了橋嬸一句，讓她帶著團團回去，免得在這裡被驚嚇到，這才回了春蓮家。

她手中的三面觀音坐蓮佛像只剩觀音頭上的髮飾了，之前和姜尚約好的是端午節之前交貨，而如今距離端午節那日，也不過七日光景了，所以她得更快些才行，畢竟這東西不是雕完就沒事了，後期還需要打磨，然後針對細節進行精修，這才能至善完美。

所以時間對於崔景蕙現在而言，更是一刻都耽誤不得。

五月三日，就在家家戶戶開始洗粽葉，準備包粽子歡度端午的時候，崔景蕙已經熬了兩天夜裡沒合眼了。她整個身心全都撲在這一座小小的、不過半公尺高的觀音坐蓮像上。

團團被送到橋嬸家裡，晚上也直接睡在橋嬸家。

而春蓮家的人，不管是安大亮夫婦，還是春蓮姊弟，已經完全將崔景蕙所在的堂屋當成了禁區，就算是迫不得已要經過，也是絕對的安靜，不敢有絲毫的打擾。

下午，一輛馬車的到來，卻是打破了這份絕對的安靜。

姜尚在上次那個通往三爺院子的岔道口停了下來，正要走上小道，卻看到那棟變了模樣的屋子，腳下的步子瞬間就頓住了，扭頭看了一眼納福，用扇子指了指那屋子。「納福，咱們不會是來錯地方了吧？」

「這個絕對不會錯，小的記得這個地兒！」納福一臉肯定地點了點頭。村沒錯，地頭也沒錯，怎麼可能找錯地兒了？

既然納福這麼肯定，姜尚也是放下心來了。只是他看那屋子，連個門窗都沒裝，怕是不像有人住在裡面的樣子。「納福，你過去看看，看裡面有沒有人住？」

「好的，少爺！」納福點了點頭，直接小跑著上了岔道，進了院子。

「有人嗎？有人在嗎？」納福在屋子外面喊了幾句，沒聽見人應答，再看看屋裡的門都沒裝，便徑直走了進去，將屋子都走遍了，也沒看到個人影，頓時心裡有了不好的猜測。他趕緊出了院子，直接飛奔著衝到了姜尚的面前。「少爺，裡面什麼都沒有！那姑娘會不會拿了錢跑掉了呀？」

姜尚直接一扇子敲在了納福的腦袋上，硬著嘴說道：「說什麼呢！還不趕緊找個人來問！」

「是！少爺您在這兒等著，我這就去！」納福伸手摸了摸被姜尚敲著的部位，直接轉身就往有屋子的地方跑去。

這崔景蕙暫住在春蓮家，大河村裡就沒有不知道的，所以納福摸了塊糖給個小孩，就問出了崔景蕙住的地兒，也是鬆了一大口氣。沒跑就好，不然少爺可是賠了夫人又折兵了！要知道，就為了那半截木頭的事，少爺可是足足被老爺賞了好幾鞭子，還禁足了一個月呢！

納福也怕姜尚焦急，一得了消息便直接趕回去告訴姜尚。

姜尚聽到崔景蕙還在村裡，也是緩了一口氣，這銀子丟了也就丟了，要是那塊木頭也丟了，那他這臉可就真沒地兒丟了。

「走，帶路！」

姜尚一揚起扇子，納福就會意了，按照之前那個小童指的路，直接上了通往春蓮家的小道。「少爺，應該就是這兒了……」納福走到春蓮家門口的時候，有些不確定地回頭對少爺說道，畢竟他也只是聽那小童說的，沒真來過。

「就是這兒了！」姜尚卻是一合扇子，停了下來，因為他已經看到坐在堂屋裡正忙活不停的崔景蕙了。

姜尚看到了崔景蕙，直接毫不客氣地推開了春蓮家的柵欄門，往堂屋方向走去。這還沒走近呢，便被一個圓臉姑娘擋住了去路，姜尚不得不停下腳步。

「你是誰？來我家幹什麼？」春蓮一臉警戒地看著穿著錦袍、氣質不凡的男人，她可不記得他們家認識這麼個人。而且，大妮這會兒正到了最緊要關頭，她可不能讓這麼個不知事的公子哥兒壞了大妮賺錢的好事。

原來是此家主人，姜尚頓時正色地介紹了一下自己。「本人姜尚，是來找崔家大妮的，她手上之物，正是本公子所訂。」

「小聲點兒，我又不是聽不見！沒看到大妮這會兒還在忙活嗎？這邊來吧！」春蓮才不吃這一套呢！就算姜尚是金主那又怎麼樣？在她心裡，大妮可是占有很重要的位置。

「這……」姜尚猶豫了一下，便作出了決定，反正小妮子看樣子也還沒弄完，倒也只能再等等了。「行，還請姑娘帶路。」

春蓮卻是理都不理姜尚，直接朝屋裡喊了一小嗓子，自己卻是半點都沒有動的意思。

「爹，大妮的客人來了，您過來招待一下！」

屋裡並沒有傳來應答聲，不過姜尚卻聽到有輕微的腳步聲傳了過來，接著便看見一個憨直的男人探出頭來，對著圓臉的姑娘「噓」了一下。

「春兒，妳聲音小點兒！」

「爹，我知道了！這就是大妮的那個買家。」春蓮忙將聲音降到最小，然後伸手指了指姜尚，自己卻偷偷摸摸地趴到了堂屋門框上，看到崔景蕙半點都沒有受自己的影響，這才鬆了口氣，又坐回了離崔景蕙不是很遠的小板凳上。

「原來是貴客呀！快往裡邊請！」安大亮知道，就是眼前這人的定錢讓崔景蕙起了房子的。他雖然不知道大妮和這位公子到底談了多大的生意，可是光定錢就二十兩銀子，這生意肯定不是個小數目，所以眼前這公子定是個有錢的主兒，他可不能把這人給得罪了。

姜尚自然不知道安大亮的這些個小心思，他跟著安大亮進了正屋裡，環顧四周，屋裡雖然看起來簡陋了些，但至少還算乾淨。

納福趕在姜尚坐下之前，用衣袖掃了幾下凳子，這才請姜尚坐下。

安大亮看著姜尚這番公子做派，也只能當沒看見了。想要倒杯茶給姜尚潤潤口，又怕人家看不上自己家裡這點茶葉沫子，於是安大亮對著姜尚憨笑了一下，出了門，讓春蓮去姑姑家拿點茶葉。安大娘經常上縣裡接生，有些主家還會賞些個茶葉下來，所以去找安大娘定然是沒錯的。

安大亮再次進到屋裡之後，提了把椅子，坐到了姜尚的下方。「公子，大妮手上的活兒還差一點兒，你們怕是得等上一會兒。」

不消安大亮說，姜尚也知道自己來的不是時候，不過既然已經來了，那就安心在這兒等著得了。「大叔，這妮子好端端的怎麼住到你家來了？」

「這新起的房子還沒晾透呢！我家春兒和大妮是一塊兒長大的，不住我這兒，還能住哪兒去？」安大亮說的可是大實話，大妮這屋子起得急了，雖說已經建好了，可是東西什麼的都沒歸置不說，這屋裡也得先晾些時日不是？

「這好端端的，怎麼想起這個時候來起房子了？這時間也不對啊！」姜尚雖說不識農事，可是這春來入夏，正是農忙之際，他還是知道的。農忙的時候起房子，不是沒事找事嘛！

姜尚既然願意問，安大亮自然也是願意說了，畢竟這有錢的公子哥兒平常可是見不到的，就算看個稀奇，也是個樂子不是？

「公子，這你就不知道了，大妮原先住的屋子，被人一把火給燒了！這不沒得法子，只能起新的了？不過也是託了公子的福，要不是公子捨下這活計，大妮這屋子還不知道什麼時候才能建好呢！」

「爹，跟個外人說這些幹什麼？大妮賺錢，那可是憑自己的本事，關這公子哥兒什麼事？要不是為了這哥兒，大妮能這麼折騰自己嗎？都兩天沒合眼了，我看著都心疼！」

「得得得，那我就不說了！」安大亮聽春蓮這麼一說，也知道自己多嘴了，忙止住了話，轉而問道：「公子，我看大妮這一時半會兒的怕是搞不完了，晌午的時候就在我家留飯吧？」

「這……那就有勞大叔了！」姜尚原本是打算拒絕的，可是轉念一想，他是特意來拿佛像的，要是中間為了去吃個飯而耽誤時辰，自然是不值得的。

「不麻煩，也就多兩雙筷子的事！」安大亮擺了擺手，哪裡會在意這個。就多兩張口，能吃得了多少東西？他從懷裡撿出一貫銅板，一把拽住要走的春蓮，將銅板塞進春蓮的手裡。「去崔獵戶家買隻野味回來，咱們晌午的時候吃。」

說到吃，春蓮笑得眼睛都彎成了月牙，跟小雞啄米似地點了點頭。「成，我現在就去！」說完就直接出了屋子，不過卻還是先把春元給叫了出來，幫崔景蕙守著門，這才出了自家院子。

「納福，你也跟著過去，幫姑娘提著點東西。」屋裡，姜尚回頭用扇子敲了納福一下，並使了個眼色過去。

納福會意，轉身便朝春蓮追了過去。

「這……這怎麼好意思呢？又沒多重。」安大亮倒是沒承想，姜尚會主動提出要幫忙，倒是有些不好意思了。

姜尚直接就圓了過去。「大叔，這姑娘就得嬌養著，重活還是交給我那小廝吧！」而且他讓納福跟上，可是想從春蓮嘴裡探探那小妮子的底細呢！

且不說納福打聽到了什麼，姜尚直至在春蓮家吃了飯，也沒看到崔景蕙在堂屋動過。而無論是春蓮或春元，只要姜尚想往那邊走幾步，那跟刀子一樣的眼神就直接瞟了過來，讓姜尚無法再過去兩步。就在姜尚坐也不是、站也不是之際，終於聽到堂屋那邊傳來了崔景蕙沙啞至極的聲音——

「春兒，過來扶我一把，我好像動不了了。」

春蓮聽到崔景蕙的聲音，神情無比激動地大喊著衝了過去。「大妮，妳別動，千萬別動！我來幫妳！」

姜尚也想過去，卻被春元一把擋住了去路。

「姜公子，我姊去就可以了，這男女授受不親的，你還是在這邊等著吧！」

姜尚有些無奈地看著板著個臉裝大人的春元，只能無奈地放棄。

「春元，去倒杯水來，再去把灶屋裡熱著的粥拿過來！」春蓮攙著走路都有些顫巍巍的崔景蕙往這邊走來，頭也不抬地吩咐著春元。

春元想也沒想，直接就將一半的任務交給了安大亮。「爹，您去端粥，我去倒水！」

「得了，別讓你爹忙活了，我過去端吧！」另一頭坐在冷炕上做著針線活的春蓮娘看著春元，笑著放下手中的活兒，徑直便往灶屋去了。

崔景蕙這會兒是又累又餓又渴，腿也發麻，實在是半點力氣都沒有了，只能將全部的重量壓在春蓮身上。

雖說春蓮比崔景蕙大個一歲多，可這身高什麼的，可是比崔景蕙矮了半個頭，這哪還受得了？「春元，快來幫我一把，我攙不起了！」

春元忙將端過來的茶水擱在一邊的凳子上便迎了上去，攙住崔景蕙的另一邊胳膊，兩個人一人一邊，將崔景蕙攙扶到冷炕上。

春元也不消春蓮說，急急忙忙從旁邊的屋子裡抱了一床被褥出來，給崔景蕙墊在背後，而春蓮則是端起一旁的茶水，小心翼翼地餵進了崔景蕙的嘴裡。

「大妮，妳先喝點水，潤潤嗓子，我娘給妳做了白米粥，等一下就拿過來了，妳吃點，然後我再送妳回房去睡會兒。」

「粥來了！」

正說著，便看到春蓮娘端了一瓦罐子白米粥走了進來，看崔景蕙已經靠炕上了，忙盛了一碗送到春蓮手裡，又順手接過春蓮手中的空杯。

「大妮，我來餵妳。」粥已經溫了很久了，所以不會燙，春蓮也不讓崔景蕙自己動手，便舀了一勺子送到了崔景蕙的面前。

崔景蕙也不堅持，任由春蓮餵了半碗粥後，睏得實在是睜不開眼了。「春蓮，我想歇會兒！」

「嗯，我這就送妳回去。」春蓮看也餵不進了，索性便依了崔景蕙，將碗放下。「春元，來幫忙！」

「好咧！」一直守在旁邊的春元忙迎了上來，二人攙扶著，將崔景蕙送回臥房裡歇著去了。

等春元出到堂屋的時候，便看到姜尚正站在堂屋門口，手裡拿著的正是崔景蕙已經雕好的三面觀音坐蓮像。

「妙，實在是妙！」姜尚細細打量了一番，又摸了一遍佛像，手感圓潤，無刺扎的感覺，因為是用烏木裡心的木材雕琢，所以這雕像黑中透著一股老綠。

而觀音的三面佛臉上，或悲、或哭、或怒，表情皆有不同，刻畫得卻是栩栩如生；六臂之上，或撚佛印、或持如意寶、或持念珠、持寶輪、持蓮花、持安明山，各有真意。就細節而言，無論是髮飾或衣飾，刻畫皆是無比細緻，甚至比預想的要完美得多。

唯一讓姜尚有些不滿的是，原本環抱粗細、一公尺高的烏木，如今雕出來的成品，卻只剩半公尺來高，這要論大小，只怕是縮了三分之二，只餘下三分之一了。

春元見姜尚那一臉嘖嘖稱奇的模樣，自然是露出了一副自豪的表情。「那是，我大妮姊弄出來的，就沒有不讓人滿意的！」

姜尚一看春元就覺得有些不爽，忍不住開口刺了春元一句。「古人云，這男女七歲不同席，讀書郎，你剛剛也是踰越了！」

「你是讀書人，我自然得跟你說讀書人的理，可我大妮姊是鄉下人，我待她自然是用的常情！我看你也是個聰明的，怎麼一說到事，就不知道變通了呢？」春元鄙夷地看了姜尚一眼，是讀書人，才要守三綱五常，大妮姊又不是讀書人，他自然是按鄉裡的規矩來了。而且大妮姊可算得上他半個姊姊，給姊姊攙一下，這跟男女不同席有什麼關係？算了，跟這種人反正也說不清，他還是讀書去吧！春元對著姜尚搖了搖頭，嘆了口氣，而後出了堂屋，回自己屋裡讀書去了。

姜尚自然不知道他在無形中被一個孩子鄙視了，看到春元離開，他更是摸不著頭腦了。

納福卻是不懂這些的，他看到姜尚站在堂屋裡發呆，稍稍想了一下，便湊到姜尚面前，問道：「少爺，我們是這就走，還是等大妮姑娘醒來了再走？」

「我看時候也不早，這時也趕不回縣裡去了，跟麻子說一聲，咱們今晚就在大河村裡留宿了，等明天一早，咱們再回縣裡去。」姜尚故作深沈地望了一眼湛藍色的天際，瞬間便作了決定。

他都來了這麼好半天了，那小妮子卻連看都沒看自己一眼，這要是說出去，他堂堂姜公子以後還要不要混了？沒找回這個場子，他哪有臉走啊！

納福也學著姜尚的動作探頭看了一眼外面湛藍的天際……這才剛過晌午沒多久吧？只要麻子快一點，他們還是可以在城門關閉之前趕回去的呀！納福本來是想這樣說的，可是看到姜尚似笑非笑的目光之後，原本已經快到嗓子眼的話就拐了個彎兒。「這……公子，那咱們今晚歇哪兒？我看這安家也沒有多餘的地兒了。」

第七十三章　交易罷了

「春蓮姑娘，崔家那妮子可是醒來了？」今兒個，這已經是姜尚來問的第三回了。

「醒了，等著吧！大妮一會兒就出來。」雖然姜尚長得不錯，可是不知道為什麼，春蓮就是看姜尚不順眼，所以對姜尚說話，自然也沒個好氣性。

姜尚倒是沒在意春蓮的語氣衝，聽到大妮醒了的消息，便足以抵消一切的不快了。

等崔景蕙一身清爽地端著碗吃食走出灶屋的時候，看到姜尚，明顯愣了一下。「你怎麼在這兒？什麼時候來的？」

姜尚原本已經對崔景蕙展開的笑容，被崔景蕙的話噎得心坎兒都發酸了，他無奈地看著崔景蕙。「我昨天就來了，只是妳沒注意而已。」

「那東西想來你也是看到了，拿錢來吧！」崔景蕙才不管姜尚這會兒是什麼心思了，她直接將碗往院子的石板上一擱，走到姜尚面前就伸了手。

「納福，拿來。」姜尚見崔景蕙這副毫不客氣的模樣，無奈地朝身旁的納福喊了一句。

納福忙從懷裡掏出一個不算太小的荷包，遞到了崔景蕙的面前。「崔姑娘，這都是按妳的要求去弄的，妳要不要點點看？」這財不露白，納福自然是知道的，他也怕崔景蕙被別人惦記上，因此只含糊地說了幾句。

崔景蕙根本就沒在和姜尚客氣，拿了荷包，拉開瞟了一眼，便直接塞進了懷裡，轉身便送起了客來。「銀貨兩訖，這裡也就沒姜公子什麼事了，姜公子還是趕緊的回吧！這種小地方，可不是姜公子你這種人待的。」

「妳……簡直就是……」姜尚根本就沒想到，崔景蕙一句多餘的話都沒有，直接收了錢就翻臉不認人了！他姜尚橫了一輩子，哪受過這樣的氣？這小妮子若是男子，他怕是早就動起手來了，哪會像現在這樣，憋了一肚子氣，卻連個發洩的地兒都沒有？「我還有一事，想要請教姑娘。」姜尚深吸了口氣，這才將自己的疑惑問了出來。「為何只餘下這般大小？」這話一出，姜尚下意識裡看了一下崔景蕙，然後便有些後悔了，因為崔景蕙這會兒望著自己的目光，完全就像在看一個白癡一樣。

「物不在大，在其精，我只不過是去其糟粕，留其精華罷了。還是說，姜公子不甚滿意此物？」

姜尚忙擺手，這小妮子太難琢磨了，他這會兒要是點了頭的話，這妮子還不翻了天了？

「沒，沒有！本公子甚是滿意！」

「既然如此，春元，送客！」崔景蕙想也沒想便直接下了逐客令。

聽到崔景蕙的話，春元直接從堂屋裡將那座三面觀音坐蓮佛抱著送進了納福的懷裡，然後有模有樣的擺出架勢。「姜公子，請吧！」

姜尚有些洩氣地摸了摸鼻子，他不管在哪裡都是春風得意得很，唯獨在崔景蕙這裡總是三番兩次的碰壁，這讓他如何甘心？

「小妮子，好歹咱們也是買賣的交情，不必要這麼生分吧？」

崔景蕙有些無語地看著這上杆子想湊過來的姜尚，臉上沒有一絲表情。「不好意思，我只記得，你們姜家是害死我爹的罪魁禍首，其他的，我們之間還真沒關係。姜公子，煩請你以後千萬不要再來這兒了，我不想看到你，也不想看到你們姜家的任何人。」

這次，崔景蕙再也不給姜尚說話的餘地了，她落下最後一個音，便端起之前擱在青石板上的吃食，轉身回了屋子，只留給姜尚一個背影。

姜尚挫敗地嘆了口氣，扇子朝納福晃了晃。「咱們走吧！」

「好咧，少爺！」納福應下了，手中抱著佛像就往院子外走。

「姜公子，這就要走了呀？不多留一會兒嗎？」

兩人才上了大道，安大亮正扛著把鋤頭往回走，看到姜尚要上馬車，忙跑上去招呼了一聲。

「家裡還有事，就不久留了。這次叨擾大叔，下次有空的話，再過來看望大叔，到時候大叔可不要嫌棄。」這早不來，晚不來的，偏偏他都要走了才過來，這讓他哪裡還好意思再回去？這明擺著是讓那小妮子笑話的事，他可拉不下這個臉來。

安大亮自然不知道姜尚這些糾結的小心思，他聽姜尚還樂意來他們這個小村子，自然是咧著嘴笑開了花。「不嫌棄、不嫌棄！姜公子，想來的話，隨時都可以來！」

「縣裡的路還遠著，本公子這就告辭了！」得了保證的姜尚，心裡總算是有了一點安慰了，他跟安大亮作了個揖，這才反身上了馬車。

車轅上的麻子一甩馬鞭，馬車頓時向村外駛去。

三面觀音交給了姜尚，崔景蕙也算是鬆了一大口氣，好幾天未見團團，這會兒閒下來了，自然是抱著團團不撒手了，直至團團餓得直咬手指，崔景蕙卻沒看到灶屋裡有羊奶的時候，這才想明白哪裡不對。「春蓮，剛叔家今天是不是出去了？」

「對呀！我忘了告訴妳了，桂娥姊夫家那邊傳來的消息，說是桂娥姊有喜了，所以今兒個一早，橋嬸和剛叔便去看桂娥姊了！團團是餓了吧？妳等著，我這就去擠一罐羊奶過來！」春蓮猛一拍腦袋，這才想起自己竟然忘了告訴崔景蕙這事了。

「原來是這樣！那我跟妳一起去吧！」崔景蕙頓時有些恍然大悟，桂娥成親應該也有半年的時間了，是該有好消息傳來才是，崔景蕙也是為橋嬸高興得很。

「行，大妮妳也該出門去透透氣了。」春蓮自然是沒有異議的，她去灶屋拿了瓦罐，便和崔景蕙一道出了院子。

「春蓮，妳今年快要十六，我看吳嬸已經開始著急了，我記得石頭也快十八了，他現在可有什麼出路沒？」

一聽到崔景蕙提起她和石頭的事，原本還興致勃勃的春蓮瞬間垮了臉，一副了無生氣地看著崔景蕙。

「石頭她娘的想法是讓石頭去考取功名，可是石頭卻想跟江伯學醫，所以他現在也很糾結。我娘那邊我也知道她又開始偷偷摸摸地找媒婆了。大妮，妳說我該怎麼辦呀？我要是跟我娘攤牌，她會殺了我的！」

崔景蕙看到春蓮這個樣子，也是同情不已，她想了想，轉而問到了石頭娘對春蓮的態度，畢竟不管在哪兒，這婆媳關係總是最難解的一題。「那石頭他娘那邊是什麼想法？妳知道嗎？」

「她自是極其樂意我給石頭當媳婦，就是我娘那裡怎麼也勸服不了！」石頭娘早就已經被春蓮搞定了，沒搞定的，現在也就只剩下她娘了。只是她娘這座大山實在是太大了，她根本就沒有勇氣翻過去。

這樣拖著也不是個法子，崔景蕙看春蓮一臉沮喪的模樣，小心翼翼地提議了一句。「跟吳嬸說說吧？」

「我不去！我可不想被我娘打死！」春蓮頓時瘋狂地搖了搖頭，同時臉上露出一絲心有餘悸的表情。她就只是在娘面前試探性地提了石頭一句，她娘便像整個人都要瘋掉了一樣，她哪敢再說啊！

「要不，我先替妳去和吳嬸說一下？」

聽到崔景蕙的提議，春蓮頓時朝崔景蕙撲了過去，連帶著團團，一把將崔景蕙抱了個滿懷，臉上亦是顯而易見的驚喜。「真的？那實在是太好了！就知道大妮妳對我最好了！」

「先別高興得太早了，我也不一定能成的。」崔景蕙忍不住向春蓮潑了道冷水，還不等春蓮露出不滿的表情，便已經伸手將春蓮往外推了推。「到了，快去開門！」

春蓮一邊開門，一邊朝崔景蕙說道：「要是大妮妳也說不通我娘的話，那我和石頭就真的沒有希望了。大妮，我可是把我終身的幸福都拜託在妳身上了！」

「得了吧！妳要真把幸福都拜託在我身上，我可就不給妳去說了！」崔景蕙頓時向春蓮翻了翻白眼，也不等春蓮了，直接推了門，就往剛叔家後院去了。

「那可不成！要是連妳都不幫我的話，我就真的只能跟姑婆一樣，當一輩子穩婆了！」春蓮忙追了上去，伸手挽住崔景蕙的手，嘟著嘴撒嬌著。

「得得得，服了妳了！快去擠奶吧！」崔景蕙有些受不了地將春蓮往羊圈推了推。

春蓮這次也不糾纏了，抱了瓦罐便直接進到羊圈裡，擱下瓦罐就順門熟路地開始擠起奶來，想來這段時間沒少幹這個。

「春兒！大妮！妳們在哪兒？」

正當春蓮抱著一瓦罐羊奶，領著崔景蕙要出剛叔家屋子的時候，便聽到吳嬸有些焦急的聲音在外面響起。

「是我娘，怕是有事！」春蓮扭頭朝崔景蕙說了一句，然後抱著瓦罐便「噌噌」地跑了出去，而崔景蕙亦是隨後跟了上去。

「可算是找到妳們兩個了！三爺剛回來了，直接就上崔阿福家裡去了！妳安叔怕出亂子，已經先追了過去，讓我來找妳們！大妮，這可怎麼辦呀？三爺那脾氣，還不得把崔阿福家給拆了！」吳嬸看到崔景蕙，先是鬆了一口氣，等想到三爺那火爆性子，瞬間又著急上火了。

崔景蕙一把將團團塞進了吳嬸的懷裡，側頭望向春蓮，她這會兒腦子亂得厲害，也只能想到什麼就說什麼了。「吳嬸，您幫我抱著團團，我這就過去勸三爺。春蓮，妳跟吳嬸回去，團團餓了，妳幫我先給團團把羊奶熱了，然後再弄些吃的。三爺剛從縣裡回來，肯定還沒吃東西，得弄點乾貨讓三爺消消氣！」

春蓮卻是急得直接推了崔景蕙一把，這要是再耽擱下去，只怕三爺會把崔阿福揍得下不了床！「大妮，妳就別在這裡磨嘰了，還不趕緊去，我知道該怎麼做！」

「嗯，那我這就去了！」崔景蕙見春蓮這麼說，也不敢耽擱了，轉身提著裙襬便朝崔阿福家一路小跑而去。

等到了崔阿福家，就見已經圍了一幫看熱鬧的村民在那裡了，三爺被安大亮和石頭用力的拉住，而另一邊坐在地上的崔阿福，這會兒早已被三爺揍得鼻青臉腫、哀嚎不斷。

「崔老怪！你個砍腦殼、殺千刀的，憑什麼欺負我家兒子？」李老太看著崔三爺的目光中帶著恐懼，可是他們家現在連個主事的人都沒有，作為一家之主，她也只好硬著頭皮往前面湊了！

「憑什麼？就憑你們燒了我的屋子！李老太婆，我告訴妳，我今兒個不僅要揍妳兒子，我還要把妳媳婦送官家去，告你們一個放火殺人罪！」崔三爺吹鬍子瞪眼地望著崔阿福一家，心裡的火燒得旺旺的，卻被人拉住，沒地方撒。

一聽到這事，李老太頓時就有點氣虛了，就連拄著枴杖的手，也不自覺的哆嗦了一下。可這會兒她不能輸了氣勢，只好梗著脖子，反駁道：「這……我可是已經賠了你們家錢了，村長也說這事就這麼算了。再說了，你這新屋子也已經起好了，還想怎麼樣？難道非得把我們這一家子老小都給逼死，你就高興了嗎？」

「就你們家這個尿性，要是能賠得起那青磚白瓦的屋子，我就把我這腦袋割下來給你們當凳子坐！」崔三爺鄙夷地看著崔阿福這幾間土胚屋子，破得連上面蓋的茅草都不整齊了，就他們家這個情況，還能賠得出他那棟青磚白瓦的屋子，簡直就是放狗屁！

李老太自然也知道，自家那點賠款給人起個茅房都不夠，只是被崔三爺攤明了往外說，這會兒又圍了這麼多人，她這老臉往哪裡擱呀？想到這兒，李老太的臉陰沈得可嚇人了！

「三爺，這事已經算是揭過去了，您老就別鬧了，成嗎？」匆匆趕來的村長，看到這對峙的一幕，只愁得腦袋抽抽的疼，可作為一村之長，這事又不能不管，只能硬著頭皮上前，勸三爺幾句。

崔三爺可不是個會給村長面子的人，當下就將村長給懟了回去。「崔小子，這麼大的事，是你一句話就能揭過去的嗎？只要你說一句能，那我就上你家燒燒你家屋子玩玩，成嗎？」

村長瞬間被崔三爺勾了一肚子的火，可是嘴上卻還是得勸著說：「三爺，您這說的什麼氣話？這都是一村人，也不能做得太絕了。你看崔阿福家現在老的老、弱的弱，總得給人家一條活路吧？三爺，得饒人處且饒人。」

「到底是誰做得太絕了？這是我家大妮和團子運氣好，要是真燒到哪兒了，崔小子，你摸著自己良心問問，這有給我留一點活路嗎？」崔三爺可不吃村長這一套。

「這不沒出事嗎？三爺，您在縣裡也應該知道阿牛被判了流放的事，這劉氏也是一下子氣懵了，才做出這樣的蠢事來，我已經好好說她一通了。三爺，這事就算是我求您了，行嗎？」要不是礙於村長的臉面，村長簡直就恨不得求爺爺告奶奶了！這事不管怎麼處理，只怕都沾不著好，所以他也是沒辦法呀！

「村長，你低聲下氣地求他幹什麼？他一個斷子絕孫的絕戶，還真當我家沒人了嗎？」

劉氏帶著病氣又無比尖銳的聲音響起，村長頓時就知道壞了大事！他看著依靠在門檻邊上的劉氏，嘴裡簡直比吃了黃連還要苦。這好好的人話不說，怎麼就非得說些個屁話呢！這不是嫌事情鬧得還不夠大嗎？說三爺斷子絕孫、絕戶，這事擱誰身上都好過不了啊！村長下意識裡望向崔三爺，卻看到崔三爺直接就衝了過去！

「三爺！三爺，您可千萬別衝動！」安大亮忙追了上去，想要把崔三爺拉回來。可他的速度，哪裡比得過暴怒之下的崔三爺的速度？

崔三爺直接衝到了門檻那兒，一把抓住劉氏的頭髮，「砰」地就往牆上撞了兩下，雖說是土牆，可是崔三爺的力道不小，一縷鮮血頓時順著劉氏的額頭溜了下來。

「妳她娘的說什麼？有種再給我說一句！」

「我說你是個斷子絕孫的絕戶！你有本事就殺了我啊！呵呵，來啊！」劉氏這會兒其實已經被撞得頭暈眼花了，可是崔三爺的話她還是聽到了耳裡。她側著頭，看著崔三爺一副猙獰的模樣，反而笑了起來。

「妳有種！我不會殺了妳，我會讓妳也嚐嚐斷子絕孫是什麼滋味！」三爺一把將劉氏扔在地上，然後衝進屋子。

不一會兒，便聽到一個撕心裂肺的孩童聲音響起。「放開我，你快放開我！我讓我奶殺了你！」

接著便看到三爺將崔根生提了出來，他看著轉眼變了臉色的劉氏，直接伸出另一隻手，掐住了崔根生的脖子，將他舉靠在土牆上。

「娘，救我！」三爺的手就牢牢地掐在崔根生的脖子上，崔根生不管怎麼掙扎都掰不開崔三爺的手，只能絕望的大聲呼救。

「放開我兒子！」

「放開我孫子！」

劉氏自己不怕死，但不代表她願意看著自己的兒子去死！更何況，根生現在可是他們家唯一的一根獨苗，這要是真出了什麼事，她還有什麼臉面去見阿牛哥呀？當下她就撲了過去，抓撓著崔三爺，想要讓崔三爺把手放開。

而李老太一直都是把崔根生放在心窩裡寵的，這會兒如何受得了？直接也撲了過去。

一直待在旁邊的安大亮眼看這都要出人命了，哪裡還敢放任崔三爺這麼胡鬧下去？趕緊也上前幫忙。

但崔三爺這會兒是鐵了心要掐死這小畜生，即便有三人阻攔，也不能撼動他分毫！

第七十四章　就不講理

「這……這要出人命了！這可怎麼辦呀？」村長看著崔根生臉都憋紅了，急得直拍手，眼睛亂掃，卻看到在人群中一副看熱鬧模樣的崔景蕙，頓時眼前一亮，苦著個臉就衝了過去。「大妮啊！我的姑奶奶，妳還有心思在這看熱鬧？都要鬧出人命來了，快去勸勸三爺吧！」

「這不人還沒死嗎，村長您急什麼？」崔景蕙可是看明白得很，離死還要好一會兒呢，有什麼好著急的？

他就是急呀！這真要出了事，他這個村長哪裡還當得下去啊！「大妮，就當是伯伯求妳還不成？」

「成！」崔景蕙看著村長那一副急不可耐的模樣，也不折騰他了，點了點頭便上了前。

「三爺，咱們回吧，待在這種地兒怪膈應人的。您許久不見團團了，他可是坐得起了。」崔景蕙自然不會自不量力地伸手去拉扯三爺，讓三爺放手，她站在三爺面前，完全就是一副話家常的模樣。

崔三爺聽到崔景蕙的聲音，手上明顯一頓，而旁邊的安大亮趁著這個工夫，便掰開了三爺的手，一把將已經被掐得說不出話來的崔根生搶進了懷裡。

「我的兒，你沒事吧？嚇死娘了！」

「我的心肝肝孫啊！你要是出了點什麼事，阿嬷可就不活了啊！」

崔根生被救了下來，劉氏和李老太自然是顧不上崔三爺了，忙朝崔根生奔了過去。

「大妮，都是三爺沒用！」崔三爺一臉愧疚地看著崔景蕙。他才出去一個多月，大妮就在家裡受了這麼大的委屈，他這心疼的啊！

「不關三爺的事。我最近賺了一點，正好打算把三爺的屋子翻新一下，只是湊了巧了，都免得我拆了。三爺，至於其他的事，我們還是回去再說。」崔景蕙輕聲輕語地說著家常，彷彿剛剛什麼都沒發生一樣。

別人的話三爺可以不聽，但崔景蕙的話，三爺卻是不能不聽的。他心有不甘地瞪了崔阿福一眼，啐道：「哼，便宜他們一家子孬貨了！」

聽三爺這麼一說，崔景蕙總算是鬆了口氣，拉著三爺的胳膊就往外走。「回家去了，我這一個月裡，一直都住在春蓮家裡。」

「嗯，那我今晚也住大亮家了！等明兒個端午過了，我就回縣裡去叫幾個夥計，把屋裡的門窗都給裝上。」崔三爺點了點頭，既然大妮住在大亮家裡，他自然是跟崔景蕙一塊兒了，想來大亮也不會把自己這個老頭子趕出門去吧！

「行，都聽三爺的！」崔景蕙點了點頭，三爺的安排，她一向不會拒絕的。

一老一少，邊說著事邊慢慢離開了崔阿福家，村長亦是鬆了一大口氣，招呼著看熱鬧的村民散去，然後又安撫了崔阿福一家幾句，聽了一堆爛話，這次收著一肚子的火氣回了曬穀場屋裡。

到了春蓮家，安大亮便拉著崔三爺喝上了小酒，總算是把三爺的怒火揭過去了。

這邊的事平息了，春蓮那邊確實也等不及了，崔景蕙想著擇日不如撞日，便過去吳嬸房裡尋了吳嬸，打算說說春蓮的事。

「大妮，妳怎麼來了？這是有事嗎？」吳嬸聽到腳步聲，抬起頭卻看到崔景蕙，臉上的表情頓時愣了一下，這才伸手拍了拍自己的邊上，示意崔景蕙坐下。

「嗯，有點事想要和吳嬸您說一下。」其實崔景蕙心裡也是有點忐忑的，她下意識裡坐得離吳嬸遠遠的，小心翼翼地看著吳嬸的面色，這才開口說道：「我想和吳嬸說一下春兒的婚事？」

聽了這話，吳嬸索性將手中的衣服擱在膝蓋上，一臉詫異地望著崔景蕙。她最近是有問過幾個媒婆，看她們手裡有沒有適合春蓮的人選，但她可是問得很隱秘的，難道是春蓮那丫頭知道了、害羞了，所以讓崔景蕙先過來問問？「怎麼了？春兒那丫頭是不是跟妳說什麼了？」

崔景蕙一臉認真地點了點頭。「嗯，她有點事不敢對您說，所以讓我來跟吳嬸說一下。」

「還不敢自己來說？春蓮這丫頭不會是有意中人了吧？」吳嬸挑了挑眉，有些不經心地說了句，卻看到崔景蕙朝她點了點頭，吳嬸頓時一驚，伸手一把抓住崔景蕙的手。「大妮，快告訴嬸子，是哪家的孩子？咱們村裡的，還是村外的？什麼時候認識的？」

「這個……吳嬸，您先別激動，聽我慢慢跟您說。這個人您也認識，就是咱們村裡的石頭。」崔景蕙一直注意著吳嬸的表情，她將話說完之後，便看到吳嬸神情瞬間一變，崔景蕙也是被春蓮說得壓力有點大了，所以一看到吳嬸直接蹦起來，下意識就跟著站起身，攔在了吳嬸的面前。「吳嬸，您消消氣，您先消消氣！」

「那個該死的丫頭！喜歡誰不好，偏偏要喜歡石頭那小子！妳去告訴那死丫頭，就算是她娘我死了，她也休想嫁給石頭！」吳嬸這會兒心裡又是震驚、又是心痛。她就說春蓮這丫頭死槓著不談婚事奇怪得很，原來是心裡早就有人了，知道自己不會同意，這才一直死拖著。

吳嬸越想越氣，越想越想將春蓮那丫頭揍一頓再說，她伸手就想將崔景蕙撥到一邊去，可是沒承想，崔景蕙根本就紋絲不動的站在那裡，饒是吳嬸幹慣了活兒，推了好幾下，也沒能將崔景蕙推開。

「大妮，妳讓開，我今兒個非得把那死丫頭狠狠地揍上一頓才行！」

果然是半句話都聽不進去啊！崔景蕙看吳嬸這樣，也豁出去了，將這事一次全都說出來。「吳嬸，春兒她就是怕您這個樣子，才一直不敢告訴您。我也不怕跟您說了，春蓮已經認定了石頭，若是您真不同意這門親事，她就打定了主意跟著安大娘當一輩子的穩婆，不嫁人了。」

不嫁人？這還得了！家裡已經有一個老姑娘了，聽到春蓮還想步後塵，吳嬸眼睛一瞪，聲音也拔高了。「她敢？這婚姻大事，哪裡是她一個姑娘家能夠作得了主的！」

崔景蕙嘆了口氣，半是勸說、半是強迫地將吳嬸推回到了床邊，伸手將吳嬸的手握住，頗有些苦口婆心地勸說了起來。「吳嬸，這婚事雖然講的是父母之命，媒妁之言，可真要是疼姑娘的父母，總得照顧著當女兒的心思。若是隨便選個人把春蓮嫁了的話，我想您也不願意看到春蓮一輩子都過得不開心、不幸福，甚至連娘家都不願意踏進半步的事兒發生吧？我也知道，吳嬸您不待見石頭娘，可這都已經是過去好幾十年的事了，您又何必將自己的不滿延續到下一代人身上呢？」

不提石頭娘還好，這一說到石頭娘，吳嬸整個人都快要崩潰了，她死死地抓著崔景蕙的手，完全陷入了自我臆想之中。

「那個女人，她就是嫉妒！嫉妒大亮選擇了我，自己卻嫁了個病秧子，如今還守了活寡！她就是心有不甘，所以這會兒才讓石頭那小子來打我閨女的主意！對，一定是這樣的！春蓮一定是被石頭那小子給蠱惑的，我不能讓我閨女上了他們家的當，我要去跟那個女人說清楚，這門親事，我絕對不同意！」

「吳嬸，冷靜一下，您先冷靜一下！」崔景蕙看吳嬸氣得渾身直哆嗦的模樣，也不敢再刺激吳嬸了，忙倒了一杯涼水塞進吳嬸的手裡。

冰冷的水入肚，吳嬸總算是氣消了一點，這還沒開始跟崔景蕙抱怨呢，一直在外面聽牆腳的春蓮卻是再也受不了，直接推開門就衝了進來，然後一把撲到吳嬸的面前跪了下來。

「娘，張嬸根本就不喜歡我爹，從頭到尾，那都是您一廂情願的想法，她沒有騙我，石頭也沒有騙我！我真的喜歡石頭，娘，我求您了，求您成全我們吧！如果不能嫁給石頭哥，那我寧願跟姑婆一樣，一輩子都不嫁人了！」

吳嬸也是氣急了，她一把甩開了春蓮的手，完全不顧春蓮跌坐在地上，伸出手一臉失望地指著春蓮，近乎咬牙切齒地說道：「不嫁人就別嫁了！我寧願讓春元以後養妳一輩子，我也不會答應讓妳嫁給石頭那小子，妳就死了這條心吧！」

「娘，您真的要對女兒這麼狠心嗎？」春蓮不敢置信地抬起頭看著吳嬸，她不相信這樣絕情的話是從一貫疼愛自己的娘親嘴裡說出來的。

吳嬸看著傷痛欲絕的春蓮，一字一頓，完全不給春蓮留半點退路。「對！妳要嫁人的話，我就去請媒人，給妳介紹一門好親事；但妳要是想嫁給石頭的話，就算妳一輩子不嫁人，我也不會同意！」

「好，好！娘，這話是您說的，女兒定會如您所願的！」春蓮怔怔地看了吳嬸良久，豆大的眼淚盈出眼眶，她卻連擦都不擦一下，看著吳嬸那雙氣得充血的眼睛，笑了兩下，然後從地上爬了起來，轉身就跑了出去。

「吳嬸，我去追春兒！」

崔景蕙怕春蓮想不開，和吳嬸招呼了一聲，忙追了出去，一出門便看到安大亮、春元還有三爺都站在堂屋裡，三人皆是一臉擔心的模樣。

「安叔，您去勸勸吳嬸，我去找春兒！」崔景蕙也怕春蓮跑得太快了，自己追不上，所以具體發生了什麼事都來不及和安大亮他們說，便急急忙忙地衝了出去，循著春蓮離去的背影直追了上去。

春蓮一路往石頭嶺上奔，崔景蕙在後遠遠地追著，直至春蓮爬上一塊大石頭，將頭埋在膝蓋裡，崔景蕙這才終於臨近了春蓮的身。

「嗚嗚嗚嗚！」

壓抑而隱忍的哭泣聲，傳入崔景蕙的耳裡，讓崔景蕙的心也不由得酸澀了起來。她蹲下身，將春蓮輕輕地攬入懷中，一臉歉意地說道：「對不起，都怪我多嘴，要不然吳嬸也不會生這麼大的氣。」

「哇哇哇！」春蓮沒有回應崔景蕙的歉疚，她一頭扎進崔景蕙的懷裡，下一刻便失聲痛哭了起來。

春蓮哭得傷心，崔景蕙也什麼都不想說，只是靜靜地擁著春蓮，想用自己的溫暖帶給她一絲慰藉。

春蓮像是要將自己所有的委屈一次全部發洩了般，哭了好半天。

崔景蕙覺得自己胸前的衣襟已經全部浸透，都足以擠得出水了，而懷中春蓮嗚嗚的哭泣聲依然沒有止住。

「大妮，讓我和春蓮說說吧！」

崔景蕙聽到聲音，下意識裡往後一看，不知道何時，石頭居然也過來了。

春蓮這會兒也聽到了石頭的聲音，從崔景蕙懷裡探出頭來，待看到石頭之後，頓時掙扎著從崔景蕙的懷裡站了起來，然後一把撲進石頭的懷裡，原本已經變小的哭泣聲再度放大。

「嗚嗚，石頭……嗚嗚，我娘不准我……嗚嗚……嫁個你嗚嗚……嗚嗚嗚……我該怎麼辦呀！」

瞬間空空的懷抱，伴隨帶著哭腔、含糊不清的話語響起。崔景蕙這個時候也沒心思懟一下春蓮這種見色忘友的表現了，她揉了揉有些發麻的腿，然後站了起來。

「你們說，我去幫你們守著。」

「嗯，有勞大妮妳了。」石頭朝著崔景蕙勉強一笑。

崔景蕙也不在意這個，她拖著發麻的腿，下了大石頭，然後守在上山的道上，以防這個時候有其他人上來。

也不知道石頭跟春蓮說了啥，等到崔景蕙再次看見春蓮的時候，雖然鼻頭紅紅的，但情緒總算是平緩了下來。

石頭將春蓮輕輕地推到崔景蕙的面前，然後一臉懇切地望向崔景蕙。「大妮，我把春兒暫且交給妳了。」

「你放心吧，我定會將她看顧好的！」崔景蕙亦是鄭重地點了點頭，這才扶著春蓮往石頭嶺下走去。

春蓮雖跟著崔景蕙走，可是目光卻頻頻後顧，眼中的眷戀也是真切得很，而石頭則一直站在原地，目送著春蓮離去。

直至下了山，再也看不到石頭的身影了，春蓮還是時時往後看。

崔景蕙見狀，卻是嘆了一口氣。「別看了，以後定會有機會的。」

「以後……以後的事，誰知道呢？」春蓮苦笑了一下，幽幽地嘆了一句，然後望向崔景蕙。「大妮，妳不要多想，我並沒有怪妳，這件事遲早要和我娘攤牌的，要不是妳幫我，我還真沒勇氣和我娘說這個，我該謝妳才對的。」

春蓮這般垂頭喪氣的模樣，看得崔景蕙自然是心疼得緊，畢竟她們認識十年了，她還是第一次看春蓮這麼無精打采的。「妳能不怪我，我就已經很感激了。吳嬸也是一時氣話，也許過段時間，吳嬸就想通了，我也一定會幫妳的。春兒，妳可千萬別洩氣。」

「謝謝妳，大妮。我現在腦子裡都是懵的，我想先回去睡一覺，好好想想我以後該怎麼辦。」春蓮對著崔景蕙露出一個極度勉強的笑容。雖說石頭剛剛跟自己說了一切都交給他來處理，可是她對自己的娘實在是太瞭解了，她爹都沒辦法說動娘，又何況是石頭呢？

崔景蕙見春蓮這個樣子，也不知該說什麼好了，索性便住了嘴，攙著春蓮回家。

雖說出來好一陣子了，但顯然吳嬸的怒火是半點都沒有消。她們一進堂屋的時候，便看到吳嬸大馬金刀地坐在堂屋的正中間，她身邊的安大亮一直在勸說著什麼，只可惜，吳嬸卻是完全無動於衷。

「給我跪下！」吳嬸一看到春蓮回來了，手中的笤子一甩，直打得凳腿「啪」的一聲大響，她看著春蓮，這一刻的眼神中竟然還夾雜著些許的憤恨。

「吳嬸——」

「大妮，別管我了！」

崔景蕙正想要勸吳嬸幾句，卻被春蓮拉了下胳膊，低頭便看到春蓮朝自己搖了搖頭，然後春蓮便鬆開了崔景蕙的手，看也不看吳嬸一眼，徑直走到祖宗的神龕之下，膝蓋一曲，就跪了下來。

吳嬸看到春蓮這個樣子，氣得胸膛一陣起伏，她一把甩開了旁邊的安大亮，拿著笤子，在所有人都沒有反應過來前，直接就對著春蓮的背部抽了下去！

春蓮咬著牙跪在那裡，卻是連痛都沒叫上一聲。

「我打死妳這個吃裡扒外的東西！妳以為翅膀硬了，就可以為所欲為了？春蓮，今天妳就跪在這裡，對著祖宗的神龕，好好地想清楚妳到底錯在哪兒！」

崔景蕙急忙撲了上前，從背後一把攬住春蓮的脖子，用身體擋住了春蓮的背部。

而吳嬸手中再度揚起的笤子也被安大亮搶了過去，然後一把摟住吳嬸的腰就往後拖。

「妳這婆娘，瘋夠了沒？難道真要把女兒逼死妳才滿意嗎？」

「要早知道她要嫁給石頭屋裡，我還真寧願沒有這個女兒的好！安大亮你放開我，我今天非得抽死這丫頭……」吳嬸死命地掙扎，臉上的表情歇斯底里，嘴裡說的話更是半點遮攔都沒有。

安大亮見自己婆娘越說越邪乎了，索性摀了她的嘴，直接就給關屋裡去了。

「春兒，身上疼不疼？要不要我給妳看一下？」崔景蕙看安大亮制住了吳嬸，這才扭頭一臉擔心地望向春蓮。她剛剛看得明明白白，吳嬸那一笤子可是抽實了，這細細的竹條打在身上，能不疼嗎？

「大妮，我沒事，我娘讓我跪著，我得好好地跪在這裡。」春蓮制住了崔景蕙想要看她傷勢的手，抬起頭想對崔景蕙笑一下，可是眼淚卻不爭氣地流了下來。

崔景蕙捏著袖子替春蓮擦去了臉上的淚水，這地上涼著呢，要是一直跪下去，膝蓋怎麼受得了？「這……妳等我一下！」

崔景蕙轉身回了睡覺的屋子，將床頭的枕頭抱了出來，也不管春蓮願不願意，直接強迫著將枕頭塞到春蓮的膝蓋下面。

「大妮，這樣會把枕頭弄髒的。」

「也就是枕套，髒了洗洗就成。妳要跪著，我不攔妳，但這事妳得聽我的。妳還年輕，可不能傷了腿，要不然等以後老了，可有得妳哭的！」崔景蕙做完這事，直接轉身從堂屋的旮旯裡自己的工具箱中撿起了塊長條狀的烏木，拿了刻刀，又搬了條板凳擱在春蓮的身邊。

「大妮，妳不用管我，我自己可以的。」

崔景蕙半點都不理會春蓮的拒絕，一屁股坐在板凳上，朝著春蓮笑了一下，便垂頭開始打量手中的木頭，看能雕琢個什麼東西來，絲毫不給春蓮半點拒絕的機會。「這事妳說了可不算！別怕，我會一直陪著妳的。」

崔景蕙這模樣，春蓮哪還有什麼不明白的？再拒絕也就矯情了，所以她便什麼都沒說了。

這麼一鬧，春蓮家的氣氛也就格外僵了起來。

三爺知道崔景蕙要陪著春蓮，索性便將帶著團團的事攬了過去，這倒是讓崔景蕙鬆了一口氣。

晚飯的時候，安大亮又來勸了幾次，讓春蓮別跪了，可春蓮也是個倔強的，便是被安大亮拉開了，一鬆開手就又跪上了，安大亮也沒法子，只能任由這娘倆去了。

第七十五章　終於鬆口

五月初五，正是一年一度的端午節，這個時候，村裡的老老少少一早就去鎮上了，因為每年鎮上都會舉行盛大的慶典。這村裡的人一輩子和田地打交道，也沒什麼可以看熱鬧的機會，所以這種機會自然不會輕易錯過。

一時間，整個大河村裡頓時變得冷冷清清了起來。

春蓮家因為出了這事，便是春元想去，只怕也是不能了。

吳嬸一直把自己關在屋子裡不出門。春蓮明顯就是一副搖搖欲墜的模樣，卻還要死撐著跪在那裡，本來昨晚也沒有吃飯，又錯過了早飯，這會兒自然是餓得肚子咕咕直叫。

可安大亮勸不動這個，也勸不動那個，只能在屋裡對著三爺直嘆氣。

而春元被鬧騰得自然也是沒法子看進書了，正在院子裡面鬱悶的時候，卻看到石頭領著他娘正往這邊走了過來。

「爹、爹！石頭哥來了！」春元直接扭頭便朝屋裡大喊了起來。

一時間，又驚得屋內一陣雞飛狗跳，就連已經昏昏欲睡的春蓮也猛的跪直了背，扭頭往堂屋外望去。

「拐了我的閨女，他還敢來我家！」一直未出門的吳嬸氣勢洶洶地提了把掃帚就直接衝出了堂屋。

幸好安大亮這會兒也出了堂屋門，一把拉住了吳嬸，不然吳嬸的掃帚還真招呼上石頭的身了。

吳嬸之前沒有看到石頭娘，所以滿腦子想的都是將石頭狠狠地揍上一頓，讓他以後別再糾纏春蓮了，哪裡會想到，一貫不出門的劉氏，竟然在這個時候上他們家來，這讓吳嬸本來就不安的心更加不安了起來。她一把將安大亮拉到自己身後，就連安大亮扯了她手中的掃帚都不在意了。

「妳、妳怎麼也來了？妳是不是又想來跟我搶大亮？劉珍，我告訴妳，我絕對不會把大亮讓給妳的！」

「吳氏，妳給我閉嘴！」劉珍為了自己的丈夫守了多年的節，從未想過要改嫁，怎麼容得吳嬸這般言語，壞了她的名聲？要不然她也不會特意選在這個時候上安家的門了。

「怎麼，心虛了？妳有本事偷人家男人，怎麼還不許人家說妳——」

「啪！」吳嬸越說越離譜，劉珍氣得臉都青了，一時間失去了理智，直接一巴掌就甩在了吳嬸的臉上。她看著終於歇了聲的吳嬸，推開了攙扶的石頭，走到吳嬸的面前。

「吳倩，妳還嫌丟臉丟得不夠嗎？妳自己齷齪，還要把別人想得和妳一樣齷齪！今天要不是為了石頭，妳以為我願意踏進妳這個院子嗎？妳真要我在這兒和妳攤明了當年妳的婚事是怎麼得來的嗎？這麼多年了，我從來都沒有怪過妳，如今妳真要把事情都做絕了嗎？」一連幾個問題，直擊吳嬸那想要忘記的封存往事。

原本滿肚子火氣的吳嬸，在劉氏一連串的質問之下，就如同大冬天裡的一盆冰水迎頭倒在腦袋上，全身直哆嗦，哪還有半點之前的潑辣勁兒？就連直視劉氏的勇氣都沒有了。

「嫂子，咱們有話上屋裡說，上屋裡說去。」這一幫子人，更何況還有劉氏這個寡婦在，站在院子裡自然是極其不合適的，因此安大亮這會兒也顧不得自家媳婦受了委屈，拉著吳氏，朝劉氏招呼了句，便先進了正屋裡。

劉氏更是忌諱這個，不然她也不可能多年如一日地待在家裡不怎麼出門了，所以安大亮的這個提議，她自然是不會拒絕。

一行人進了正屋，春蓮也想去看看，可是礙於自己才和娘親鬧翻，這下再往前湊，哪裡好意思？因此只能眼巴巴地望著崔景蕙，向崔景蕙求助。

「妳在這兒等著，我先過去看看。」崔景蕙自然明白春蓮的意思，這個時候她也生不出調侃春蓮的心思，擱下了手中的刻刀和木頭，站起身來，拍掉身上的木屑就要往外走。

春蓮一把拉住崔景蕙的手，一臉懇切地說道：「大妮，那就拜託妳了！」

「放心吧！」崔景蕙朝春蓮安撫地笑了一下後，直接出了堂屋，她並沒有先去正屋裡，而是到灶屋沏了一壺茶，這才端著去了正屋。

正屋裡，氣氛凝重異常，崔景蕙給裡面的每人倒了一杯茶後，便挨著三爺坐下，順手接過三爺手中正在咬手指的團團。

忽然，一臉嚴肅的安大亮開了口，歉意地看著屋內的人。「三爺、石頭、大妮、春元，麻煩你們都先出去一下，我們想要好好談談。很抱歉，這件事我不想讓太多的人知道。」

這是安家自己的事，既然安大亮都這麼說了，崔景蕙自然沒有理由再留下了，而三爺更是不想知道安家的事，幾個人不管情願的、不情願的，也只能出了屋子，將空間留給了剩下的三人。

「大妮，妳怎麼就出來了？」堂屋裡，春蓮實在是有些心癢癢，所以在神龕前沒待一會兒，便偷偷地摸到了側門那兒，打算聽聽牆腳。卻沒想到，什麼東西都沒有聽到，便看到崔景蕙抱著團團進了堂屋裡，她原本弓著的身體頓時直了起來，臉上的表情訕訕的，待看到跟在崔景蕙身後的石頭時，原本訕訕的表情直接就變成了尷尬。

「安叔讓我們出來的。春元，咱們去院子裡吧！」崔景蕙稍微解釋了一下，便極其識趣地喊了春元離開，將堂屋讓給了春蓮和石頭，讓他們兩個能多相處一會兒。

崔景蕙沒有聽牆腳的習慣，即便正屋裡的聲音吵得再激烈，她也沒有上前的打算。

春元坐在崔景蕙旁邊，手中的撥浪鼓有一下、沒一下地晃動著，眼睛時不時地往屋子的方向瞟，顯然他此刻的心思不在這兒。良久，春元似鼓足了勇氣一樣，面帶忐忑地望著崔景蕙，問出了此刻心中的不安。「大妮姊，妳說劉嬸能說通我娘，答應姊姊的這門親事嗎？」

「這是上一輩的事，我也不知道會是一個什麼樣的結果，總之在沒有結果之前，我們暫且往好裡想吧。」崔景蕙也沒有底。按照劉嬸之前在院子裡的話，當年劉嬸、吳嬸和安叔之間的事，怕是沒那麼簡單。

屋子裡的爭吵聲慢慢地由大變小，直至再也聽不見了。也不知等了多久，只聽得一聲門響，崔景蕙回頭卻不見門開，心思一轉，抱起團團、拉著春元，去了堂屋。果不其然，還未跨進堂屋門，便看見安大亮夫婦和劉嬸站在堂屋裡，春蓮和石頭跪在三人面前，春蓮這會兒正朝劉嬸哀求著。

「劉嬸，讓石頭試試吧！我相信石頭，要是不能夠嫁給石頭，那我就一輩子不嫁人了！劉嬸，求求您，答應我娘吧！」

「傻孩子，妳這又是何必呢？」自己兒子跪娘，那是天經地義的事，可是春蓮還沒成為自己的媳婦呢，這要是傳出去，春蓮的名聲可就全毀了！劉嬸寡了多年，自然知道名聲對一個女人有多重要，所以她忙伸手想要將春蓮扶起來。

只是，春蓮這會兒也是鐵了心，劉嬸不答應，她就不肯起來。

劉嬸沒有辦法，如今這情況，她也不能傷了這兩孩子的心，反正只有一年，就看這兩個孩子自己的造化了。劉嬸回身狠狠地瞪了吳嬸一眼，算是應下了她這無理的要求。

「簡直就是造孽！吳倩，弄成這樣，妳現在滿意了吧？既然兩個孩子都是這樣想的，那我就答應妳。我倒要看看，這兩個孩子的姻緣線，可是妳能扯得斷的！」

看劉嬸答應了下來，春蓮和石頭相視一笑，臉上也露出了一絲輕鬆來。

「吳嬸，這事我娘已經應了，一年為期，我一定會證明給您看的。」石頭接著又恭恭敬敬地朝吳嬸磕了個頭，一臉誠懇地保證。

吳嬸這會兒心中的氣還沒消，可沒劉嬸那邊的好性子。她用眼角的餘光瞥了地上的兩人，說話的語氣也是涼涼的。「哼，一年，我只給你一年的時間，這一年裡你也別來找我家春兒了。只要你能做到，我就既往不咎，將春蓮許配給你；若是你做不到，以後就不要再糾纏我家女兒了。」

不管怎麼說，吳嬸也算是應下了這事，春蓮和石頭這會兒哪裡還顧得上吳嬸的態度，春蓮喜極而泣地朝吳嬸又磕了一頭。

「娘，謝謝您！謝謝您給我們倆一個機會！」

「別！這事成不成，還是再說的事，可別謝太早了。以後要是成不了，我可擔不起這責任！」吳嬸青著個臉，說了句風涼話，然後當著春蓮和石頭的面，「砰」的一聲就將正屋門給關上了，只留下春蓮僵著臉跪在那裡。

就在春蓮不知道該怎麼和石頭解釋她娘的態度時，安大亮從堂屋裡匆匆地跑了出來，掛著一臉訕訕的笑，將春蓮和石頭扶了起來。

「石頭，你嬸子就是這個脾氣，你不要放在心上。這事既然你們都答應了，你還是早點回去想想法子才好，畢竟這錢也不是個小數目。」

「安叔，我知道！我一定不會讓春兒失望的！」石頭點了點頭，然後轉頭看向春蓮。「春兒，等我，明年的今天，我一定做得到的。」

「石頭哥，我相信你！」春蓮此時整個身心都撲在石頭的身上，對於石頭的話又怎麼可能不信呢？

「走吧！」劉嬸也不想打擾春蓮和石頭，可一年之內要賺五十兩銀子、考個秀才，可不是什麼容易的事，與其將時間浪費在這上頭，還不如快點回去想想，有什麼賺錢的法子能達成這個約定。

春蓮戀戀不捨地看著劉嬸領著石頭離開，直至他們兩個的背影消失在她的視線範圍內，她依舊站在原處，沒有動。

崔景蕙抱著團團走到春蓮的身邊，伸出手拍了拍春蓮的肩膀。「別看了，以後有的是機會。先進屋去吃點東西，然後好好睡一覺，之後我們再好好想想，看有什麼法子讓石頭達成妳娘的要求。」

「嗯，我都聽妳的！」春蓮心裡的那根弦鬆了下來，自然是感覺到又累又餓。她也知道，這事不是一天兩天就能辦到的，就算她心裡再急也沒有用，還不如聽崔景蕙的話，好好睡上一覺，然後再想想以後的事。

「去吧！」崔景蕙拍了拍春蓮的背，看著春蓮回了屋裡。她在院子裡待了一會兒，想了想，也沒有回屋裡，而是抱著團團出了院子。

她昨兒個想了一晚上，覺得還是要和三爺說說這段時間裡大別山發生的事。那個密道是三爺發現的，三爺在裡面轉悠了幾十年，或許會知道一些自己不知道的事。

崔景蕙找到三爺的時候，三爺正在丈量新屋裡門窗的尺寸，好方便到時候做門框、窗框用，他本來還以為崔景蕙來找他回去，卻沒想到，崔景蕙是跟他說那條通往大別山的密道之事。

「妳說什麼？大別山裡有寶藏？這不可能，我在村子裡待了這麼多年，從沒有聽說過大別山裡有寶藏的事。」乍一聽到大別山裡有寶藏，他第一時間就擺了擺手，表示不相信。

三爺的這般反應是極其正常的，崔景蕙也不著急，只是將自己最近的發現一併都告知了三爺。「三爺，這是我親耳聽到的，而且現在大別山裡怕是窩了不下一百多個人，他們正四下找著寶藏。三爺，自從發現了這事，那條密道我已經找了不下二十遍了，可是裡面依舊什麼都沒有，所以我想問問三爺您，可有覺得哪裡是不對勁的地方？」

三爺見崔景蕙說得篤定，不由得信了幾分。他細細想了一下，搖了搖頭。「這個我倒是沒有注意。」不過，這種事總得要自己親眼見過才能算得了準，所以三爺當下便決定，要往大別山裡走上一遭。「不行，我得去大別山裡看看。」說著，三爺提腳就往外走去。

崔景蕙急得頓時衝了上去，一把攔住了三爺的去路。

「三爺，這個時候去，目標實在是太大了，要是讓人發現，那可是丟命的大事！」

三爺倒沒想到這個，崔景蕙這麼一提醒，三爺也想透了。「那成，我們晚上去，這不正好要做些門窗嗎？咱們到時候拖點木頭回來。」

雖說三爺這話說得半點危機感都沒有，但總算讓崔景蕙鬆了一口氣。「行，晚上的時候，我陪三爺一起去。」

「行，就這麼說定了。」

當夜幕降臨的時候，在鎮上遊玩了一天的村民，這會兒也都回了村裡，三三兩兩、意猶未盡地聚集在曬穀場裡，說著自個兒的見聞。

崔景蕙將團團送到橋嬸那裡之後，便和三爺兩人直上墳場，進入密道之中。

「三爺，我是在破山神廟那裡發現那夥人的，我們先過去那邊看看？」崔景蕙走在密道裡，向三爺提議。

「我也是這樣想的。」三爺沒有異議。大別山裡真要有寶藏的話，對於住在大別山周圍村裡的人，無疑是一個巨大的威脅，所以一開始他才不願意相信崔景蕙的話。

二人從破山神廟的那個破佛像下面鑽了出來，蹲著身子，趴在一截斷壁後，崔景蕙伸手指了指不遠處林中的火光，輕聲地向三爺說道：「就是那裡，我第一次來的時候，那裡至少駐紮了上百人，後來又分了幾次人出去，如今那裡怕是還有二十多個人在。」

崔三爺年輕的時候服過軍役，見識自然是比崔景蕙多得多，他聽了崔景蕙的話之後，瞇著眼睛瞅了好一會兒。忽然，一個大膽的猜測湧上了心頭，如果他看得沒錯的話，這夥人八、九成是出自軍營裡的！

夜色中，崔三爺的眼睛裡忽然透出了一絲驚恐，他下意識裡嚥了下口水，伸手一把抓住崔景蕙的手，低聲說道：「我們走，快離開這裡！」

三爺的聲音又低又急促，崔景蕙雖然不明所以，可還是貓著腰，跟在崔三爺後面退回了地道之中。

等進入地道之後，崔三爺臉上的表情這才好看了一些，只是也不跟崔景蕙說什麼，逕自悶著頭往回走，等走到密室之後，他直接動手開始搬起了木頭。

他不願去想那些個當兵的來大別山為的是不是寶藏，這時候他腦中唯一的想法，就是把他存了幾十年的木頭全部都給搬回去！

第七十六章　大伯回村

滿滿一密室的木頭，又不能請人幫忙，確實是個大難題。好在崔景蕙之前做了輛推車，且新建的房子裡地窖夠大，饒是如此，崔景蕙和三爺兩人，也是忙活了七、八日，這才將密室裡的木頭都搬了回來。

這還未來得及休息，三爺便急匆匆地趕回鎮上。

而崔景蕙也是累得快要癱了過去，正想好好休息一下，卻又被春蓮給逮住不放。崔景蕙趴在床上，動都不想動一下了。

「唉，大妮，妳說可怎麼辦呀？這五十兩銀子，石頭哥上哪兒湊去呀？」春蓮挨著床邊，手中正繡著一塊帕子，只是繡沒兩針便停了手，一副唉聲嘆氣的模樣。

崔景蕙伸手將春蓮手中的繡繃子拿開，抬了抬頭，將腦袋擱在了春蓮的膝蓋上，懶洋洋地說道：「春兒，妳擔心這個幹什麼？我覺得妳還是擔心石頭明年考不考得上秀才吧！這科考一事，雖說學識很重要，但運氣也很重要，我記得妳家石頭可從沒參加過科考，妳這是盲目的自信，知道嗎？這考秀才，那可是百裡挑一的事，要是石頭沒考上，到時候妳哭都沒用。」

「那怎麼辦呀？這也不行、那也不行，可愁死我了！唉……」春蓮是不怎麼識字的，所以對石頭有種盲目的崇拜感，以為秀才考起來也不難，但被崔景蕙這麼一說，心裡頓時也開始犯嘀咕了。

「對了，怎麼忘了這茬了！石頭現在不是要掙錢的法子嗎？我手裡剛好有一個，妳順帶去問問，看石頭要不要跟我學這手藝，要是想學的話，讓他明兒個晌午之後到三爺家的院子找我。」崔景蕙剛剛一下子想到，要不要把這活字雕版教給石頭？要是其他的活兒，崔景蕙還不好說，但這種沾著書墨氣的賺錢活兒，指不定石頭會樂意，畢竟這樣一來，讀書和賺錢都不耽誤，可算得上是一舉兩得的事。

「好，我這就去問問！」春蓮也是心中一喜，崔景蕙隨便雕了座觀音像那可是得了一百兩銀子，要是石頭跟大妮學學，那五十兩銀子還真不算是個事了。

這樣一想，春蓮走路都感覺輕飄飄的了，臉上也是不由自主地帶了幾絲笑意，這讓看了春蓮好幾天愁眉不展模樣的安大亮，頓時有些摸不著頭腦了。

少了春蓮在耳邊嘰嘰喳喳，崔景蕙終於能安心休息了。在床上睡了一整天，全身痛得感覺沒一處是自己的，可既然答應了春蓮，沒得法子，晌午過後，也只能強撐著去了新屋子裡。

春蓮自然是沒辦法跟過去的，畢竟吳嬸已經說了不讓她和石頭見面。這背地裡見見也就算了，明面上還是得依著吳嬸來，免得惹怒了吳嬸，到時候連這一點機會也給收回去，那就得不償失了。

等崔景蕙走到院子裡的時候，石頭已經等在那裡好一會兒了，崔景蕙也不跟石頭寒暄，直接招呼著他就往屋裡走。「跟我來。」

石頭雖說是滿頭的霧水，可也知道現在不是問的時候，遂跟著崔景蕙一道進了裡面屋子的一個角落裡。

「知道這個是什麼嗎？」崔景蕙伸手掀開蓋在雕版上的一件舊衣裳，隨手拿了一塊雕版，遞到了石頭的面前。

石頭是讀書人，所以他一眼就認出了這塊雕版上刻的是《三字經》上的一篇，再看那角落裡疊得整整齊齊的一堆雕版，這還有什麼不明白的？

「這是《三字經》……是印刷用的雕版，大妮，妳是準備做印刷？不對，這個人做的話，銷量太小，成本太高，還不如手抄的划算。」石頭說出心中的猜測，腦子裡卻是更加的疑惑。成本降不下來，就算印得再多，這量也賣不出去啊！

崔景蕙伸手將石頭手裡的雕版拿了回來，用自己帶過來的一把鋼絲鋸，當著石頭的面，沿著雕版上字與字之間的中線，乾淨俐落地將雕版直接鋸開，分成一個個單獨的字，然後又遞給了石頭兩個字。「那要是這樣呢？」

石頭看著手上單獨的兩個字，腦子卻是完全糊塗了。這雕版分開了，還能算得上是雕版嗎？「大妮，妳這是？」

崔景蕙也不跟石頭解釋，而是拿起之前做好的框架，將活字一個一個直接填充了進去，然後再倒出來，接著又隨意地填充了一次別的字，這才停手望向了石頭。「這樣，你看懂了嗎？」

看到這裡，石頭瞬間恍然大悟，恍然大悟之後，則是無比激動。「這、這……我懂了，要是用這個的話，只要將所有常用的字雕琢一遍，不管是什麼書，都可以用這單獨的字鑲嵌排列！這實在是太厲害了！大妮，妳知不知道，這個方法若是傳出去的話，妳就注定了要名垂青史的！」

聽到石頭激動得甚至有些語無倫次了，崔景蕙想也不想，直接一盆冷水潑了過去。「現在不能傳出去。石頭，懷璧其罪，你可知道，這要是傳出去了，那就不但沒我，也沒你的事了，而且還可能招致殺身之禍？所以你現在最好冷靜一點。」

殺身之禍！石頭猛一激靈，這才驚醒了過來。大妮說得沒錯，他們現在是什麼身分？這事只怕一傳出去，不管是大妮還是自己，那都是為人作嫁的分，所以即便要傳，也不是現在這個時候，得等待時機。「大妮，妳想要怎麼辦？」

「你現在需要錢，所以我們自己做，而這種雕刻程度算得上是最簡單的，你又識字，想來不難。只是我現在有個問題，你也看到春蓮送到你那兒的書了，那是我請鎮上的米秀才抄的，他的字是我比較滿意的，但是有一點，這字一旦用了的話，那麼這一整套雕版都得用這個字體，但是，這字我卻不能保證以後還能從他那裡得到，所以這是讓我比較為難的。」

這書籍有萬萬千，字也有萬萬千，米秀才給她抄的這十幾本書，根本就沒有辦法將所有的書都包括進去，這也是她目前最擔心的一個難題。

這倒也是，石頭的想法和崔景蕙是一樣的，這要麼不做，要做就做一次大的。「大妮，妳想要什麼樣的字？」

「方正、渾厚。」

崔景蕙的要求，倒是讓石頭鬆了一口氣，他的字雖然比不上米秀才，但是崔景蕙這兩個要求還是能夠達到的。「就用我的字吧！雖然比不上米秀才的字端正，但求人不如求己，這事要幹的話，這是最好的法子。」

雖說這樣一來，自己之前雕好的字便要全部作廢，可崔景蕙卻是沒有半點心疼。她將手中的東西再度用舊衣裳蓋好，轉而望向了石頭。「這樣的話，我想先看看你的字再作決定，如何？」

「可以！這裡沒有紙墨，大妮，要不妳跟我一道去我家？」聽到崔景蕙這麼一說，石頭倒是鬆了一口氣。按眼前這雕版的數量來看，便知道崔景蕙下了不少功夫在上面，而如今卻因自己的一句話就要丟棄重做，這不管對誰來說，都不是一件很容易接受的事。

「嗯，去吧！」崔景蕙這會兒其實是不想走的，畢竟她身上是真的痛，可是看在春蓮的面子上，既然已經出來了，那就一次把該辦的事都給辦完了，免得下次還要繼續折騰。

跟著石頭一道回了他家，為了避嫌，崔景蕙只站在院子裡，並沒有進去，石頭從裡面拿了自己昨天謄抄幾頁的字出來，遞到了崔景蕙的手裡。

崔景蕙看著手中方正整齊的字跡，有些意外地瞟了石頭一眼，她倒是看走眼了，石頭這字也適合得緊。「就用你這字吧！你先去鐵匠鋪，讓鐵匠照著這把刻刀的款式給你弄一把，在這之前，你就多抄幾本書吧，就算是溫習溫習之前學的東西，反正到時候用得上。」崔景蕙也是個果斷的人，將手中的紙遞還給石頭，又從荷包裡拿出自己常用的那柄刻刀交到了石頭手裡，直接便將事情定了下來。

「成，就按妳說的辦！」石頭拿著崔景蕙的那把刻刀，總算是放下心來。

「行了，要是沒別的事，我就先回去了，等你拿到刻刀以後再來找我，我們再說其他的。」崔景蕙朝石頭擺了擺手，告了辭，直接轉身就往回走。

石頭站在院子裡，看著手中自己的字跡，沈重了好幾日的心，這一刻終於有種撥雲見日的感覺了。

下午的時候，三爺從縣裡趕了回來，同時還領回來了五個木匠，拿了一堆肉食，讓安大亮幫著操持了一頓豐盛的晚餐，然後和崔景蕙打了聲招呼，便領著人直接去了新屋那邊忙活了。

崔景蕙想要去幫忙，但是三爺卻不讓，說是一堆男人在那裡，怎麼好意思讓她一個小姑娘再摻雜在裡面？崔景蕙也樂得清閒，每日除了逗弄團團，做點針線活，便算是徹底無所事事了下來。

三爺領回來的人，幹活都不錯，一夥人不過是花了不到五天的時間，便將新屋的門窗全部都給裝好了，而且在這個空檔裡，三爺還讓剛叔在原有的地窖基礎上又加大加深了很多，打算將自己從大別山裡拖回來的木頭全給塞那裡面去。

崔景蕙也是在完工的那一天，三爺要走之前，拉著自己一再囑咐，讓崔景蕙時不時地看一下地窖裡的乾燥程度，千萬不要自己去動堂屋裡的木頭，這才知道的。

崔景蕙送走了崔三爺，自然是忍不住去看了地窖，在裡面轉了一圈之後，忽然又有了想法。大別山裡那些人的存在，不管怎麼說都是一個威脅，她不能等到危險來臨的時候再做打算。俗話說得好，狡兔有三窟，所以崔景蕙打算在這地窖裡再挖上幾個地窖，以備不時之需。她是個說做就做的人，直接找了剛叔，也不再叫其他人，兩個人又花了幾天的工夫，在地窖裡又挖了兩個兩公尺寬的小地洞，這才放下心來，並特意囑咐了剛叔，跟誰都不許說這事。

在此期間，石頭的刻刀也弄好了，崔景蕙每天上石頭家教上一個時辰雕刻的技巧，日子就這樣晃悠悠地晃到了六月下旬，這個時候第一季水稻也到了成熟的季節，大河村裡的村民自然是更忙了。

崔景蕙沒有想到的是，出去了半年多、了無音訊的崔濟安，終於回到了村子裡。

崔景蕙本來是不知道的，還是春蓮聽到動靜，回來告訴崔景蕙，崔景蕙才知道這件事。

平心而論，崔濟安並沒有什麼地方對不住自己，而且他之所以出去這大半年的時間，為的就是自己的婚事，所以崔景蕙沒有理由不回去見見崔濟安。

可是一想到會看到周氏那個讓她生厭的女人，崔景蕙又躊躇了。就在她左右為難的時候，崔濟安在崔景蘭的帶領之下，卻是自己來找崔景蕙了。

「大妮！妳看，這都是大伯這大半年裡賺的錢，足足二十兩呢！走，咱們這就去齊大山家，將妳的庚帖換回來！」大半年不見，崔濟安黑了，也瘦了，但是看起來卻更加精神了。他一看到崔景蕙就朝崔景蕙攤開了手，手心上這會兒擱了一條手帕，手帕攤開，一把細碎的銀子就顯露在崔景蕙的面前。

崔景蕙愣了愣神，卻看到崔濟安露齒一笑，伸出另一隻手就要來拉自己。就在崔濟安的手要碰到她的時候，崔景蕙總算是醒過神來了。她微微側身，避開了崔濟安的手，看了崔濟安後面一臉無奈的崔景蘭一眼，然後微微蹲身，朝崔濟安行了一禮。

「大伯，謝謝您的這份厚愛，只是這錢您還是收回去吧，齊家也不必去了。」

崔濟安頓時急了，要知道，他為了這二十兩銀子，這大半年裡可算是吃盡了苦頭，為的就是將大妮的庚帖換回來，可崔景蕙這話說的，哪裡能讓崔濟安甘心？「大妮，這是為什麼？難道妳真願意嫁給——」

崔濟安的話還沒說完，他身後的崔景蘭卻是急了，忙上前一步，拉了拉崔濟安的胳膊，將崔濟安的話打斷，並將一直沒機會告訴崔濟安的事給說了。「爹，您就別說了。之前三爺拿了三十兩銀子上了齊家，都沒能將大妮的庚帖換回來，爹您手裡的這點錢根本就不頂用的。」

崔濟安只感覺一盆冷水從頭淋到腳，將他的整個心都澆得透心涼。他不敢置信地望著崔景蘭，急切地一把抓住崔景蘭的胳膊。「這……蘭子，這是什麼時候的事？」

「就大妮生辰那日。那齊家還說了，就算是五十兩銀子，也換不回大妮的庚帖。」崔景蘭也不想打擊她爹，可事實便是如此。雖說二十兩銀子不算是小數目，可齊家卻是認死了這門親事，就是不撒手，所以錢再多也是白搭。

「怎麼會這樣？當初不是說好的？這該死的！」崔濟安一臉挫敗地咒罵了一句，待看到崔景蕙時，又露出了一個安撫的笑容。「大妮，妳別怕，我這就去揍齊大山一頓！我就不信了，他為了兒子這婚事，連命都捨得！」

崔景蕙看崔濟安擼起袖子，就是一副要打架的模樣，忙擋在了崔濟安的面前。「大伯，別去了，沒用的！要揍三爺也已經揍過了，這婚不也一樣沒退？您的心意我領受了，但真的沒這個必要了。」

給錢也不行，揍一頓也不行，崔濟安一時間愁得腦子就跟團漿糊似的，根本就想不出其他的法子了。「那……這可怎麼辦呀？」

「大伯，別想這個了，這事我心裡有底。」崔景蕙自然不會告訴崔濟安，自己還有另一份庚帖的事，那可是到最後實在沒有法子時走的退路了。「大伯，您離家這麼久，伯娘和阿爺怕是有很多話要跟您說，蘭姊和元元也是想您得緊，您還是先回去吧！」

崔濟安看到崔景蕙不想再說下去，躊躇了一下，這才向崔景蕙提議道：「大妮，妳一個人帶著團團住在大亮家也不是什麼法子，妳的屋子一直都空著的，要不還是回家來吧？」

「不了，大伯。這家已經分了，白紙黑字的都寫在那裡，我不回去。等這季糧食收了，我便帶著團團住回去三爺那兒了，大伯不用擔心。」崔濟安是一片好意，崔景蕙自然不會惡聲相對，可是要讓她回到老崔家，那是根本就不可能的事。

崔濟安在來的路上，便已經看到了崔三爺家新起的屋子，青磚白瓦的，那可是羨慕都羨慕不來的。所以崔景蕙這麼一說，崔濟安哪裡好意思再讓崔景蕙放著好房子不住，去住他們那破土磚屋？「那行吧！妳要有什麼事需要我幫忙，隨時來找大伯就可以了，不要自己硬扛著。二弟雖然不在了，但是大伯在，大妮，知道嗎？」

要說不感動，那自然是假的，對於崔濟安的囑咐，崔景蕙認真地點了點頭。「大伯，您放心好了，沒有人能欺負得了您姪女。」

崔濟安笑了一下，他怎麼就忘了他這姪女可是敢動東西、見得了血的人，就連他那一貫在村裡橫著走的老娘，見了崔景蕙也跟老鼠見了貓似的，他這是白擔心了。「那我回去了！」

「嗯，大伯您慢走。」崔景蕙將崔濟安一路送到大路那裡，這才止了腳步。

一直垂著頭、跟在崔景蕙後面的崔景蘭，將手裡拿著的一個包袱遞給了崔景蕙，細聲細氣地說道：「大妮，這是我給妳和團團做的衣服，妳拿著。」

「有勞蘭姊費心了。現在大伯回來了，妳也可以安心了。」崔景蕙伸手接過包袱，然後拍了拍崔景蘭的肩膀。雖然她後來又讓春蓮送了些銀子到伯娘手裡，可是卻沒再上過老崔家的門，春蓮也知道自己不喜歡聽到有關老崔家的事，所以不會刻意在自己面前說，但是即便不說，崔景蕙也知道，蘭姊的日子不好過，畢竟有周氏這個瘋老太婆在。

「嗯，爹爹回來了，一切都會好起來的！」崔景蘭點了點頭，朝崔景蕙靦覥地笑了一下。「大妮，回去吧！別送了。」

「嗯。」

第七十七章　救席哥哥

入夜，待大河村被黑暗籠罩，只聞蟲鳴時，崔景蕙卻是悄無聲息地出了春蓮的屋子，往墳場那邊去了。

雖說三爺走的時候，特意囑咐了自己不要再進大別山，可是崔景蕙哪裡是個會坐以待斃的人？她每隔三五日便會去大別山裡探尋一番，雖說一直都沒有什麼進展，可走上這麼一遭，不管怎麼說，她的心都能安穩一些。

崔景蕙如往常一樣，進了密道之中，就像是例行公事一般，將密道先摸了個透，然後再在各個通往大別山的出口查探一番。

就在一條出口全是大石頭的密道周圍，無意之間，崔景蕙卻是有了新的發現。

以往崔景蕙以為就算是再有密道，肯定也是在地上，所以未曾細探周圍的石頭。可今日，就在崔景蕙無功折返的時候，卻忽然發現有一塊橫倒的石頭，跟墳山進入密道的那塊作為掩飾的石頭很像，只不過一個是豎著的，一個是橫著的。

崔景蕙走了過去，將那塊大石頭細細地打量了一番，果然在石頭上發現一處不甚明顯的凹槽，崔景蕙抱著試一試的心態，伸手握住那道凹槽，往外一扯，還真給扯動了！

崔景蕙看著那直徑約為一公尺寬的洞口，遲疑了一下，一咬牙還是選擇爬了進去。等爬到了開闊地兒，崔景蕙折了個身，爬回到洞口，扯住鑲嵌在石頭內端的鐵鏈，將那蓋兒又給拉回原處，這才安下心退回到開闊處。

這是一個單一的密道，根本就沒有什麼岔路，崔景蕙一路沿著密道往裡走，直至走到一堵石壁前，照著之前密室機關的位置，崔景蕙輕而易舉地就將密室門給打開了。

這是……書？崔景蕙站在密室口，望著堆了大半個屋子的書籍、字畫，不由得有些愣住了，難道那些人，心心念念、想要尋的寶藏，就是這些書？不應該啊！

崔景蕙滿懷震驚地走了進去，將密室裡面的箱子一個個全部打開，是字、是畫、是書，竟然真的連半點黃白之物都沒有！

崔景蕙輕輕地吁了一口氣，或許這真的就是寶藏，自己只不過是太世俗了一些。環顧著滿屋子保存良好的書籍，崔景蕙倒是有些犯難了。

能被作為寶藏藏起來的書籍、字畫，想來也不是什麼稀鬆平常之物。這東西，放在自己手裡是半點用處都沒有，但是若讓心存不軌的人得了去，怕是足以招攬一大批嗜書如命的讀書人。自己雖說沒憂天下之憂，可要眼睜睜地讓那一堆害她心驚膽顫了好久的人得了去，她可是半點都不甘心的。

她得好好想想……崔景蕙歪著頭想了好一會兒，辦法是一點都沒有想出來，卻想到了另一件事——對了！她記得三爺發現的密道裡，通往灌木叢的那一條盡頭處也有一塊大石頭，難道那裡也是寶藏？

一想到這個可能性，崔景蕙是半點都待不下去了，她這會兒也顧不得想什麼法子把這些書藏起來了，轉身一路小跑著出了密道，然後回了之前的密道裡，直接就往灌木叢那邊跑去。

待看那密道盡頭的那塊大石頭之後，崔景蕙想也不想便往上摸去——有凹槽！

崔景蕙握住凹槽，將石頭往後一帶，果然！

自己猜得半點都沒錯，一個洞口再度出現在崔景蕙的面前，崔景蕙想也不想地就爬了進去，還是單密道。崔景蕙直接摸到了密室那裡，依樣畫葫蘆地打開密室的門，這次出現在崔景蕙眼前的，是堆了大半個屋子的箱子。

崔景蕙走進密室裡，隨手打開一個箱子，滿滿一箱子的黃金，簡直就閃花了崔景蕙的眼。崔景蕙一連開了七、八個箱子，裡面裝的不是黃金，就是白銀，或是各色珠寶玉石。饒是活了三輩子，在這麼多金銀珠寶面前，她還是忍不住嚥了下口水，心臟更是「怦怦怦」的亂跳。

剩下的箱子，不用再開，崔景蕙也知道是什麼了。

這麼多錢，怕是謀逆也夠了吧！

崔景蕙被自己突然跳出來的想法嚇了一大跳，她苦笑了一下，果然，錢財亂人心啊！

伸手將打開的木箱子全部蓋上，看著這間屋子裡怕是有上百個的箱子，她覺得自己得好好想想了。這筆財寶，如果不能安全地交到如今的皇帝老兒手裡，只怕不管落到誰手上，這大別山周圍的幾個村子都別想有活路了。而自己，也是必死無疑。所以，在沒有一個萬全之策之前，不論是這些金銀財寶，還是那些書籍字畫，絕對不能出現在任何人面前。

雖然這會兒，崔景蕙的腦子就跟團漿糊似的，但這種最基本的利害關係，崔景蕙還是知道的。當下，她退出了這密室，然後從原路返回，出了密道。

初夏的夜風輕輕地吹拂在崔景蕙的面上，崔景蕙走到崔家的墳地時，確實再也挪不動腳了。她的手拂過崔順安夫妻的石碑，轉眼爹娘已經去世快一年了，時間撫平了崔景蕙心中那撕心裂肺的痛楚，可是，當崔景蕙惶然無助的時候，一回身，卻是再也沒了倚靠。

找到別人夢寐以求的寶藏，對於崔景蕙而言，在最初的興奮過後，有的只是無比的茫然。若她還是最初的那個身分，那麼直接將這事上呈天聽，並不是太過困難的事。

可現在，她不過是一偏野山村中的小小孤女，根本就無力辦到。

「爹、娘，我該怎麼辦呀？」崔景蕙將臉貼在石碑上，輕輕地低喃著，只是，回答她的只有無聲的沈寂。「席哥哥，要是你在話，那該多好啊……」

崔景蕙想了幾天，都沒能想出個輕便省事的法子，將那些個金銀財寶、書籍古畫都挪個地兒，糾結幾天之後，她只能無力地選擇了用自己想到的最笨的法子——既然搬不走，那就把入口給堵死得了！

反正這會兒是草木瘋長的時候，而且天氣也越來越熱了，自己用摻了水的泥巴將入口那地兒堵住，不需要幾天的工夫就能完全乾掉，也不容易露出破綻。

崔景蕙打定了主意後，和石頭招呼了聲，以後不去他那兒，至於雕刻的事自己也不管了。

石頭雖然疑惑，但也沒有多問，便把事全攬了過去。畢竟，這樁生意崔景蕙能帶上他，就已經是沾了崔景蕙很大的光了。

至於春蓮那邊，崔景蕙原本是打算等農忙之後再搬出春蓮家，可是如今事有不同，自然也就不能按以前的計劃進行了。

在春蓮的再三挽留下，崔景蕙還是沒有任何妥協地搬出了春蓮的家。她本來就沒多少東西，所以不過是兩趟的工夫，安叔便已經幫自己將東西全搬回了三爺的院子。

至於團團，崔景蕙上了剛叔家裡，和橋嬸說好，每天晚上的時候送過去，等隔天晌午的時候，崔景蕙再去橋嬸那裡接回來。

然後，崔景蕙就開始了扛著鋤頭上大別山裡挖泥巴的悲慘生活。藏書的地兒還好點，畢竟那裡石頭多，位置也偏得很，崔景蕙在方圓百來尺之內都探了探，那幫人的影子都沒有見過。

崔景蕙用濕泥攪拌碎石子，將那洞口堵得嚴嚴實實，至於裡面的書籍字畫，崔景蕙自然是信手撿了兩箱出來。畢竟這密室裡的東西，以後要是有機會再見天日的話，肯定是沒自己的分了，反正自家挖的那個子地窖裡，多的放不了，但四、五個箱子還是放得下的。

因為設計密道的人，進密室那一段路設計得都不是很大，所以崔景蕙花了四個晚上的工夫，從密室口往外填了快兩公尺長的距離，填到了洞口位置。

這還不算完，崔景蕙又從墳山那邊的空地上小心翼翼地刮了幾塊地皮鋪在挖了泥巴的大坑裡。

至於可以打開的石頭蓋處，崔景蕙則採了些青苔，攪和進濕泥巴裡，然後將這一片周圍的石頭東塗一點、西塗一點，再將石頭蓋的接縫處塗上，又將旁邊幾條藤蔓往這邊搭了搭，這才算是徹底放心了下來。

搞定了一條密道，崔景蕙自然也是鬆了一口氣。不過崔景蕙並沒有將這邊的密道口封上，畢竟剛剛弄完，人工的痕跡還是明顯得很，所以崔景蕙在開始堵這邊密道裡的洞口時，還是會去那邊查看一番，確定沒有人搜尋到那裡，這才安心了些。

按照慣例，金銀珠寶這邊，崔景蕙花了兩個晚上，才弄了一箱黃金、一箱珠寶擱在自家地窖的那個子窖裡，然後白天在屋裡的時候，毫不猶豫地自己弄了稀泥巴，將原本的子窖洞口徹底封死，以絕後患。至於銀子，崔景蕙只拿出十幾個，裝了瓦罐，然後在旮旯裡挖個洞，埋了進去，上面便擱了自己裝衣物的箱子。

因為這個金銀珠寶的密室通往大別山的出口外面是一片灌木叢，所以崔景蕙沒有辦法就地取材，只能自外面弄泥土進去才行。

崔景蕙使了些銅板，讓村子裡的孩子幫著她上石頭嶺撿石頭，然後挖泥土，村裡的孩子高興得很，崔景蕙也省了不少事。春蓮來問了幾次原因，都被崔景蕙含糊了過去。
白天的時候，崔景蕙也沒有閒著，她按照兩個密道口的大小做了兩塊木板，然後在木板上壘了一層厚厚的、帶著雜草的土，養在屋裡。
是夜，大雨滂沱，雖然崔景蕙無可避免的被淋了個透澈，可她卻是半點鬱悶都沒有，畢竟這場大雨可是省了自己挑水的功夫了。
崔景蕙將石頭混入雨水打濕的泥土裡，然後攪和著，塞進了通往財寶密室的入口，一切都和往日一樣，卻又有些不一樣。
也不知道是崔景蕙的錯覺，還是外面淋漓的大雨造成的聽覺臆想，她總覺得她的頭頂上有人在動作著，擾得她有些心神不寧。
崔景蕙試了幾次都沒有辦法將這奇怪的情緒甩掉，索性放下鏟子，打算去外面探個究竟。
她走到出口位置，攀上地面藤蔓的根部，借力從密道裡爬到了地面上，上面的灌木叢將這一片天地遮掩得無比嚴實。
「跑啊！我倒要看看你往哪裡跑？」
淋漓的大雨中，將原本粗聲厲語化為無力的低語喃喃，傳入了崔景蕙的耳朵。
真的有人！難道是那夥人已經找到這裡了？一瞬間，崔景蕙的心思已經轉了百轉，或進或退亦是猶豫非常。

若她退回去，不予理會的話，只怕有人就保不住命了；可若是自己貿然插手的話，只怕連自己的小命都有可能賠了進去。不管選哪一樣，都讓崔景蕙覺得無比為難。

算了，多一事不如少一事！萬一自己暴露了，那人要是順藤摸瓜，摸到了地道那裡，根本不用細看，就能發現寶藏的位置，而且這條密道最後通向的便是大河村。雖然這樣做有些不地道，但是她冒不起這個險。崔景蕙權衡一二之後，一咬牙，便轉身往地道裡面鑽去。

「你們究竟是什麼人？來大別山裡到底是為什麼？」

「哼，你都是要死的人了，知道又如何？難道你還想去跟閻王老爺告狀？」

再度傳來的對話聲，卻讓崔景蕙原本已經伸了下去的腿瞬間頓住。

這個聲音，這是席哥哥的聲音！只是，席哥哥怎麼會在這個時候出現在大別山裡，還被人給撞見了？不行，她得去救席哥哥！

崔景蕙這會兒什麼都管不著了，就算這一刻天要塌了，也比不得席哥哥重要！崔景蕙猛的收回了腳，將裙襬繫在腰帶裡，撥開灌木的藤蔓，直接往聲音的位置奔了過去。

近了，更近了！崔景蕙在鑽出灌木的時候便看清了，就在她面前不遠處的一棵樹下，衛席儒跌坐在地上，而他的面前，一個漢子穿著蓑衣，背對崔景蕙站在那裡，手裡拿著一把砍刀，正對著衛席儒。

崔景蕙深吸一口氣，穩住身子，彎下腰，將腳上的鞋子脫了下來。這個時候再回去拿鐮子已經來不及了，崔景蕙掏出一直隨身攜帶著的刻刀，然後貓著腰，躡手躡腳的往那漢子走去。

雨下得越來越大了，天與地似乎連成了一線，滴滴答答的雨聲敲打在樹葉上，這讓蓑衣漢子少了幾分警覺性。

「你們是順王的人吧？我接到汴京的消息，說順王所在屬地的一營官兵在剿匪時遭了埋伏，全軍覆沒，後又有人在安鄉縣見到該營的士兵，你們這是以假死為托，卻暗地裡都鑽進了大別山裡來。這麼說，大別山裡有前朝寶藏的事，是真的了？」雖然雨夜暗沈，樹影重重，看不真切，可是崔景蕙這麼大一個活人，就這麼明目張膽地往這邊靠近，現在已習慣了夜色視線的衛席儒，又怎麼可能看不到？所以，當下他毫不猶豫地說出了自己為什麼會進到大別山裡查探的目的，以吸引眼前人的注意力。

「聰明！不過你卻做了一件愚蠢的事，你一個文人居然敢獨身進入這山裡，簡直就是自找死路！」蓑衣漢子見衛席儒一語道破了他們深藏在大別山裡的目的，頓時眼露凶光，也不欲和衛席儒糾纏下去了，感嘆完之後，揚起砍刀就要往衛席儒的腦袋上砍去。

只是，就在蓑衣漢子揚刀的同時，崔景蕙已經來到了他的身後，在看到他欲對衛席儒動手時，想也不想，乾淨索利地揚起刻刀直接就往蓑衣漢子的頸部扎去！

崔景蕙用盡了全力，怎奈刻刀的尖端並不是很長，而且還有蓑衣斗笠阻擋，崔景蕙雖說讓蓑衣漢子受了傷，可這麼一點傷勢，根本就不足以致命。

蓑衣漢子後頸吃痛，也顧不得再對衛席儒動手，一轉身，連看都不看，憑直覺就直接朝崔景蕙的位置劈了過去。

崔景蕙一招刺中之後便鬆了手，將刻刀留在蓑衣漢子的脖子上，然後一矮身就往蓑衣漢子的腰上撞了去。

蓑衣漢子本就在轉身，崔景蕙這一撞之下，頓時重心不穩地往衛席儒的位置退了兩步，然後就往衛席儒栽了下去，手中的砍刀也脫落在地上。

衛席儒雖然腿上受了傷，可在崔景蕙動手的時候，他就已經往旁邊翻了去，所以在蓑衣漢子倒下時，正好險險地避開了當肉墊的可能。

只是蓑衣漢子畢竟是軍營裡出來的，都不知道在死人堆裡來回多少次了，之前著了崔景蕙的道，也只不過是一時大意而已，如今也曉得這是生死難料的時候了，因此在倒下的一瞬間，便伸手揪住了崔景蕙的肩膀，然後一個翻身，直接將崔景蕙壓在了身下，坐在她身上，一雙手掐住了崔景蕙的脖子。「妳個臭娘們，簡直就是找死！」

呼吸被扼住，崔景蕙出於求生的本能，雙手死命地掰著蓑衣漢子的手，只是蓑衣漢子在崔景蕙手裡吃了這麼大一個虧，哪裡還在乎崔景蕙這點猶如毛毛雨般的反抗？

他獰笑著，非要致崔景蕙於死地不可！

第七十八章　揹回村裡

衛席儒不顧身上的傷勢，連滾帶爬地爬到了砍刀落下的地方，然後撿起砍刀，直接就往蓑衣男子身上劈去。

一刀下去，雖說是劈爛了蓑衣，可剩下的力道落在人身上，卻不過才剛割開皮肉罷了，就連骨頭的邊兒都沒沾上。

蓑衣漢子再度吃痛，他騰出一隻手來，往後一抓，便將砍刀的刀刃抓在了手裡，然後往前一抽，直接將砍刀從衛席儒手中搶了過來，連帶著衛席儒也身形不穩地撲了過來，蓑衣漢子抓住刀刃就往衛席儒的脖子上抹去！

被蓑衣漢子單手掐住的崔景蕙，在確定掰不開他的手之後，摸索著從腦後已經凌亂不堪的髮髻中抽出了一支髮釵，對著他的脖子再度扎了過去。

尖細的釵子直接從蓑衣漢子的脖側扎了進去，使得他身影一僵，回頭兇神惡煞地瞪了崔景蕙一眼，下意識裡鬆開了掐住崔景蕙脖子的手，就要去摸自己脖子上的傷口。

崔景蕙立即一把抽出了髮釵，便看到一道血從蓑衣漢子的脖頸處激射而出，然後和淋漓而下的雨水一併淌入泥土之中，分流而去。崔景蕙來不及後怕，手中的釵子已再度扎進了蓑衣漢子的兩腿之間。

「啊！」蓑衣漢子頓時發出一聲淒厲的吼叫聲，手中的砍刀再度落地，一手摀住脖子，一手摀住兩腿之間的位置，身體直接就往旁邊一倒，無法忍受的痛蔓延全身，讓蓑衣漢子在草地間直打滾。

崔景蕙的氣息還沒有喘勻，便已經掙扎著從地上爬了起來，她一把抓住不過幾步遠的砍刀，然後站起身來，直接就朝翻滾著的蓑衣漢子扎了下去。

尖銳的刀尖，直接刺破了蓑衣漢子的胸口，崔景蕙清楚地看到蓑衣漢子的身體抽搐了兩下，接著便瞪大眼睛，再也不動了。一道道被雨水稀釋了的鮮血，從蓑衣漢子的身體下面四散蔓延開來。到了這個時候，崔景蕙原本撐著的一口氣自然也是洩了，頓時手腳一軟，跌坐在蓑衣漢子的屍體旁。

「姑娘，妳還好吧？」衛席儒看到崔景蕙手刃了那蓑衣漢子，也是鬆了一口氣。夜色太濃，他雖看不清崔景蕙的情況，但剛剛情況危急，刀刃無眼，而崔景蕙又這般拚死相護，他自然得問上一問。

之前因為那蓑衣男子以為他無處可逃，便生了戲耍之意，放任自己一路逃亡，猶如貓戲老鼠一般，衛席儒的胳膊上、身上、腿上皆有傷，所以才無力相抗，若不是崔景蕙及時出現的話，只怕今日，他這條命就真的要交代在這裡了。

崔景蕙自是不同，黑夜、白天對於她而言，根本就沒有任何差別，她聽到衛席儒的話，扭頭一看，便看到了衛席儒身上數道被刀刃割破的傷口。因為雨水落在身上，將溢出的鮮紅直接洗刷而下，崔景蕙之前才未曾察覺這事。「席……儒公子，你受傷了！」

崔景蕙驚呼了一聲，原本疲軟的身體在發現衛席儒有傷在身之後，頓時有了力氣，她站起身來，小跑著奔到衛席儒的面前，伸手就要去查看衛席儒的傷勢。

聽到崔景蕙直接叫出了他的名字，衛席儒自然是愣住了，他完全沒想到，這人居然還認識自己！只是，發現崔景蕙的手伸往他身上時，他下意識裡忍痛避開了。「姑娘認得我？」

衛席儒這一避讓，讓崔景蕙的手頓時落了空，再聽得衛席儒的問題，崔景蕙卻是猛然一驚，原本伸出的手也沒有收回，直接再度伸了過去，改而攙住了衛席儒的胳膊。「此事稍後再說，我們得先離開，剛剛的聲音太大了，恐怕會把他的同夥引過來。席儒公子，得罪了。」

男女肌膚相親，衛席儒自然是想拒絕的，可是聽了崔景蕙的話，原本想要推開崔景蕙的動作頓時停了下來。事有輕重緩急，他身上的傷勢雖然不致命，但卻影響行走，現在並不是逞強的時候，衛席儒只能聽之、任之。「姑娘，得罪了！」

崔景蕙原本是有些不安的，可聽衛席儒這麼說，心中的不安頓時煙消雲散，她抬起衛席儒的胳膊，搭在自己的後頸處，另一隻手撐住衛席儒的腰，未穿鞋就攙著衛席儒往灌木叢裡走。「無妨，公子跟我往這邊。」

衛席儒雖然疑惑，可這雨夜裡，這姑娘能夠突然出現在此地便已屬驚奇，所以他也沒有問崔景蕙為何放著好好的路不走，卻偏要鑽那灌木林。

灌木林裡面的路其實並不好走，畢竟這個時節，乃是草木最旺盛的時期，橫生的藤蔓時不時地撩碰到衛席儒的傷口，惹得他發出低吟。

崔景蕙雖然也急，可是這個時候若是折去藤蔓，無疑是自掘墳地，因此只能加快了速度，好讓衛席儒快點擺脫這番折磨。「到了，就是這兒！我先下去，公子且等著。」

走到密道入口時，崔景蕙總算是鬆了一口氣。她鬆開了衛席儒的手，讓他扶著一旁灌木的根椏，自己伸手抹了一把臉上的雨水，然後蹲下身，將腿直接伸進洞裡，手往地上一撐，便直接跳進了密道裡，然後向衛席儒招呼道：「公子，你坐下，先把腳伸進來。」

衛席儒來不及驚嘆此處的別有洞天，依著崔景蕙的話，慢慢地坐了下來，然後試探著將腳伸了下去。

崔景蕙看到衛席儒的腳伸了進來後，想也不想便直接握住了衛席儒的腳踝，然後彎著腰，將衛席儒的腳擱在了自己的雙肩上。

「姑娘，萬萬不可！」踩的是什麼地兒，衛席儒雖然看不到，但是卻感覺得到。他一個男人，讓崔景蕙救了不算，還將救命恩人當肉墊的事，他可做不出來。所以，衛席儒想也不想便要收回腳去。

只是都這個時候了，崔景蕙如何會放得？「公子，你扶著旁邊的藤蔓，慢慢地下來。」

「這、這……」被崔景蕙抓住了腳踝不放，衛席儒這會兒是又羞又愧，為了不一直踩在崔景蕙的肩膀上，衛席儒只能照著崔景蕙的話，抓住身側的藤蔓，將自己往下推。

崔景蕙在下面一直撐著衛席儒的腳，直至自己完全蹲了下來，這才用手抓著衛席儒的腳放到地面上。

衛席儒落入地道裡，正要向崔景蕙致歉，卻聽到崔景蕙先開了口。

「公子，你先坐在這裡歇息一會兒，我去把那屍體拖進來，不能讓他們發現有人死在這附近。」崔景蕙說完，也不等衛席儒答話，便直接再度出了密道。

衛席儒想問這是哪兒，都來不及開口。

崔景蕙鑽出灌木叢後，順手將之前落下的鞋子穿上，這才去拖屍體。也不知道是死了的緣故，還是從武出身，她覺得這屍體格外的重，便是她幹慣了活計，拖拽起來也是無比吃力。

費了老大的勁兒，崔景蕙這才將屍體半拖半拽地拽進了灌木叢裡，然後又折身回去，將地上因為拽拖而倒向灌木這邊的草木，用折下來的枝葉重新掃亂了，確定看不出痕跡來，這才鬆了一口氣。

「老伍！老伍，你在這邊嗎？」

「沒看到人，難道是咱們聽差了？」

「不可能啊！我明明聽到是老伍的聲音，咱們再找找看！老伍……」

遠處傳來的聲音，讓崔景蕙的心頓時一緊，她拽緊了手中的樹枝，深吸了一口氣，返身直接鑽入灌木叢中，一動也不動地蹲了下來。

不多時，那腳步聲越來越近，這一刻，崔景蕙緊張得連怎麼呼吸都忘記了。透過藤蔓枝椏的間隙，她看著幾雙腳走過，然後腳步聲越來越遠，直至再也聽不見了，這才敢放開了呼吸。只是她猶不放心，又等了一會兒，確定那幫人已經走遠，才繼續拖著屍體，往密道口挪去。

好不容易將屍體挪到密道口，崔景蕙朝下面的衛席儒低聲叫了一句。「公子，讓開些！」然後直接將屍體給推了下，只聽見一聲猶如沙袋落地的聲音，隨即她便跟著跳了下去。「公子，我們走！」崔景蕙落地之後，直接避開地上的屍體，然後走到坐在一旁的衛席儒身邊，伸手將他攙扶了起來。

「那這屍體？」衛席儒借助崔景蕙的力道站了起來，靠著模糊的視線，指了指地上的屍體。

「就先放這兒擱著吧，你身上的傷要緊。還走得動嗎？需要我揹你走嗎？」崔景蕙瞟了屍體一眼，便將視線放在衛席儒身上。密道裡面乾燥，所以才不一會兒的工夫，衛席儒傷口沁出的鮮血已經將他身上的淺灰色衣裳浸染出大片大片的紅，看起來觸目驚心。

「這樣便可！」衛席儒趕緊拒絕。讓崔景蕙攙扶他已是過意不去了，哪還有讓崔景蕙背負的道理？

既然衛席儒這麼說，崔景蕙也不堅持，她攙扶著衛席儒就往密道裡面走去。

密道裡面雖然乾燥，但是烏漆墨黑的，衛席儒什麼都看不見，若不是有崔景蕙帶著，只怕他走沒兩步，就會撞到壁上去。

走出密道之後，崔景蕙感覺到衛席儒倚靠在自己身上的重量越來越重，步子也是越來越疲軟。這下她不容衛席儒再拒絕，直接上前一步，將他的另一隻手搭在自己的肩膀上，避開衛席儒腿上的傷勢，抱住衛席儒的大腿，就將衛席儒揹了起來。

「姑娘，放我下來，我還能走！」被一個女子揹在背上，衛席儒自覺羞憤異常，他雖說虛弱，但這點尊嚴還是有的。

「公子，我家離這兒不遠了，你再堅持一下。」衛席儒一百多斤的重量壓在崔景蕙身上本來就極吃力了，所以她哪裡還顧得上別的，咬著牙只想快點將衛席儒帶回家。

淋漓的雨雖然有了轉小的跡象，可還是模糊了崔景蕙的視線，崔景蕙甚至連擦都顧不得擦上一下，揹著衛席儒，一刻不停地回到三爺的屋子，送進自己那屋的炕上。

她渾身濕透了，卻顧不上自己，忙點了盞燈，擱在了炕邊的凳子上。

這也讓衛席儒看清楚了崔景蕙的長相。「是妳！崔姑娘？」崔景蕙給他的印象太深了，即便她這時候一身狼狽，衛席儒也是一眼就認出了她來。只是他怎麼也想不到，在生死關頭時，敢下手殺人救自己的，居然會是這個只曾謀面兩次的姑娘。

「嗯。公子，你先在這裡等著，我這就去叫大夫過來。」崔景蕙並沒有給衛席儒更多寒暄的機會，她只應了衛席儒一句，便再度衝進雨夜之中。

「江伯！江伯！」

藥廬這會兒早已是沈寂一片，崔景蕙叫了兩聲都沒有聽到江大夫的回應後，直接抬腳，兩腳下去，便將柵欄門給踹開了。她直奔院子裡，「啪啪啪」地拍響了江大夫側臥的門。

「江伯！江伯，您在嗎？」

這麼大聲音，即便是睡得死沈的人都會被吵起來。江大夫下了床，趿著鞋子走到門邊，睡眼朦朧地開了門。「誰呀？」

「江伯！快，快跟我去救人！」江大夫才剛打開一個縫隙，崔景蕙就直接伸出手，將江大夫給拉了出來。

「慢些！藥箱，我的藥箱子還沒拿呢！」江大夫被崔景蕙這突然的動作嚇得哪還有半點睡意？他一隻手扳著門框，無奈地朝崔景蕙喊著。

「我去拿藥箱子，江伯您先過去三爺的院子！」崔景蕙這才鬆了江大夫的手，直接推開門便衝了進去。

江大夫看崔景蕙這火急火燎的模樣，也沒得法子，畢竟救人要緊，撿了把傘，率先往三爺的院子裡去了。

崔景蕙在江大夫的屋子裡找到了藥箱，順手拿了江大夫的衣服一裹，便衝出了江大夫的院子，在上了小道的時候追上了江大夫。

江大夫畢竟上了年紀，哪裡比得上崔景蕙的速度，最後還是被崔景蕙一路強拉著進了屋子。

「江伯，您先給他看著，我去燒熱水！」崔景蕙將藥箱往屋裡的桌子上一擱，直接就往灶屋裡跑。

「大妮，妳先換上衣裳再去啊！妳看妳衣服都濕透……這妮子，這急的！」江大夫也是這會兒才注意到崔景蕙全身都濕透了，剛想讓崔景蕙換身衣服，別凍著了，可話還沒說完呢，崔景蕙的人便已經走得不見人影了。江大夫搖了搖頭，這才將視線落到同樣跟個落湯雞似的、身上被血糊住了的衛席儒，不由得皺了下眉頭。「看來傷得還不輕啊！」嘴裡雖然嘟嘟囔囔著，可江大夫手上的動作卻不慢，將衛席儒傷口處的衣物全部撕開，露出裡面深淺不一、長短不同的傷口。

「江伯，這裡有乾淨的棉布、三爺未上身的衣服，還有燒酒，我給您擱這兒了。」崔景蕙將水燒上灶之後，想著這些東西江大夫用得上，便去三爺屋裡將東西尋了過來。

江大夫聽到崔景蕙的聲音，下意識裡捲起炕上的被子，往衛席儒身上一蓋，這才扭頭瞪了崔景蕙一眼。「擱著吧！妳自個兒尋了衣裳就先出去，這裡交給老夫就可以了。」

崔景蕙將手中的東西全擱桌子上，特意不去看衛席儒有些窘迫的目光，開了箱子，揀了一套衣服，便匆匆出了屋子。

江大夫看著崔景蕙離開了，這才將視線轉回來。「小子，我不問你這傷是哪兒弄來的，也不想知道你是怎麼找上大妮的，我只要你一個保證，以後不要和任何人提起，你現在在這大河村裡，明白了嗎？」

「小生明白其中的利害關係，定會守口如瓶，還請老人家放心。」衛席儒慘白著張臉，鄭重地點了點頭。

江大夫見此，這才開始處理起衛席儒的傷勢來。

「江伯，水好了！我給您端進來？」這次崔景蕙學乖了，站在門口，敲了敲門，先向裡面的江大夫詢問了句。

「放那兒吧！我自己過去拿。」大妮雖說已經訂了親，可畢竟還是沒出閣的女子，這受傷的小子如今衣裳盡皆敞開，哪能共處一室？所以江大夫想也沒想，便直接拒絕了崔景蕙的請求，丟了手中沾血的棉布，走到門口，將冒著熱氣的水端進了屋裡。

「去熬點薑湯。」

「嗯，我這就去。」崔景蕙雖然焦急得很，可是江大夫不讓她這會兒進去，她也沒得法子，只能順著江大夫的要求，再度回了灶屋裡。

「好了，這傷都包紮好了，你先歇著，我讓大妮過來。」江大夫勞心勞力地將衛席儒的傷口包紮妥當，又給衛席儒換上了三爺的衣裳，衣裳雖不合身，但匆忙之際，足以遮體便已是夠了。

「有勞江伯了。」衛席儒靠撐在炕頭捲成一團的被子上，艱難地想要朝江大夫行個禮，卻被江大夫止住。

「別動，這傷口再迸開的話，我可就不給你治了。」江大夫說完，直接淨了手，揹起自己的藥箱就從側門走進了堂屋，然後站在大門處，朝灶屋裡的崔景蕙吆喝了一嗓子。「大妮，妳過來！」

正在熬著薑湯的崔景蕙聽了江大夫的聲音，忙從灶膛裡抽了一根柴火出來熄掉，這才從三爺屋裡轉到堂屋。她站在側門口，往屋裡瞅一眼，一臉擔憂地望向江大夫。「江伯，他傷得重嗎？」

江大夫聽了這話，直接敲了大妮的頭一下，然後伸手撫了撫山羊鬍子。「哼，放心吧，有老夫在，死不了！妳跟我回藥廬抓幾服藥，等一下煎一劑給他喝了，夜裡要是有發熱的話也是正常情況，但要是這熱一直降不下，就過來找老夫。」

「嗯，都聽江伯您的！」

第七十九章　或許認識

對於江大夫的囑咐，崔景蕙一一記在心裡，隨江大夫回了藥廬，拿了藥，付了錢，便又回來，急急忙忙地煎好了藥，送到了屋裡。

這會兒才注意到，因為之前衣服濕掉的緣故，炕上墊著的草蓆，還有之前靠著的被子，又是水、又是血汙的，衛席儒這會兒身上換了乾淨的衣服，只能半靠在炕邊上不敢動彈，深怕又把身上的衣服給弄髒了。

「這……不好意思，我這就去給你換新的被褥！」崔景蕙趕忙將藥碗擱在桌子上，然後將三爺那邊的草蓆和備下的被子一併拿了過來。

崔景蕙先是將炕上已經弄髒的被子扯到旁邊的凳子上，然後扶著衛席儒讓他稍稍抬一下身。「公子，我扶著你，你慢些挪離開蓆子就可以了！」

衛席儒的身體一離開蓆子，崔景蕙就叫了停，然後手腳飛快地將炕上的蓆子抽掉，鋪上了新的，又撿了個乾淨的枕頭擱在炕頭，將新被子也疊在枕頭上，這才扶著衛席儒慢慢地坐在炕上。不等衛席儒抬腳，她便主動攬住衛席儒的腳，將其搬上了炕。

忙活了這一通，直接惹得衛席儒紅了臉。

他雖已及冠，可因自小定下的婚約家母極其看重，所以這二十年來，從未與旁的女子踰越一二，也從未與其他女子這般親近過，這一切雖非他所願，可他又確實與這崔姑娘肌膚相親，這般認知，讓他望向崔景蕙的目光自是又羞又愧。

「崔姑娘，多謝姑娘救命之恩，在下多有踰越，還望姑娘勿要見怪。」

崔景蕙眼底帶著幾分眷戀地望著衛席儒，卻又不敢在衛席儒面前顯露分毫，雖心澀於衛席儒一口一個「姑娘」這般生疏的稱呼，但也知道，此事不能怪衛席儒。衛席儒未曾認出自己乃是故人，而其中事由，自己也不便道出口，只能故作無事地搖了搖頭。

「公子不必客氣，叫我大妮就是。不過是剛巧碰到，公子無礙也算是幸事了。先不說這個，公子有傷在身，還是先喝了藥為好。」崔景蕙說完，便端起桌子上的藥碗，送到了衛席儒的面前，並無親手餵藥的打算。

衛席儒見此也是鬆了一口氣，用受傷較輕的那隻手接過藥碗，然後一飲而盡。

崔景蕙見衛席儒喝完藥之後，接了碗，又倒了一杯水讓衛席儒解解嘴裡的苦澀味。

「多謝……大妮。」衛席儒其實有滿腹的疑惑想要向崔景蕙探知一二，可是崔景蕙卻根本就沒有給他這個機會。

「公子，我扶你歇著。」

崔景蕙擱了藥碗便走到炕邊，伸手從衛席儒的後頸穿過，將他墊著的被子抽了出來，然後將衛席儒的頭擱在枕頭上。等衛席儒自己拉了被子蓋上之後，崔景蕙又尋來了一塊乾淨的帕子，蹲在炕頭，為衛席儒擦拭著未乾的長髮。

衛席儒想要拒絕，可是卻不知道該如何開口，屋內頓時陷入了詭異的沈寂之中。

衛席儒慘白的臉上泛著一股淡淡的紅暈，他望著頭頂上的房梁，忽然想起自己從汴京那邊得到的消息。

張家嫡女景蕙在他們離京的第二年元宵這日曾走散過，後雖尋了回來，但對外一直宣稱受了驚嚇，未曾出現在人前；而他娘送到景蕙身邊伺候的人，在此事之後，不是被遣賣，便是遭問責。直至兩年前，已是荳蔻年華的景蕙，才由繼母領著在汴京中走動。

這期間到底發生了什麼，就連他那位及親王的友人，也暫且無從探知。

他雖已託付友人繼續調查此事，可是時間甚短，還無甚消息傳來，只是當日這崔家大妮的一聲「席哥哥」，著實讓他疑惑。

而今日，先不說她為何會在深夜時出現在大別山裡，也不說她將自己領回來的路明顯就是密道之地，只說崔景蕙寧願以身犯險，犯下殺生之罪也要救他性命，若是陌生人，如何可能冒此大危，做到如此地步？

衛席儒眼中閃過一絲迷茫，只是他翻遍了記憶也不記得自己認識過這樣一位姑娘。他微微側頭，看著蹲在地上、正專心為自己擦拭著頭髮的崔景蕙。「大妮，妳可是認得我？」

崔景蕙擦拭頭髮的手一頓，她抬頭，雲淡風輕地對衛席儒露出淺笑。「或許吧！」

衛席儒身上失血過多，再加上喝了藥，所以沒一會兒便撐不住，歇下了。

崔景蕙將衛席儒的頭髮拭乾之後，這才有機會肆無忌憚地打量衛席儒。她的席哥哥與當初他們在汴京分別時有所不同了，褪去了稚嫩外表，在時間的沈澱下，雖然輪廓依舊看得出幼時的痕跡，但已長成了一個雋秀的男子。

相較於她重生之前那匆匆相聚的一面，如今的他雖是多了幾分青澀，但不管怎麼變，他依舊是自己念了兩輩子、想了幾十年的那個人。「席哥哥，囡囡想你了……」

崔景蕙站在炕頭，看著衛席儒那張早已刻入她骨子裡的臉，忍不住伸出了手，顫抖著摸向了衛席儒的面頰。溫潤的觸覺傳遞到崔景蕙的手心，下一秒，淚水毫無徵兆地湧出了眼眶，滑落臉頰。她輕輕地垂了頭，猶如蜻蜓點水一般地在衛席儒蒼白的唇上掠過，這一刻，她的心無比的平靜，什麼臨死的後怕、什麼殺人的恐懼，都抵不住衛席儒能平安地睡在自己的面前，寧靜安好。

江大夫所料不差，在差不多半個時辰之後，衛席儒還是發燒了。崔景蕙用溫水擦拭著衛席儒的臉、手臂，可是卻沒有多大的效果，燒不但沒退，反而還有越燒越高的跡象。最後還是崔景蕙用燒酒兌進水裡，解了衛席儒的上衣，一遍一遍地擦拭著衛席儒的身體，折騰了大半個時辰，這才讓燒退了下來。

而這時候，外面的雨早已停了，就連黑沈沈的天際也蒙上了一層灰白色。也不知道是誰家的公雞起了個頭，此起彼伏的打鳴聲，將沈睡的山村慢慢喚醒。

忙活了一夜，也擔驚受怕了一夜的崔景蕙，終於還是撐不住了，直接趴在炕邊上，累得睡了過去。

巳時剛至，刺目的陽光穿透了窗戶，映射進了屋內。衛席儒睜開眼睛，看著這陌生的屋子，一時間生出了些許的恍惚，想要起身，卻感覺到身上陣陣未消的痛意蔓延開來，這才記起自己在這裡發生的事。

他偏過頭去，看到崔景蕙耷拉著腦袋挨在炕邊上，擱在炕邊的手裡還鬆鬆地握著一塊棉布，搭在自己的手臂上。他想要慢慢地抽出手，卻不想這般細微的動作還是驚醒了崔景蕙。

崔景蕙睡眼朦朧地睜開了眼睛，微微撐起身子，抬手就往衛席儒的額頭上探去。

「燒退了。席哥哥，可是感覺好些了？」崔景蕙並沒有睡醒，不經心的話張嘴而出，即便是變得粗厲沙啞的聲音，也遮擋不住話語原本的意思。崔景蕙在話脫口之後猛然驚醒，下意識裡捂住了自己的嘴，別過臉去，不敢再去看衛席儒的眼睛。

衛席儒也愣住了，這是崔景蕙第二次叫他「席哥哥」了，那般熟稔的語氣，就好像崔景蕙已經叫了無數次一樣。可是，他們分明才見過數次而已。

「那個……公子，餓了吧？我去給你弄點吃的。」崔景蕙越想越慌，越不敢面對衛席儒，索性啞著聲音，和衛席儒招呼了一聲，便倉皇起身，身形狼狽地出了屋子。

直至走進灶屋裡，崔景蕙這才吁了一口氣。她生了火，將精米熬上鍋，坐在灶膛口，手裡折著細柴，就連沒丟進灶膛口都沒有察覺到。

發愣的時間稍縱即逝，明明感覺只不過是晃了一下，鍋裡精米熬製的粥卻是翻滾著湧上了鍋面，流到灶台上，掉落在地上。

崔景蕙這才驚醒了過來，手忙腳亂地將灶膛裡塞得滿滿當當的柴火抽出來一些，拿起桌布將灶面擦乾淨。看著鍋裡不斷翻滾著冒泡的白米，她伸手敲了敲自己的腦袋，索性舀了一木盆水，將臉浸入水中，冰冷的感覺穿過面上的肌膚，終於讓崔景蕙的腦袋清醒了些。

她用乾淨的帕子將臉上的水珠擦拭乾淨，不經意間碰到脖子，感覺到了一絲鈍痛，崔景蕙放下帕子，又用手按了按，果然是真的痛。

奔到水缸前，想要看看怎麼了，卻看到披頭散髮的倒影，崔景蕙忍不住伸手捣住了臉。她在席哥哥面前，到底有多緊張呀？居然連自己未曾挽髮都沒有察覺到！

想要回去梳妝一下，但一想到可能會面對席哥哥的質問，崔景蕙沒有絲毫猶豫地選擇了退縮。在灶屋裡長吁短嘆了好一陣，卻敵不過粥熟了。

她雖不想面對衛席儒的質問，卻又不願意讓衛席儒餓著肚子，這種糾結的心思，最終還是後者占了上風。

雖說滿臉的愁容，可手上速度卻是半點不慢，她盛了粥，弄了點清淡小菜，又倒了一盆溫水，欲分兩趟送過去。等崔景蕙過去的時候，衛席儒已經自己強撐著在炕上坐了起來。

崔景蕙忙將東西擱下，也不顧自己那些難言的心思，將被子捲在一起，擱在衛席儒背後，以便讓衛席儒靠得更舒服一些。

「公子，先擦把臉吧！」崔景蕙扭乾了帕子，攤開後遞到衛席儒的面前。

衛席儒不知道為什麼，看到崔景蕙如此，心裡倒是微微鬆了一口氣。

待衛席儒伸手接過帕子，擦淨了臉，崔景蕙已經端了個炕桌擱在他的身側，將粥和小菜都擺了上去，順手接過衛席儒遞還回來的帕子，又遞了雙筷子過去。

「公子，你先吃著，我就在院子裡，要有事的話，喚我一聲便可。」崔景蕙朝衛席儒笑了一下。她只裝了衛席儒一個人的量過來，並沒有和衛席儒一併用餐的打算。

「大妮，妳的……嗓子沒事吧？」因為靠得近，衛席儒自然清楚地看到了崔景蕙脖頸上一圈明顯的紫青色痕跡，再聯想到夜裡的事，自然明白崔景蕙是為了救自己而受的傷，只是昨日未曾顯現出來而已。

「就是有點啞，並沒有大礙，公子不必憂心。」崔景蕙伸手摸了摸自己的脖子，然後清了清嗓子，對衛席儒搖了搖頭，表示並沒有太大的問題。

衛席儒見崔景蕙這麼一說，也是稍稍寬了心。

崔景蕙見衛席儒不再說話，便將昨日清出、被血汙了的物件一併抱出了屋子，擱在木盆裡，用水浸泡著，然後去了灶屋裡吃早飯。

上午的時候，江大夫又來了一次，給衛席儒換了回藥，又囑咐了崔景蕙，不要讓衛席儒的傷口沾水，然後看到崔景蕙脖子上的瘀青，先是將她訓了一頓，又留了些擦塗的藥膏給她，這才離去。

而沒一會兒，便見春蓮急匆匆地跑了過來，一臉大驚小怪的模樣。

「大妮，我聽江伯說妳受傷了！好端端的怎麼會受傷呢？妳是不是又背著我上大別山了？傷到哪兒了？重不重？有沒有大礙？」

春蓮一連串的問題，問得崔景蕙頭都大了，她忙將自己的胳膊從春蓮的手裡解救了出來，一臉無奈地說道：「春兒，妳別晃我了，晃得我頭都暈了。」

嘶啞的聲音一出口，春蓮自然而然就將目光集中在了崔景蕙的脖子上，也就看到了那一圈可怕的瘀痕，臉上的擔心頓時遮都遮不住了。

「大妮，妳聲音怎麼啞了？妳的脖子……這又是怎麼了？快告訴我，我讓石頭哥去給妳報仇！」

崔景蕙見春蓮一副憤慨不已的模樣，自然不會告訴春蓮，那個掐著自己脖子的人，已經被她給弄死了。她伸手在春蓮的腦門點了兩下，沒有半點客氣地朝春蓮翻了下白眼。

「妳可別這麼一驚一乍的了，再說了，我大妮是吃了虧悶在肚子裡不吭聲的人嗎？這仇哪還需要妳家石頭動手，我自己早就報復回去了。妳來得正好，我正愁著該怎麼去橋嬸家呢，這要是讓橋嬸看到我的傷，少不得會逮著我說教半天，所以春兒，妳就行行好，幫我去把團團接回來，今兒個晌午，我做好吃的給妳。」

春蓮看崔景蕙一臉懇切的模樣，傲嬌地點了點頭，但關於崔景蕙的傷，卻是半點都沒打算就這樣放過。「行，這事交給我。但有一點，妳這傷哪來的，待會兒我回來了，妳得給我老實交代了，一個字都不許隱瞞！懂了嗎？」

崔景蕙的目光瞟了一下自己屋裡那虛掩的門，瞬間便拿定主意，朝春蓮點點頭，然後推著春蓮的背，將她往院子推去。「得得得！小祖宗，等妳回來了，我一定老實交代！」

「這可是妳說的，到時候可不許反悔！」春蓮頓時就興奮起來了。都好一段時間了，崔景蕙經常晚上神神秘秘的出門，也不跟她說出去幹了啥，撓得她心裡直癢癢，可是每次問的時候，崔景蕙總是撇開話題，就是不說這事，沒想到今兒個被她給逮住了。

「絕對不後悔，我就在院子裡等妳回來。」崔景蕙一臉堅定地點了點頭，總算是將春蓮給送走了。她一路看著春蓮上了大道，這才轉身回了屋子。

「公子，你在屋裡，且不要出聲，有人來串門子。你要是無聊的話……對了！你稍等一下。」崔景蕙走到炕邊，囑咐了衛席儒幾句，說到解悶的事，忽然想起自己的箱子裡還壓著幾本從寶藏那裡拿來的、比較有趣的書，遂急忙走到炕頭，打開箱子，將裡面幾本泛黃的書一股腦兒地全拿了出來，送到了炕邊上。「這個沒事可以翻翻，就當是打發時間了。」

崔景蕙的要求自是理所當然。承崔景蕙相救，衛席儒已是感激不已，又豈會在這個時候壞了崔景蕙的名聲？「有勞大妮妳掛心了。妳放心，我定不會發出聲響，讓人知曉的。」

「我自然是信得過公子的。春兒就要來了，我先出去了。」崔景蕙朝衛席儒點了點頭，然後收拾了團團的玩具放進搖籃裡，將搖籃給搬到院子裡。

第八十章　就不同意

崔景蕙蒸了白米飯，正準備炒個菜，便聽見院子裡團團「格格」的笑聲傳了過來。擦了手，走出灶屋，就看到團團正被春蓮抱在懷裡，拿著撥浪鼓搖晃著，並時不時地笑上兩聲。

「團團！看姊姊這邊！」崔景蕙拍了拍手心，便看見團團從春蓮懷裡蹦了起來，一雙手揮舞著就要往崔景蕙這邊爬，嘴裡還含糊不清的嚷嚷著「抱、抱……」。

春蓮怕團團摔了，忙橫腰將他抱了起來，然後站起來往崔景蕙身上一送，等崔景蕙伸手接過之後，伸出手捏了下團團粉嫩嫩的臉頰，抱怨了句。「你這小白眼狼，虧得姊姊對你這麼好！」

「欺負一個奶娃子，妳還能耐了啊！」崔景蕙看到團團被捏得瞬間癟了嘴的小臉，心疼地一把將春蓮的手打開，沒好氣地白了春蓮一眼。

春蓮也知道崔景蕙不是真的生氣，所以笑著又倚了過來。「團團我可是給妳抱過來了，橋嬸剛餵過，現在可以給我說說是怎麼回事了吧？」

「妳個死丫頭，沒看到我喉嚨都啞成這樣了？」話是這麼說，崔景蕙還是將春蓮拉到凳子那邊坐了下來，接著說道：「這事妳可千萬別告訴別人。三爺之前不是帶我去大別山砍了一棵棗木，擱山裡風乾著嗎？我後來去查看的時候，發現大別山裡藏了好些人在裡面，我怕是山賊一類的，所以就時不時地去探探風，看他們會不會來禍害村子。」

崔景蕙說得半真半假，卻直接把春蓮給急得從凳子上跳了起來。

春蓮一臉心有餘悸地望著崔景蕙，她就說這大晚上的，有什麼地方好去的？原來真是去了大別山裡！「大妮，妳、妳讓我說妳什麼好呢？妳這膽子也太肥了！大晚上的，妳一個身上沒幾兩肉的小姑娘，明知道大別山裡有壞人，還敢蒙著腦袋往裡面鑽，妳說妳這圖的啥呀？這要是出點什麼事，妳讓團團怎麼辦呀？」

「妳放心好了，我一直都藏得好好的，他們發現不了我。我這不也是沒辦法嗎？這事說出去了，村裡人也不會信啊！咱們這窮鄉僻壤的，也沒什麼好圖的，這幫子人窩在大別山不出來，妳說我這都知道了，還能安得下心嗎？」崔景蕙也是很無奈，她自然是不能告訴春蓮，大別山裡窩著的是朝堂的人，尋的是寶藏，而這寶藏還被自己給找到了。

「那妳給我說說，這傷是怎麼來的？」春蓮完全就是一副不相信的眼神望著崔景蕙，脖子上的傷這麼嚇人，這不明擺著就是騙她的嘛！

「這也怪我倒楣，昨晚睡覺的時候，不知道怎麼就夢見我爹我娘了，所以就想上墳山那邊看看，哪裡想到那麼大的雨，竟然會有人在那邊挖墳！妳說，這是驚擾祖宗的事，怎麼可以忍？這不是沒打得過嗎，結果就成這樣子了。行了，說這麼多話，說得我嗓子眼都痛了。」

崔景蕙嘴裡說著瞎話，臉上卻擺出一副心有餘悸、後怕不已的表情。

蕙。

春蓮雖然狐疑，可卻說不出來哪裡不對，又心疼崔景蕙嗓子啞著，便暫且放過了崔景蕙。

崔景蕙見春蓮不再追問了，也是鬆了一口氣。

將團團交給春蓮，崔景蕙隨意弄了幾個菜，和春蓮在院子裡一起吃了，又說了說石頭那邊有關活字印刷的進展，這才將春蓮糊弄了回去。看著春蓮輕快的離去，崔景蕙心裡雖說有些愧疚，但還是鬆了一大口氣。

怕衛席儒餓急了，崔景蕙來不及多感嘆幾句，便匆匆將已經睡下的團團連帶著搖籃一併搬進了堂屋裡，將特意為衛席儒留下的菜從鍋裡拿了出來，一併送進了屋內。

屋內，衛席儒靠坐在被褥上，單手握著書卷，正看得如癡如醉。他沒有想到，崔景蕙手裡居然會有前朝孤本！這本《子集》，乃是前朝儒家大學巍公所著，自改朝換代至今，早已無其手稿流傳，衛席儒乍然看到一本，那種激動的心情自然是可想而知，所以一讀之下，便是如癡如醉，就連崔景蕙進了屋子，也未曾察覺。

崔景蕙將吃食擱在炕桌上，看著衛席儒青絲散髮，那垂頭專注的神情，猶如皎皎天人之姿，一時間她竟然看癡了。

「妙！甚妙！」衛席儒看到精彩見解之處，忍不住撫掌稱讚，而這聲音乍然突起，衛席儒忽地又記起崔景蕙的囑咐，頓時從書中驚醒。他抬頭望向門口，卻看到崔景蕙坐在桌邊上，頭倚著手，正癡癡地望著自己。

崔景蕙的目光太過於灼熱，以至於衛席儒不由自主地偏開了視線。「大妮……姑娘。」

崔景蕙頓時驚叫了一聲，然後猛的從凳子上彈了起來，也是一臉手足無措地望著衛席儒，臉上顏色猶如被桃花薰染了一般，手忙腳亂地將炕桌搬到衛席儒身側。「啊！公子可是餓了？我給你送了點吃食過來，你吃完了，我再過來收拾。」

崔景蕙啞著嗓子說完之後，就猶如潰敗之兵一樣，倉皇地從側門而出，掩了門戶，站在堂屋裡，久久才平復胸腔之內如擂鼓般鼓動的心跳聲。

她撫著胸口，走到搖籃旁邊，看到團團不太老實的睡姿，嘆了口氣，伸手拍了拍自己熱潮未曾散去的臉頰，苦笑了一下。還真是丟臉呀！

不知道為什麼，一見到衛席儒，她所有的分寸、沈穩皆離她遠去，這樣可不行啊！

崔景蕙將搖籃搬到三爺屋裡，打來水，將三爺屋裡的炕擦拭了一遍，然後鋪上褥子、涼席。衛席儒現在身上有傷，她不願意貿然讓他下床，所以她便只能歇在三爺屋裡，幸好被子什麼都夠，也無須再去臨時購置。

崔景蕙整好被腳之後，忽然想起衛席儒身上那套不太合身的衣服，又翻了本來打算給自己做襦裙的素色棉布。因為還在孝中的緣故，所以崔景蕙之前買的都是淺色、不帶花樣的布，沒想到這個時候竟能派上用場了。

崔景蕙這會兒也沒膽子去問衛席儒尺碼的事，索性撿了衛席儒之前那身壞了的衣裳，比量了尺寸，照著那衣樣子剪了起來。

這手上有了活便忘了時辰，要不是團團被尿憋醒了，只怕崔景蕙還就真的把這衣服一次給做完了。放下手中快要縫好的一隻袖子，崔景蕙忙抱著團團到院子外面撒了尿，這才發現，天邊的顏色已經染上了一絲灰藍。

暗自懊惱了一下，崔景蕙看了一眼屋子的方向，又看了看懷裡吮吸著手指的團團，權衡一二之後，還是回去裹了條絲巾，將團團送到橋嬸那兒。也不敢多說什麼，怕橋嬸擔心，崔景蕙簡直就是把團團往橋嬸懷裡一塞就直接跑了，這倒是讓橋嬸一下子有些摸不著頭腦了。

崔景蕙一路奔回到屋裡已是氣喘吁吁，頓引得衛席儒側目。

「大妮姑娘，妳怎麼了？」

崔景蕙將繫在脖子上、用來遮擋瘀痕的帕子扯了下來，擦了擦額頭的汗水，然後走到衛席儒跟前，遲疑了一下，這才開口囑咐道：「沒事，就是跑得急了點。那個……我要去大別山了，我會把這門鎖了，要是有人在外面找我的話，你千萬別出聲，明白了嗎？」

衛席儒放下手中的書，望向崔景蕙，然後掙扎著就要從床上下來。「我陪妳一起去！」

崔景蕙忙阻止了衛席儒下床的動作。「你這是幹什麼？快躺回去！傷口才剛結痂，可禁不得你這樣折騰。」

「妳是為了救我才殺的人，我應該陪妳去。」衛席儒卻是堅持，至於其真實原因，自然是不便說與崔景蕙聽的。

只是，崔景蕙何等通透，便是衛席儒不說，她又怎麼會不明白呢？「公子，你不必如此。你若是想去，等你傷好之後，我可以領你過去，就從我們上次回來的那條路過去。」

被崔景蕙一語道破了打算，衛席儒臉上不由得多了一絲尷尬。雖然昨天夜裡回來的時候，四周漆黑一片，可那明顯就是一條密道。若這大別山裡真有寶藏的話，那此密道的由來，自然是讓人有所猜疑，所以，衛席儒才會不顧身上的傷勢，堅持要與崔景蕙一道過去。雖然，這其中也是有不願意讓崔景蕙獨自處理屍體的原因在。

「大妮姑娘，我不是那個意思……」

「席儒公子，你不必解釋，我都知道。」早已是心知肚明的事，崔景蕙自然沒有為了這事而胡攪蠻纏的道理。而且就算她不相信所有的人，也沒有不相信席哥哥的道理，畢竟，席哥哥可是願意為了自己赴死的人。

既然席哥哥想知道，趁現在還早，崔景蕙索性拉了條凳子過來，打算和衛席儒好好說道說道。

「大別山裡的那條密道，是我三爺四十多年前發現的，現在除了我和三爺以外，沒有人知道這條密道。大別山的人，去年就已經在那兒了，我估計至少有一百多個人，我也知道他們是為了尋寶藏而進來的，畢竟去年咱們村裡才有人死在大別山裡，沒人敢進去。我只是怕他們會牽累到村子裡的人，才時不時地過去窺視一下他們的動靜。」

這倒是解釋了為什麼崔景蕙會在夜裡出現在大別山的原因了。衛席儒不得不感嘆一聲自己的運氣，畢竟在那樣的情況下，根本不可能會有人出現在大別山裡。

「原來如此。小生也是接到京裡的消息，這才過來查看一番是否屬實，卻不想在山裡露了痕跡，倒是拖累了大妃姑娘。」

「也是湊巧了而已。」崔景蕙並不在意衛席儒的歉疚。

「大妃姑娘，小生可否問一下，那密道之內可有異常之處？大妃姑娘可發現過什麼？」雖然這個問題不該問，可是都到了這個時候，衛席儒卻是不得不問。

崔景蕙並沒有回答衛席儒的問題，而是一臉正色地直視衛席儒，認真問道：「席儒公子，若是你知道了寶藏所在，你會怎麼做？」

「自然是交予朝廷處理！難道……難道妳知道寶藏在哪裡？」衛席儒愣了一下，猛的直起身來，什麼都顧不上了，一把便抓住了崔景蕙的手臂。

崔景蕙低頭看著衛席儒的手，並沒有將其掰開。

可是衛席儒卻意識到了自己此刻的失禮，臉上頓時浮現一抹紅雲，倏地放開了崔景蕙的手。「抱歉，我剛剛太心急了。」

「不打緊。」崔景蕙搖了搖頭，露出淺淺的一笑。「交給朝廷處理，我想問一下，公子要如何交給朝廷？」

「自然是通過朝臣上奏陛下！」衛席儒不解，崔景蕙為何會多此一問，可一想到崔景蕙有可能知道寶藏所在，也只能耐著性子，回答崔景蕙的問題。

只是，崔景蕙卻是鐵了心思，要尋根究底的問個清楚明白。「哪一位朝臣？是何派系？

需經幾道手，才能奏與陛下？公子可是已經想清楚了？」

「這……」衛席儒竟然被崔景蕙給問住了，這些問題，他卻是沒有想過。而且……衛席儒越來越看不懂崔景蕙了，一個村野姑娘，有膽識、有智略，還懂實事，甚至還藏有前朝的古籍……古籍?!難道說……衛席儒腦中靈光一閃，看著放在身側的書，再度激動了起來。

「這……這書難道就是前朝寶藏裡的？」

「嗯，是的。」崔景蕙點了點頭，多餘的話卻是一句都不肯和衛席儒說了。

一陣沈默之後，衛席儒終於想透了，如果沒有想明白崔景蕙的問題，崔景蕙是不可能告訴自己寶藏所在的。他沈思了一下，這才一臉正色地開口。「大妮姑娘，我家與當朝太傅張默真一家有姻親關係，只要我將此事說明，他定會御呈陛下。」衛席儒其實還有一個人選，那便是泰安伯的世子，只是他考慮到此事越少人知道越好，所以才選擇了未來岳父。

再次聽到這個熟悉而又陌生的名字，崔景蕙的腦中有了一絲的茫然。「太傅？又升官了？也是，十年前便是二品大員，怎麼的也得擢升了。」

「妳說什麼？妳也認識張太傅嗎？」崔景蕙的喃喃聲太低，所以衛席儒並沒有聽清楚崔景蕙的話，只是斷斷續續地聽見了幾個詞。

「不，這麼大的官，我怎麼可能會認識？」崔景蕙這才驚醒了過來，連忙否認了這個事實，接著說道：「如果這是你的答案，席儒公子，請恕我不能告訴你寶藏所在，我不能將大別山周邊幾千口人的命交到一個陌生人手裡。這事你也無須勸我，家國大義的事，我不想懂，也不想攪和其中。」對於張默真這個給了她血肉的爹，崔景蕙雖然不恨，但卻做不到不怨。她很清楚這筆寶藏的價值所在，所以她絕對不可能將這麼大的一個功勞拱手讓給張默真，即便他是她父親也不能。

「大妮姑娘，此事牽扯甚廣，若是這寶藏落在有心人之手，只怕會動搖國之根本，到時候受難的還是百姓，我希望大妮姑娘妳可以再考慮一下。」衛席儒還想勸崔景蕙幾句。

崔景蕙卻是沒有半絲猶豫地直接搖頭拒絕，但拒絕的同時，又給了衛席儒一線希望。

「這件事，除了你以外，我誰都不信。若是有一日，你能親自面見陛下，我定將寶藏的位置告訴你，在此之前，此事休要再提。而且你也可以放心，我所發現的寶藏，這世上除了我以外，不會再有第二人知曉。」該說的已經都說完了，再繼續下去也沒什麼可說的了。崔景蕙站起身來，走到窗沿下，將燈和火石拿了過來，擱在衛席儒手指能夠碰得到的地方。「我該走了！」

崔景蕙既然已經把話都說得這麼明白了，衛席儒自然也沒有理由再叫住崔景蕙，只能任由崔景蕙出了屋子。待聽到落鎖的聲音之後，整個院子頓時陷入了一片死寂之中。

衛席儒倚在床頭，看著由窗頭透進來的光線越來越暗，直至整個屋內都陷入了一片昏暗之中，他伸出手，將燈點燃，暈黃的火光頓時照亮了這一方天地。他看著擱在手邊的古籍，這一刻卻失了繼續讀下去的心情。

這個崔姓叫大妮的女子，猶如渾身都裹在迷霧之中一般，讓他看不真切，琢磨不透。明明不過是幾面之緣，卻願意捨命相救，甚至將本可不必告訴自己的秘密直接攤在了自己的面前，那種毫無遮掩的信任，讓衛席儒有種愧不敢當的感覺。

為什麼？明明是萍水相逢的兩個人，為什麼她卻像是認識了自己很久一樣，而自己對她卻是一片陌生？一個接著一個的疑問在腦中盤旋，他卻得不到任何的答案。

第八十一章 毀屍滅跡

崔景蕙進入了密道之中，這會兒正對著密道裡已經開始散發出作嘔味道的屍體發愁。

她本來的打算是將屍體拖到墳場那邊挖個坑埋了，只是沒想到，這又是下雨，又是暴日，不過一日半宿的工夫，屍體便已經開始發臭了，她可不想拖著個發臭的屍體。

崔景蕙並沒有糾結太長的時間，便已經想出了法子——就地掩埋。反正她打算堵寶藏的泥巴還少了一點，這挖個坑將人埋了，多出的泥巴還能堵洞口裡。

想到就做，崔景蕙選了個土地鬆軟的位置，直接用鋤頭挖了起來。因為是埋一個人的，崔景蕙也不想占太多的地方，所以只挖了一公尺來寬的洞口，然後一直往下挖，直到挖到下面的一塊大石頭，徹底挖不動了，又用鋤頭在裡面刨了一大圈，弄出個大肚細口模樣、快兩公尺深的大洞，這才歇了手，攀著洞口爬了上去。

崔景蕙看著身體僵直的屍體，忍著臭味，將屍體脖子上的刻刀拔了出來，至於那插在敏感部位的髮釵，崔景蕙嫌噁心，便沒有拔了。只是，將屍體推到洞口邊上的時候，崔景蕙又發現了一個問題，因為在地道裡待了太長時間，屍體的關節已經僵硬了，崔景蕙根本就沒有辦法將屍體拖進洞裡去。

崔景蕙這會兒已是累極了，根本不想再繼續挖坑，她無奈地看著腳邊的屍體，嘆了口氣。「很抱歉，我想我只能對你無禮了。」

雖然說對死者動手是一種褻瀆，可是這個時候，崔景蕙也顧不得那麼多了。她也不想這麼殘忍，可是在經歷了重生前那各種折磨之後，對於敵人，她早已是心如鐵石。

崔景蕙漠然地看著屍體，道了一聲抱歉，然後直接拿起鋤頭，用鋤頭鈍的那一面將屍體的手腳全部砸斷，這才沒有任何阻礙地將屍體扔了下去，接著又將屍體的蓑衣和武器一併丟入洞裡，然後將之前挖出來的土填了回去。

等崔景蕙用之前留在地道裡的鏟子將地夯平實了，這才算是鬆了一口氣。將手中的鏟子一丟，崔景蕙這會兒已經沒有力氣再做別的事了，看著還沒填好的密道口，她根本沒力氣折騰，直接轉身從地道裡往回走。

出了密道之後，崔景蕙才發現，不知不覺中，天已經大亮了，顯然自己在密道裡已忙活了一整夜的工夫。怕有人經過，崔景蕙忙小跑著離開了密道口處，也是崔景蕙運氣好，一路回到三爺的院子，竟一個村民也沒有碰到。

因為碰了屍體的原因，崔景蕙這會兒整個身體都是臭的，那氣味就連自己都受不了，所以她直接上了灶屋裡燒了一鍋的水準備洗洗，又將精米熬上灶，這才開了自己屋子的鎖。一推開門，便看到衛席儒掙扎著要坐起來，顯然也是聽到門口響動的聲音。

崔景蕙下意識裡衝了過去，伸手便打算去扶衛席儒，只是快要碰到衛席儒的時候，卻想起自己滿身的屍臭味，頓時縮了縮手，身體也往後退了幾步。「公子，你別起來了，有什麼事吩咐我一聲就成。」

「我沒事，那人可是處理好了？」崔景蕙都這麼說了，衛席儒自然是不好再堅持起身。他看著崔景蕙滿身沾染的土灰，還有縈繞於鼻間的淡淡氣味，不由得生出一絲愧疚感，這種事，應該他來處理才對。

「嗯，公子放心吧，已經埋好了，不會有人找到的。」出了這麼大的事，活生生的一個人就這麼不見了，只怕大別山裡的人肯定會擴大搜索範圍，所以崔景蕙在回來的路上便已經想好了，她要將密道那裡通往大別山裡的幾個出口全部堵上，讓那幫人無跡可尋。

崔景蕙的話說得絕對，衛席儒自然不會全部當真，只是看崔景蕙眼睛紅得厲害，自己這裡也沒什麼可麻煩的，便囑咐了崔景蕙去歇息。「辛苦大妮姑娘了，姑娘徹夜未眠，趁現在還早，還是快去歇息一會兒吧。」

崔景蕙正有此打算，當下便尋了乾淨衣裳，又幫著衛席儒將夜壺倒掉，洗淨放了回去，這才進浴房就著溫熱的水沖了個澡，將滿身的熏臭味洗去。雖然睏倦得很，但她還是等到粥熬好了之後，給衛席儒送過去，這才回到三爺的屋裡睡下。

這一覺睡得昏天暗地，就連江大夫前來幫衛席儒換了一次藥，崔景蕙都不知道。還是快到晌午邊上，一陣「啪啪啪」拍打著堂屋門的聲音響起，才將崔景蕙從沈沈睡眠中驚醒了過來。

她睡眼朦朧地爬下炕，只披了件外袍，迷迷糊糊地走到堂屋裡，將大門打開一個縫，便看到春蓮一臉不情願地領著一個公子哥兒過來，崔景蕙恍了好一下神才認清楚，是姜尚。

姜尚正要和崔景蕙打招呼，卻看見原本開著一條縫的大門，直接「砰」的一聲在姜尚面前閉合，根本就沒有給姜尚半點商量的餘地！

「看吧！我說了大妮根本就不歡迎你，你說你何必跑過來自討沒趣？」站在一旁的春蓮，一臉幸災樂禍地望著臉上笑容僵住的姜尚。要不是她爹非要自己領了這人過來，她可不願搭理這姜尚半分。

「也許，這小妮子是不願意看到妳呢！」雖然知道這該死的丫頭說的是事實，可姜尚這麼愛面子的人，又怎麼可能不強辯幾句？

「那你就再試試唄！」這麼點小把戲，春蓮自然是不可能被姜尚激怒的，她朝姜尚努了努嘴，直接轉身，頭也不回地走了。

姜尚心裡也是憋著一股子氣，也不去喊春蓮回來，只撩了袍子，一屁股坐在了大門口的石墩上。他就不信了，小妮子一天都不開門！

屋內，崔景蕙關了門，卻是直接去了自己屋裡。

屋裡的衛席儒原本也是午歇了，只怪姜尚的聲音太吵，自是把衛席儒給驚醒了過來。

「姜尚來了，你要不要……」崔景蕙並不知道衛席儒和姜尚之間的交情有多深，畢竟之前在縣裡見面的時候，兩人是一起的，這個時候見不見，崔景蕙自然是要問一下衛席儒。

「可知，他為何而來？」之前聽聲音，衛席儒隱隱間便有了猜測，聽崔景蕙這麼一說，他不由得有些疑惑地皺了皺眉頭。在來之前，他便已經將封神醫送到了姜家府上，自己前往大別山之前也和姜尚說了，自己打算去汴京走上一趟，難道是他的行跡走漏了風聲，讓姜尚一路尋了過來？

「還不清楚。你要是不想見的話，我三爺屋裡有個地窖，你可以先到那邊去避一下。」姜尚的來意，崔景蕙也是猜不透，畢竟之前那佛像的事，他們就已經銀貨兩訖了，而且她也交代過，讓姜尚以後不要來找自己了。

衛席儒這個時候自然是不願意見姜尚的，聽崔景蕙這麼一說，自然樂意至極。他點了點頭，掀開蓋在身上的薄被就要起身。「如此甚好，那就有勞大妮姑娘領路了。」

「我來扶你！」崔景蕙見狀，忙走了過來，攙扶住衛席儒的胳膊，領著他慢慢地從堂屋穿過，進到三爺屋裡。地窖還在之前的位置，並沒有變，只是崔景蕙為了方便進出，自己用木頭安了道斜梯進去，如今倒是派上了用場。在衛席儒進入斜梯之後，崔景蕙就放了手，轉而從屋裡又搬了條板凳，遞了過去。

直至看到衛席儒安全地下了斜梯，崔景蕙這才將箱子給重新蓋上。她沒有直接去開門，而是回了屋裡，將自己認為可能會引起別人猜疑的東西一股腦兒地全塞進了箱子裡，再次確認無誤之後，這才換了髮髻，換了身衣裳，走到堂屋裡，開了半扇門。

「怎麼還不走？我上次應該已經說了，我這裡不歡迎你。」崔景蕙冷著臉，看著翹著二郎腿、毫無形象可言的姜尚，話裡話外自然是沒有半點好顏色。

「妳這妮子，都讓妳占了我那麼大便宜了，怎麼就沒一點好臉色呢？要不是看在妳那手藝的分上，妳還真以為小爺我願意來受妳這個氣？」姜尚本來就是個橫的，忍了崔景蕙這麼久，這會兒早已是憋了一肚子的氣，他站起來，走到崔景蕙的面前，揚起扇子就想在崔景蕙的額頭上敲一下。

只是，崔景蕙哪會讓姜尚得手？直接揚起手一甩，就將快要打到自己頭上的扇子拍一邊去了。「有話快說，有屁快放！」

姜尚看著手中險些掉在地上的扇子，只能無奈地將崔景蕙所說的後半句話自動忽略掉。

「爽快！納福，拿過來！」

「姑娘，妳看著！」納福忙上前，將一直抱在懷裡的一個包袱打開，湊到崔景蕙的面前，露出裡面一塊血紅色的翡翠原料，還有擱在旁邊的一沓銀票。

「小妮子，看到了沒？只要妳能幫我雕一串百子納福的串珠，這五百兩銀子就是妳的了！」姜尚得意洋洋地伸手將包袱裡面的那一沓銀票拿了出來，然後攤開在崔景蕙的面前。這麼多錢，他就不相信崔景蕙會不動心！

只是，此一時彼一時，崔景蕙這會兒子地窖裡還藏著整整兩大箱子的黃金呢，又如何會對這區區五百兩銀子動心呢？崔景蕙瞟都沒瞟那銀票一眼，直接丟了一句話，就要將大門掩上。「姜公子，你回去吧！我沒空！」

「別別別！有話好說！有話好好說行嗎？」姜尚這次學聰明了，不等崔景蕙將門掩上，他便已經手撐著門，強行進到了堂屋裡。

這人都進來了，崔景蕙自然是不好將人又給推了出去，索性將門都打開了，免得關著門，別人還以為裡面有什麼齷齪的行當。

姜尚看崔景蕙擺出一副油鹽不進的模樣，杵在那裡，心裡也是暗暗叫苦。他們姜家可是欠了封神醫好大一個人情，所以對於封神醫的請求，姜家自然是沒有拒絕的權利。

姜尚本以為，只要將價錢提高一點，崔景蕙總是會答應的，哪裡想到崔景蕙不知道是哪根筋不對了，明知道有五百兩銀子報酬的情況下，居然還是拒絕了自己。

一想到自己走之前在爹面前拍著胸脯擔保了下來，姜尚這時候還真是有點有苦說不出的感覺。他臉上堆起了笑容，湊到崔景蕙面前，一臉討好地央求了起來。

「小妮子，妳就幫我這一次吧？最後一次！這不是給我自己要的，妳知道我姪子上次落了水後，這身子骨一直不好，我祖母也是氣病了。後來好不容易請來了封神醫，將姪子和祖母的身體調養好，這不，人家神醫看中了妳雕的三面觀音的手藝，我這不也是被逼無奈嗎？小妮子，小祖宗，妳就行行好吧！不然我可就真交不了差了！」

當崔景蕙聽到「封神醫」這三個字後，姜尚後面又說了什麼，她已經完全聽不進去了。她伸手一把抓住姜尚的袖襬，急切地問道：「封神醫？哪個封神醫？」

「還能有哪個封神醫？不就是封不山封老神醫嘛！怎麼，小妮子，妳認識封神醫？」姜尚一臉詫異地看著突然間神情激動的崔景蕙。這整個祁連能夠稱得上神醫，並姓封的，也就只有封不山了。

「封不山、封不山……這種人，我一個村野丫頭怎麼可能認識呢？」崔景蕙近乎咬牙切齒地重複著封不山的名字，隱於袖中的手此刻緊緊地揣成了拳頭，指甲都嵌進了肉裡，她卻沒有半絲感覺。

姜尚並沒有察覺到崔景蕙這一刻的異樣，他還以為崔景蕙終於有些鬆動了，又繼續吹噓起封神醫的醫術來。「這倒也是，這封神醫可是咱們祁連鼎鼎有名的大夫，只要有一口氣在，就沒有他救不了的！若是能夠結交他這樣的人，那可是妳的福氣，所以啊，這生意妳就接下吧，包妳沒壞處！」

是呀！封不山的醫術舉世無雙，不管是何種病症，只要經於他手，就沒有治不好的！所以她的小姨，那個帶著胎毒出生的女人，才會在他十幾年的調理之下，得以成為她的繼母，然後將她幼小的命運沈入地獄之中，無法掙扎。

上一輩子，她所有的生活都被這兩個人打碎，就連想要拼湊都無跡可尋。

所以，他醫術滔天又與自己有什麼關係？他救人無數又關她什麼事？他出現了，而崔景蕙腦中唯一浮現的辭彙，就只有將他大卸八塊。只有這樣，她才能平復心中那扭曲而無法自贖的恨意。

崔景蕙費了好大的勁兒，才將自己的靈魂從仇恨的深淵裡拔了出來。她一臉冷肅地抬頭看了姜尚一眼，繼續開口拒絕道：「姜公子，你的好意我領受了，只是我的手受傷了，只怕是完成不了你的託付了。」

「受傷？怎麼可能？小妮子，就算是誆我，妳也找個說得過去一點的理由行嗎？」姜尚看著崔景蕙那雙完好白皙的手，一臉無語的表情。這小妮子，這不明擺著把他當傻子一樣戲弄嘛！

崔景蕙忽然笑了一下，笑得釋然，她走到旮旯處，從自己的工具箱裡拿出了一把刻刀，走到不明所以的姜尚面前，然後伸出了手，刻刀直接從手心劃過，血珠立刻蹦現在手心裡。

「你看，這不就是受傷了？」

姜尚呆了一下之後，直接一把將崔景蕙手中的刻刀打落在地上，一臉不敢置信地看著顯然平靜得有些詭異的崔景蕙。「妳瘋了！妳這是幹什麼呀？」

「你看，是真的受傷了，這可怎麼辦呀？」崔景蕙將手攤在姜尚面前，看著自己的血一滴一滴地掉在地上，臉上的表情是極度的無辜。

那明顯就是下了狠手的傷口，讓姜尚有些氣急敗壞，從袖袋裡掏出手巾，往崔景蕙手裡一塞，無語地說道：「妳、妳這小妮子簡直就是不可理喻！不答應就不答應，我又沒有逼妳，妳又何必這樣糟蹋自己？」

「誰說我不同意了？我這不是手上受傷了嗎？那封不山不是號稱神醫？他若是能將我這手給治得不留一點兒疤，我倒是可以考慮接這樁生意，無條件的。」崔景蕙並沒有用姜尚的帕子去包紮傷口，而是看著鮮紅的血將雪白的帕子慢慢地浸染成了紅色，此刻一雙望向姜尚的杏眼黑得深沈。

「……妳不會是在打封神醫的主意吧？」姜尚紈袴是紈袴了點，可是有些事，他們這種世家子弟看得多、見得多了，自然就有一種天生的敏銳感。

雖說崔景蕙搞的是陽謀，讓姜尚心裡也犯嘀咕，可是這崔家妮子在他面前就沒按常理出牌過，所以這一時半會兒的，他也猜不明白她這樣的自殘行為為的是什麼？

要說小妮子是為了逃避這樁生意，可她這話又是什麼意思？難道是想看看這名譽天下的封神醫長啥模樣，這才整出的夭蛾子？那也沒必要啊！

「該說的，我已經說完了，要不要傳話，那是你的事。姜公子，你該走了。」崔景蕙卻是半點也不給姜尚商議的餘地，直接便選擇送客。

姜尚還想再套套崔景蕙的話，只是崔景蕙卻用未受傷的手抄起了一把掃帚，作勢就要往姜尚的身上掃去。姜尚沒得法子，只能連連後退，直接退出了堂屋外。

而在堂屋裡的崔景蕙，卻是直接丟了掃帚，一把將半開的大門關上，絲毫不給姜尚留半點情面。

「那個……少爺，咱們還在這裡等嗎？」一直守在大門口的納福見姜尚又被趕了出來，看著手中沒有送出去的血玉，不由得多嘴了一句。

「還等什麼？走吧！」姜尚沒好氣地敲了一下納福的腦袋，心有不甘地瞪了大門一眼，直接扭頭就走。

納福雖然一肚子的疑惑，可是公子都走了，他一個當奴才的，自然得跟著公子才行不是？所以，納福直接小跑著追了過去。

第八十二章　送你離開

崔景蕙站在三爺的屋裡，看著自己手心處不斷往外冒的鮮血，苦笑了一下，將姜尚給的帕子直接丟到一邊，尋了件團團穿小了的肚兜，直接將傷口綁好，在屋子裡穩定了自己的情緒後，這才走到地窖處的箱子旁，將箱子打開。「公子，人已經走了，你可以上來了。」

衛席儒聽到崔景蕙的聲音，也是鬆了口氣，拿著小板凳從斜梯一路上到了屋內。

崔景蕙受傷的手早就被血給染了個徹底，所以衛席儒自然是一眼就看出她受了傷，出於對救命恩人的關心，當然是要問上幾句的。「妳的手怎麼了？」

「不打緊，我自己不小心弄的。」崔景蕙輕描淡寫地將自己傷著了的事揭過，扶著衛席儒就往自己屋裡而去。

衛席儒見崔景蕙不願意多說，自然也是不好再問。

將衛席儒送回了炕上，崔景蕙不等衛席儒發問，便直接說了姜尚來此的目的。

「公子不必擔心，這姜公子此次前來是特意來尋我的。之前我為他雕了一座觀音像，看來有人十分中意，便讓姜公子特意過來問問，看是否能讓我再雕一件器具。」

聽了這話，再看著崔景蕙受傷的手，衛席儒沈吟了一下。「可是大妮姑娘不願？」

「沒什麼願不願的，只是我與那託付之人有些過節而已。」崔景蕙搖了搖頭。誰的買賣，崔景蕙其實並不在意，崔景蕙在意的從頭到尾就只是封不山那個人而已。

她想殺了他，身體到靈魂，無一處不在叫囂著想要殺了他。

她不知道是費了多大的力氣，這才將噴薄而出、快要將她的理智淹沒的恨意壓了下去。

「妳這又是何必呢？姜公子雖說性子放浪了一些，但只要妳能說服他，想來他也不會繼續糾纏。」衛席儒不懂崔景蕙心中滔天的恨，只以為是崔景蕙怕為難了姜尚而做到了這般地步。

「此事公子休要理會，我心中自有成算。」崔景蕙從一開始就沒想將衛席儒拖累進這事，所以她在衛席儒面前也只是輕輕揭過此事。「餓了吧？我去給你弄點吃的。」不等衛席儒答覆，便轉身出了屋子，將門掩上，然後敞開了堂屋門，打算上灶屋裡弄些吃食，卻看到春蓮抱著團團，匆匆從小路那邊過來了。

「大妮！那討人嫌的傢伙走了沒？」

這人還沒到，聲音已是提前傳入了崔景蕙的耳中，崔景蕙下意識裡將手往背後一藏，只可惜還是晚了一點，露了痕跡。

「大妮，妳的手怎麼流血了？這是怎麼了？」春蓮奔到崔景蕙的面前，騰出一隻手，一把將崔景蕙受傷的那隻手扯了出來，滿手的血糊糊頓時出現在了春蓮的面前。「這是怎麼回事？是不是那個討嫌鬼弄的？我就知道這傢伙一來指定沒好事！走，妳這樣捆著有什麼用？咱們去江伯那兒！」春蓮埋怨了幾句後，絲毫不給崔景蕙任何說話的機會，直接一手抱了團團，一手拉著崔景蕙就往外走。

崔景蕙沒得法子，又爭辯不過，只能任由春蓮一路拉扯著去了藥廬。

「春兒，今兒個怎麼有空想起我這個老頭子？」藥廬裡，江大夫正坐在一把躺椅上曬著太陽，看到春蓮來，不由得眯著眼睛打趣了句。自石頭那小子不來他這藥廬之後，這春丫頭可是連人影都看不著了。

「這不是來了？江伯，您快給大妮看看這手，都流了好多血了！」春蓮這會兒也沒心思跟江大夫打趣，忙將崔景蕙拽到了江大夫的面前。

「這是怎麼了？」江大夫看到崔景蕙手上沿著小肚兜的繩子往地上滴血的模樣，也是愣了一下。這家裡還有一個傷沒好呢，怎麼自己又受傷了？

「不小心弄的，江伯隨便包紮一下就成。」崔景蕙也不好說是自己蠢得拿刻刀劃的，隨意含糊了句，然後便扭頭望向春蓮。「春兒，妳把團團送回橋嬸那兒吧！我看我這手，這幾天怕是得麻煩橋嬸幫著多操心了。」

「我等妳把傷口處理好了再去。」春蓮這次可沒那麼好說話了。

「春兒，這血糊糊的，別嚇到團團了。妳看我都來了，難道還會跑了不成？」崔景蕙沒奈何地指了指春蓮懷裡的團團。她這不是怕嚇著了他們倆才說的嗎，難道自己就這麼不讓人放心？

「……那好吧！」崔景蕙說得也有些道理，所以春蓮糾結了一下便應了下來，抱著團團先離開了藥廬。

崔景蕙等春蓮走遠了之後，這才將堵住傷口的小肚兜解了下來，將手上的傷口攤到江大夫面前。

「怎麼傷得這麼重？」江大夫看崔景蕙手上皮肉翻開的模樣，也是愣了一下，直接從躺椅上站了起來。這傷可是不輕呀！現在天氣也熱了，要是處理不好的話，那可是極易出事的。

「下手沒了輕重而已，煩勞江伯了。」在這事上，崔景蕙的打算自然是不會和江大夫細說的。

江大夫也是個人精，既然崔景蕙不說，他也不會開這個口，從屋裡拿了藥箱過來，便開始替崔景蕙治療了。「妳忍著點痛，我這就給妳處理傷口。」

「嗯。」崔景蕙將手遞了過去，任由錐心般的痛楚從手掌蔓延至全身。唯有這般真實的痛，才能讓崔景蕙感覺到自己如今真實的存在。

「我今天出診的時候，看到周邊村子有陌生人在盤問著有沒有受傷的陌生人出現，我看應該是衝著妳屋裡那人來的。妳還是早點將那人送出去，免得連累咱村裡的人。」江大夫幫崔景蕙清創了之後，撒上止血的藥粉，包紮好後，有意無意地說了幾句。

「多謝江伯，我知道了。」

崔景蕙點了點頭。她弄死一個人，那些人自然會發現端倪，會出來詢問也是理所當然的，崔景蕙並不感到意外。至於江大夫的建議，崔景蕙也是有這個打算。

雖然她很想和席哥哥一直待在一起，但今天姜尚來了之後帶給她的消息，遠比這暫時的相聚實在重要得太多了，而且自己接下來要做的事，也不想讓衛席儒知道。

江大夫抬頭瞥了崔景蕙一眼，便看見往這邊跑了過來的春蓮。「老夫知道妳是個聰明的姑娘，有些事妳定分得清輕重的。春兒過來了，妳跟著春兒去吧！」說了最後一句，便垂下了頭，開始收拾起藥箱裡的東西。

「這是醫藥費。那我走了。」崔景蕙也看到了春蓮，掏出一貫銅板直接擱在了躺椅上，這才轉身迎上了春蓮。

「大妮！江伯怎麼說？」春蓮一路跑了過來，氣喘吁吁地停在了崔景蕙的面前，伸手就去抓崔景蕙的手。

「都包紮好了！妳看，沒什麼事了。」雖然痛得厲害，可是崔景蕙怎麼可能讓春蓮擔心呢？所以她一臉笑著朝春蓮搖了搖手，示意自己的傷勢並不重。

春蓮看崔景蕙還笑得出來，也就真當沒什麼大事了。「妳可嚇死我了！都怪那討人嫌的，不然妳也不會受傷了！這幾天妳在家裡就別開伙了，我到飯點了就給妳送飯來，團團那兒妳也別擔心，我都跟橋嬸說好了，在妳傷好之前，團團都放她那兒了。」

「行行行，都聽妳的，成了吧？妳說我要是沒了妳，這日子可怎麼過啊！」崔景蕙用完好的那隻手一把摟住了春蓮的肩膀，長吁短嘆地感嘆了句。

「那是！所以啊，在妳還沒嫁出去之前，就好好珍惜吧！」春蓮一臉傲嬌地點了點頭，然後伸出手戳了戳崔景蕙的臉。「對了，妳還沒吃晌食吧？我先回去讓我娘多做點，等一下給妳送過來。」說著，春蓮忽然想起之前看到崔景蕙的模樣，該是沒得空閒吃飯，不由得便提了一句嘴，接著就鬆開了崔景蕙的手，打算去找自己娘了。

崔景蕙忙一把將春蓮拉住。「今兒晌午就算了吧！飯我都悶上了，我隨便弄點菜湊合一下就成了。」

「那怎麼行！菜妳就別炒了，我讓我娘給多做幾個，不會耽誤太長時間的。」春蓮一再堅持，根本就不給崔景蕙任何拒絕的機會，直接就跑開了。

崔景蕙看著春蓮的背影越來越遠，滿心的感動終於將心中翻騰的恨意消減了不少。

第八十三章　不訴情意

崔景蕙站了一會兒，便轉身往三爺的院子裡去了，只是沒承想，這隔著院子遠遠的，便看到有人正在自家院子門口張望著，是齊嬸領著她的兒子齊麟。他們這個時候來幹什麼？

崔景蕙之前匆匆忙忙離開，並沒有來得及關門，怕這娘倆不請自入，崔景蕙忙加快了步子趕到院子。「齊嬸！妳怎麼來了？有事嗎？」

「也沒什麼事，我聽說今兒上午有個男人來找妳了，所以就過來看看。那人是誰呀？」齊嬸一臉不好意思地將齊麟往身旁扯了扯，訕訕地笑了一下，眼神躲閃地對著崔景蕙問了一句。

姜尚這種一看就是有錢人的公子哥兒，會到這種山坳裡，不管走到哪裡，都是被關注的焦點，所以這麼一會兒就傳到齊家耳裡也不足為奇。齊家會這麼急匆匆地趕過來，想來也是擔心她與齊麟之間的婚事有變吧！

「姜家的人，也就是我爹救下的那一戶。只是過來看看有什麼能幫忙的而已，齊嬸大可不必放在心上。」

原來沒什麼關係啊！齊嬸頓時鬆了一口氣，笑著伸出手，將崔景蕙的手握在了自己的手心裡。「是這樣啊，那嬸子就放心了。這日頭過得快，一晃眼今年就過了大半了。大妮，明年妳就及笄了，等到出孝之後，嬸子想快點把妳和咱們齊齊的婚事給辦了，免得夜長夢多，妳看行不？」

話都說到這分上了，就算崔景蕙想要避開此事不談也是不能了。她極其隱晦的瞟了一眼屋子的方向，然後拉了齊嬸，往院子裡的凳子上坐下。

「我有幾句話想要和齊嬸好生嘮叨，齊嬸，您先坐。」

齊嬸看崔景蕙那嚴肅的表情，原本堆滿臉的笑這會兒也是淡了下來，扭頭望了齊麟一眼。「齊齊，你先去玩，我和大妮說些事。」

也不知道齊麟聽懂了沒，便見齊麟忽然笑了起來，跳著拍手板喊道：「媳婦！我媳婦！」

「是是是，娘知道這是你媳婦！乖，去玩吧！」齊嬸笑著拍了拍齊麟的肩膀，將他推到一邊，這才扭頭望向了崔景蕙。「大妮啊，我知道妳想跟我說什麼，這婚事當初是妳自己同意的，我們老齊家也沒逼妳。上次三爺來過，我家男人的態度應該很清楚了，我想咱們也沒什麼可說的了！」

齊嬸一上來就堵住了崔景蕙所有的退路，崔景蕙也生氣了，對著齊嬸輕輕笑了一下。

「齊嬸，我知道，這事怪我。只是咱們都是一個村的，有些事也沒必要做得太絕了，您覺得呢？」

齊嬸挪了挪身子，正對上崔景蕙的視線，一臉皮笑肉不笑地說道：「什麼絕不絕的？這白紙黑字的庚帖可在咱們家裡收著呢！我們老齊家可是認準了妳這個媳婦，就等著妳孝期一到，迎妳過門呢！」她就知道這死丫頭找上自己說話準沒好事，這話說的，好像當初自己做得有多不地道一樣！這事他們齊家可都是已經認準了，想反悔？沒門！

「既然齊嬸都這麼說了，那我就給您攤明了說吧！」崔景蕙見齊嬸一副油鹽不進的模樣，早就有所預料，所以也不生氣，只是慢條斯理地將自己的手從齊嬸的手心裡抽了出來。「齊嬸，您若是願意退還我的庚帖，我可以出錢，為您家齊麟從縣裡買一個出身乾淨的黃花閨女，這賣身契自然也是交到你們夫妻手裡。除此之外，我還可以給你們齊家五十兩銀子，算是答謝！」

一個媳婦，再加五十兩銀子！這麼好的事，聽在齊嬸耳裡，這目光瞬間就直了，臉上的表情也有些猶豫了起來。有了賣身契的姑娘，可是上哪兒都跑不掉的，而且若是有了五十兩銀子，就算他們兩夫妻百年之後，齊齊就是一事不幹，也能順暢地活到老了。只是，天底下會有這樣的好事嗎？而且，崔景蕙怎麼可能會有這麼多銀子？不會是誆自己的吧？

齊嬸躊躇了一下，又接著問道：「那若是我不願意呢？」

「自古孝道大於天，我爹娘雖說逝世沒隔幾日，但身為子女怎可不全孝道？若齊嬸不同意的話，我便只好守六年全孝了。」

「妳……簡直就是胡鬧！」齊嬸「噌」的一下就從凳子上站了起來，一雙眼睛瞪圓了望向崔景蕙。這親人相繼去世的不是沒有，守全孝的她也不是沒看過，只是……六年啊！這崔景蕙等得起，他們家齊齊今年已經十七了，等個六年才成婚，他們到時還能活著看到孫子嗎？

「齊嬸，我這不是跟您開玩笑。祁連重孝道，我有此心，怕是無人會阻止的。」崔景蕙完全不理會齊嬸的怒火，她一臉冷靜地看著齊嬸，任由其表情逐漸猙獰。

「原來妳一直打的就是這個主意！妳、妳簡直就太狠了！」齊嬸這會兒已經氣得胸脯一陣起伏了。她指著崔景蕙，心裡亦是恨急了，恨自己當初為什麼要將人參給崔景蕙！

只是她卻忘了，她所給的那半根人參並沒有幫崔景蕙挽回任何東西。

「我若不狠點，您覺得我今天還有可能坐在這裡和您說話嗎？我的條件，齊嬸您應該已經聽明白了，齊嬸回去後還是好好想想，選哪一條路吧！」崔景蕙直接將齊嬸指著自己的手挪開，站起身來，漠然地看了齊嬸一眼，然後轉身就往屋裡走去。

齊嬸在她身後，氣得渾身直哆嗦，可是卻又不敢對崔景蕙做出什麼出格的事，畢竟崔景蕙可不是一個包子，可以任由她揉搓的。齊嬸站了好一會兒，也沒見崔景蕙想要理會自己的模樣，只得咬著牙，怒氣騰騰地走到正蹲在地上拔草的齊齊跟前，一把拽住齊麟的胳膊就往外走，一副咬牙切齒的摸樣。「齊齊，我們走！」

「我不走！媳婦，我要媳婦！」齊麟這時候哪裡會明白齊嬸糾結的心思，他皺巴著一張臉，做出一副幼兒模樣，死死地拖住齊嬸的手，就是不肯走。

「媳婦？媳婦都要不是你的了，瞎叫喚什麼啊！」齊嬸一巴掌拍在了齊麟的頭上，沒好氣地說了句。

這下齊麟也知道娘生氣了，不情不願地嘟了個嘴，還是跟著齊嬸回去了。

「齊家的來這裡幹什麼？」春蓮送菜來的時候，正巧碰見了齊大嬸氣鼓鼓的離開，這好奇心頓時「噌噌」地往上冒，等見了崔景蕙之後，自然是忍不住問了出來。

「還能幹什麼？還不是姜家那小子惹的，怕我這塊快到嘴裡的肉沒了！」崔景蕙伸手接過春蓮手中的托盤，擱在了灶臺上，給自己盛了一碗米飯，然後朝春蓮揚了揚。「妳要在這裡吃嗎？」

「不了，我等一下就要出去了。鎮上有個人要生了，我得和姑婆一起去，妳吃完就把碗擱這兒，不要自己洗，知道嗎？」春蓮也想在這裡多待一會兒，可是這生孩子本來就是沒個準的事，所以她也只能放棄了。

既然是有事，崔景蕙也不多說什麼，轉而又說了一句。「那行，我就不留妳了！鎮上路遠，妳讓剛叔送妳們一趟，反正也不費多少銅板兒！」

「這個妳就別操心了，那孕婦家有人趕著驢車過來的，這會兒正在村口上等著呢！」春蓮擺了擺手，順手捏了一根菜葉塞進嘴裡，囫圇著解釋了一句。

「那妳還在這兒磨蹭什麼？這生孩子本來就是鬼門關走上一遭的大事，可由得妳這般耽誤！」崔景蕙直接白了春蓮一眼，然後伸手就把春蓮往外推去。

「我自己會走，妳快去吃飯吧，別管我！」春蓮擺了擺手，一路小跑著便出了院子。

崔景蕙站在灶屋裡，直至瞅不見春蓮的身影，這才轉身又盛了一碗飯出來，一併擱在了托盤上，送到炕邊上。

「餓了吧？快吃吧！」將飯菜都擺在了炕桌上，然後擱在炕邊上，將飯和筷子一併遞給了衛席儒。

「多謝！」衛席儒放下手中的書，端起碗筷，十分斯文的吃了起來。

崔景蕙挪了條凳子過來，就坐在炕桌邊上，亦是慢條斯理地吃著。

衛席儒愣了一下，這還是崔景蕙第一次和自己在同一個地方吃飯呢！只是，這本來就是崔景蕙的家，也沒什麼值得奇怪的地方。

「要不要再來一點？」崔景蕙見衛席儒的碗空了之後，便擱下了自己手中的筷子，將手伸了過去。

「已經夠了。」他一直窩在炕上，也沒怎麼動，而且崔景蕙頓頓煮的都是精米，所以一碗也是足夠了。

崔景蕙也沒有再勸，自己幾筷子扒完碗裡的飯，將空碗連著托盤一併送去了灶屋裡，然後又回到了臥房裡，遞了一杯水到衛席儒的手裡，便在旁邊坐了下來。

衛席儒喝了一口水之後，看崔景蕙的模樣，問道：「可是有話要和我說？」

「我打算今晚送你走。」崔景蕙也不寒暄，直接開門見山就把自己的意思和衛席儒說了。

衛席儒頓了一下，隨即露出一個淺笑。「耽誤大妮姑娘這麼長時間，小生確實是該離開了，這段時間驚擾姑娘了。」

「席……儒公子，我不是這個意思。大別山裡的那些人已經開始在周邊村子裡尋找陌生的面孔，你在我這裡不安全了，我這也是為了你好。」這只是崔景蕙其中的一個顧慮，還有就是，她不確定封不山會不會到他們村裡來？如果真的會來的話，她不想錯過這個機會。

「會不會拖累了姑娘？」衛席儒愣了一下，也知道事情比他想的要嚴重得多了。不管是那些人發現自己在這裡，還是發現崔景蕙知曉寶藏的秘密，哪一種的後果都是不堪設想的。

衛席儒的這點擔心，崔景蕙是完全沒有放在心上的。「不會有事的。今天晚上我讓剛叔的驢車帶你走，剛叔的為人我信得過。你可有什麼去處？」

「送到鎮上便可。此事牽扯甚大，我打算去汴京一趟。」這件事，衛席儒也沒想要瞞住崔景蕙。

「那好，我這就安排一下。」既然衛席儒已經想好了，崔景蕙也不耽擱，朝衛席儒點了點頭之後便出了屋子，徑直進到三爺屋裡。炕頭上的針線笸裡還攤著為衛席儒做了一半的衣服，今天要是沒做好的話，只怕是送不出去了。

幸好，這針線活不需要兩隻手同時操作，崔景蕙坐在了炕頭上，用沒有受傷的手開始縫了起來，一針一針地穿過薄薄的布料，甚至忘記了手心處的痛。

這一忙活，便忙活到了晚上，直至星月映照，崔景蕙才將最後一針縫好。伸手揉了揉痠痛不已的脖子，崔景蕙站起身來，將製好的衣服疊好放在炕上，出了屋子，進到灶屋，便看見灶臺上捂著的飯菜，中午留下的髒碗也已經清洗乾淨了，想來是吳嬸已經來過了。

崔景蕙將飯菜端給衛席儒，自己便順著小道一路去了剛叔家，逗弄了一會兒團團，便趁橋嬸離開的空檔，和剛叔說了送衛席儒的事。

剛叔信得過崔景蕙，也沒問送什麼人，一口就應承了下來，和崔景蕙約定了，夜半時分在村口處等崔景蕙。

崔景蕙再三道謝之後，便回了院子裡，隨便吃了點東西，又烙了些餅子，涼在灶臺邊上，這才拿了新做的衣裳去了屋裡。

「這是我緊著做的，沒來得及繡花，你先試試，要是不合身的話，我再給你改改。」崔景蕙說著，將衣服遞到了衛席儒的面前。

衛席儒看著崔景蕙手上素灰色的長袍，愣了一下，這才伸手接過。「多謝！」

崔景蕙也識趣，看到衛席儒接過，便進到堂屋裡，將門掩上，留給衛席儒換衣服的空間。

只聽見屋內傳來一陣窸窸窣窣的換衣服聲音，接著便傳來了衛席儒的話——

「大妮姑娘，我好了！」

崔景蕙這才推開門走了進去，看著衛席儒坐在炕邊上，身上穿著合身的長衫，一頭青絲披落肩頭，再加上其雋秀文雅的氣質，一時間，崔景蕙不由得看得愣住了。

「咳咳！多謝大妮姑娘，衣服很合身。」又是這樣癡然的目光，熾熱而直白，讓衛席儒不由得將手湊到嘴邊，輕輕地咳嗽了兩聲。

「合身就好！席……儒公子，可否讓我給你……算了，這是髮冠，將頭髮挽起吧！」崔景蕙本想在離別之前為衛席儒挽一次髮，可是話到臨頭，卻想起自己手上的傷勢，無奈地苦笑了一下，走到梳妝檯前，取出一個黑中透綠的髮冠，遞到衛席儒的面前。

這明顯就是屬於男人的東西，而且他可以確定是崔景蕙之前就備好的，這再度讓衛席儒糾結了，他看著一臉平靜，眼中卻帶著幾分悲戚的崔景蕙，一時間倒是有些兩難了。

不得不說，他欠了崔景蕙很多，她拚死救了自己，甚至手上還沾染了鮮血，即便崔景蕙不說，他也知道，崔景蕙是怕的，畢竟殺人這種事，男人都會心悸，又何況崔景蕙還是個閨閣女子？而且，雖說是為了救人，可他還是碰觸到了崔景蕙，即便隔著衣物，但於禮法而言，卻是大大的不合。他有未婚妻，那個女孩一出生，他便知道那是自己要守護一輩子的人，所以他給不了崔景蕙任何的東西。

「不過是個髮冠而已，席……儒公子不必放在心上。」崔景蕙看出了衛席儒的糾結，於是又添了一句。

崔景蕙一直堅持著，衛席儒輕輕吁了一口氣，伸手從崔景蕙手裡拿過髮冠，然後將青絲盤上。

「它很適合你。」在離這個髮冠的時候，崔景蕙便已經想了千萬次，衛席儒戴上這髮冠的模樣，如今當真見到了，只覺無比適合。崔景蕙感嘆了一句，又摸出了一個簡樸的荷包，遞到了衛席儒的面前。「這個你收著，裡面有一些碎銀子和幾張小額的銀票，多的我也沒有，就當作你上京的路費吧！」

「這段時間，承蒙大妮姑娘照應，小生無以為報，怎麼還能收姑娘的錢財？姑娘還是收回去的好。」衛席儒哪好意思再要崔景蕙的錢，忙推諉著拒絕。

「你現在身無長物，又要上汴京，沒個錢傍身怎麼行？你要是心裡實在過意不去，等你從汴京回來再還我便是。」崔景蕙已經決定好的事，而且她確定這也是衛席儒需要的，又怎麼會讓衛席儒這麼輕易拒絕掉？伸手將荷包塞進了衛席儒的懷裡，然後將衛席儒擱在炕頭的幾本古籍全部撿了出來，尋了塊方巾包住。「這幾本書，我也給你帶上了。」

「不可，這大大的不可！」衛席儒雖說很喜歡這些書，可是君子不奪人所好，而且這幾本書要是放出去的話，便是千金都難求，他怎麼能就這樣白白收下如此貴重的東西？

「我留著也沒用，倒不如給公子用來打發時間。」崔景蕙將包袱紮好，拿著提了出去，又將已經擱涼了的烙餅包了，確保烙餅上的油不會沾染到書本上，這才將包袱弄好。

做完這一切之後，她沒有再去衛席儒那裡，而是搬起一把椅子，坐在了院子裡，她手上摸著脖頸間的玉珮，一時間有些怔怔然。

院子外面，蛐蛐和青蛙的聲音交織成一片，天空中星光璀璨，樹木草葉之中，螢火蟲一閃一閃的飛舞其間，崔景蕙身處其中，焦躁不安的心思也慢慢地沈寂了下來。

想見的人終於見到了，只是為什麼，她卻忘記了該如何與之相處？就連最基本的交流，她都沒有辦法。而現在，已然是別離。

崔景蕙原本是想送衛席儒到鎮上的，卻不想，衛席儒卻是一口拒絕了，崔景蕙沒有辦法，只能一再交代剛叔要等衛席儒尋到了住所，這才不放心地看著剛叔的驢車越行越遠。

這一刻，崔景蕙只感覺到自己的心也越來越遠，身體亦是漸漸冰冷了下來。

崔景蕙不知在村口站了多久，直至手腳都開始變得麻木，她才轉身往回走。她回到自己屋裡，直接躺在床上，將衛席儒蓋過的被子拿起，把自己的整個頭臉都摀住，任由那被褥上混合著血腥味的中藥氣息湧進了口鼻間，宛若衛席儒依舊存在一般。

再等等，再等等，等她將所有的事都處理完之後，他們定然會再度相見的。到時候，她便會以自己的名字，堂堂正正地站在衛席儒的面前，然後成為他的妻子。

未來還很長，歲月還很久，她已經囫圇了一世，這一次，她絕對不會再錯過。

第八十四章 舊恨難消

既是意料之外，又是意料之中，姜尚在第二天晌午的時候，坐著馬車再度來了村裡。這一次，他還帶來了一個老者，一個滿頭白髮，容顏卻宛如三、四十歲，紅光滿面、神采煥然的老者。

封不山！崔景蕙只一眼便認出了這個人是誰！前世，她所存在的十六年裡，有十三年的日日夜夜，對著的便是這張臉，所以即便封不山化成了一具骸骨，她也能認出這個人來。

「小妮子，人我可是給妳誆過來了！妳可得給我小心點，要是神醫問起妳這傷是怎麼弄的，妳只說是刻刀劃的就可以了，其他的妳什麼都不要說，聽明白了沒？」

姜尚一進到崔景蕙的院子，也沒注意到崔景蕙氣得渾身哆嗦，眼睛死死地瞪著封不山，一副魂不守舍的模樣，直接拉了崔景蕙就走到角落處，低聲叮囑著。

姜尚的聲音讓崔景蕙從回憶中清醒了過來，她看著姜尚的側臉，表情恍惚地點了點頭。

姜尚頓時鬆了一口氣，也不管崔景蕙願不願意，直接將崔景蕙拉到了封不山的面前。

「封先生，這就是我跟您提到的那個小妮子。」

「看不出來妳小小年紀，手藝倒是不錯得很。小姜說妳受傷了，給我看看，傷在哪兒了？」封不山一臉和顏悅色地望著崔景蕙，然後伸出了手。

鎮定！鎮定！崔景蕙在心裡暗自給自己打氣，抑制住想要顫抖的情緒，將受傷的手伸了出來。

「怎麼傷得這麼重？這要是沒治，以後這手可就毀了！納福，把我的藥箱子拿過來。」封不山皺著眉頭打量了一番崔景蕙手中的傷口，然後朝身後不遠處的納福招了招手。

「來啦！」納福應了一聲，護著藥箱，便一路小跑著送到了崔景蕙的面前。

「小妮子，我要重新給妳處理一下傷口，妳忍著點痛。」封不山怕崔景蕙痛，動手之前還特意說了一句。

「我死都不怕，怎麼可能會怕疼呢？」不知為什麼，崔景蕙忽然一下子就放鬆了起來，她看著封不山，一瞬間，就連眉眼都帶上三分笑意。

「那就好。」封不山有些詫異地看了崔景蕙一眼，然後開了藥箱，便開始重新為崔景蕙處理起傷口來。

而崔景蕙亦是如自己所說的一樣，整個過程中，硬是一聲都沒吭過。

「不錯，傷口處理好了。」饒是封不山也不由得讚賞地看了崔景蕙一眼。

「大妮，吃飯了！我娘做了妳最愛的蘑菇！」

崔景蕙正要說話，卻聽到遠遠地傳來了春蓮的聲音，扭頭望過去，便看見春蓮托著一個托盤往這邊走了過來。

春蓮一看到院子裡的姜尚，便顧不得手上的湯菜，一路跑了過來，連話都沒說就擋在崔景蕙的面前，一臉警戒地望著姜尚。「你怎麼這麼死皮賴臉？不是說了這裡不歡迎你過來嗎？」

「小姑娘，本公子可不是不請自來，是這小妮子邀請我過來的。」姜尚已經習慣了在大河村裡受到的冷落了，他一臉得意地揚起扇子指了指崔景蕙，然後朝春蓮抬了抬下巴，示意春蓮去問崔景蕙。

春蓮自是不信，畢竟最厭惡姜家人的，便是崔景蕙了，只是姜尚言辭切切，她不免有些疑惑地扭頭望向了崔景蕙。

崔景蕙下一秒出口的話，直接讓姜尚臉上的得意瞬間僵掉。

「姜公子不必自作多情，我從來就沒有邀請你來過。現在既然封老已經到了，你也可以走了。」

姜尚臉上青一陣、白一陣的，想要反駁。「小妮子，妳也不要這麼絕情吧？我好歹也幫過妳——」

可是話還沒說完，就被崔景蕙打斷。「殺父之仇，不共戴天，姜公子，你覺得這是一點恩情就能抵消得了的嗎？所以，姜公子請回吧，也不要再讓我重複不歡迎你的話。」

「妳！妳個小妮子，妳知不知妳這是過河拆橋！」姜尚氣得簡直都想要揍崔景蕙了，這小妮子實在是太太欠揍了！

「對，我拆的就是你的去橋，姜公子你現在滿意了吧？」崔景蕙完全不理會姜尚跳腳的模樣，伸手從春蓮手裡接過托盤。
「春兒，這是封神醫，會在咱們村裡待上一段時間。麻煩妳帶封神醫去藥廬那邊，就跟江伯說，這段時間封神醫都暫住在他那兒，江伯會喜歡的。」
「好，我都聽妳的！」春蓮問都不問一聲便點了點頭，應了下來。「老爺子，跟我來吧！」
「江伯也是大夫，我想你們相處起來應該會好些，我這屋裡只有我一個人住，所以不好留封先生您在這兒住，免得引起非議。」崔景蕙看封不山沒有動，又解釋了一番。
「小妮子，那我的要求？」封不山沒有應話，而是問起了他會來這大河村的最初目的。
「等我手上的傷一好就開始。在此之前，還煩勞封老在村裡待上一段時間，我們這村裡雖然沒有什麼好東西，但是作為大夫，您應該會感興趣的，畢竟不是哪個地方都會有大別山。」
她的目的已經達到了，人已經在她的面前，她還有什麼可著急的？接下來，她只要好好想辦法，如何讓封不山上套便可。
「如此甚好！煩勞春兒姑娘帶路吧！」封不山得到了滿意的答案後，伸手從納福手裡拿起了自己的藥箱，然後扭頭望向了春蓮。
「我等一下再來找妳！」春蓮見此，和崔景蕙說了一聲之後，便領著封不山離開了。
「把東西給我吧。」崔景蕙見封不山走了之後，便朝納福伸出了手。

「什麼東西？」納福愣了愣，一下子倒是沒想到崔景蕙要的是什麼。

「原石，那塊血紅原石。」

納福瞬間恍然大悟，轉身就往馬車的位置跑去。「喔，對！姑娘妳稍等，我這就去給妳拿！」

崔景蕙將托盤擱在一條長凳上，就當姜尚整個人都不存在一般，直接拿起筷子便慢條斯理地吃了起來。

姜尚一臉無趣地站在旁邊，這去也不是，留也不得，臉上的表情尷尬得不行。

「我說小妮子，好歹我也幫過妳，妳就不能給我一點好臉色看看嗎？」

崔景蕙挾菜的筷子頓了一下，側頭看了姜尚一眼，似笑非笑的目光瞟著姜尚扇下的墜飾。她自己雕的東西，豈有不認識的道理？

「姜公子是讀書人，應該也知道一句話，道不同不相為謀。你我本來就不是一條路上的人，又何苦糾纏不清？還是說，你姜公子濫情得很，覺得小女子我有幾分姿色，又或許不似姜公子以往碰到的女子一般溫柔小意，姜公子動了征服我這小女子的心思，所以才這樣厚著臉皮，一而再、再而三地上門來自取其辱？」

「小妮子，妳不對我一句，心裡就不舒服是不是？」姜尚嘆了一口氣，走到崔景蕙面前蹲了下來，側著腦袋，一臉認真地望著崔景蕙。

不可否認，崔景蕙確實是和自己以往見過的任何一個姑娘都不同。畢竟他所碰到的女子，還真沒有第一次見面就甩他一個大耳光的，所以正如崔景蕙所言，他確實是生出了幾分想要將崔景蕙征服的念頭。

崔景蕙站了起來，一臉鄙夷地望著姜尚。「你既然都知道，又何必自討沒趣？」

姜尚正要再度反駁幾句，納福已經拿了包袱匆匆地跑了過來。「姑娘，這是妳要的原石！」

「行，給我吧。」崔景蕙將包袱揹在肩頭，然後拿起托盤，目不斜視，徑直就回了自己屋子，「砰」的一聲將門關上了。

納福看著緊閉的門，再看看青著一張臉的姜尚，遲疑地說了句。「公子，我看您就死了這條心吧！」

「讓你多嘴！」姜尚沒好氣地敲了一下納福的腦袋。「還傻愣著幹什麼？走吧！」心不甘情不願地往院外走去。

「是是是，公子！」

沒有想到，就在當天下午的時候，崔景蕙就看到有陌生人進村子裡來問，最近有沒有見過陌生人？因為姜尚極招搖的關係，村裡人又沒什麼防備心，自然是多嘴了幾句。

所以當天晚上，就有人闖進了村子。崔景蕙原本是不知道的，奈何姜尚次次都是上她的家門，所以就算崔景蕙什麼都沒有說，也被人給惦記上了。

幸好崔景蕙淺眠，要真睡死了過去，那還不知道會發生什麼事！

崔景蕙坐在炕頭上，門外窸窸窣窣，傳來一陣開門的聲音，崔景蕙臉上卻沒有任何慌張的表情，注視著這一切。

崔景蕙家的門栓和別家沒啥不同，唯一的一點差別，就是門栓的正中間插了一根小手指粗細的鐵棒子，所以不管外面的人用什麼法子，都沒有辦法將崔景蕙的門悄無聲息地打開。

「怎麼辦？這門開不了！」

「正事要緊，繞過這一家。」

差不多撬了一刻鐘左右，門外傳來了低低的對話，接著窸窸窣窣的聲音便歸於平靜，腳步聲遠去。

崔景蕙自然沒有傻到這個時候出門，她在炕上又坐了一會兒，便臥了回去。

第二天，崔景蕙罕見地在村子裡轉了一圈，卻沒有聽到任何有關夜賊的八卦消息傳出，她也只好暫時將這件事擱在一邊。

封不山天天會往她這裡來坐一坐，崔景蕙為了不露餡，倒是沒和封不山多說什麼。這期間，她到鎮上的鐵匠鋪一趟，花了五兩銀子，請人做了一把匕首。

一晃眼便是十來天，崔景蕙手上的傷勢早已結痂，快要脫落了。但讓崔景蕙意外的是，她在此期間曾向春蓮無意間吐露了自己原本的生辰，卻沒有引起封不山的任何興趣，這倒是讓崔景蕙有些失望了。畢竟，她之前還想借此將封不山引出來，然後趁其不備暗下殺手。

這個法子行不通，崔景蕙也只能將封不山往大別山裡引了，畢竟只有在大別山裡傷個人、死個人什麼的，不會引起任何的騷動。只是，崔景蕙卻一直沒有機會。

「大妮，在家嗎？」

這天崔景蕙正在屋裡教團團說話，忽然聽到有叩門的聲音，抬頭一看便見崔濟安正站在門口叩著門。「大伯，進來坐。」

「團團都這麼大了啊！會叫人了沒？」崔濟安一臉拘束地搓著手走了進來，看著正試圖從炕上站起來的團團，憨笑著走到炕邊上，伸手想要扶住團團。

團團由著橋嬸帶了一段時間，經常出門，見人多了，不但不認生了，反而在崔濟安拉住他的時候，格格笑著就往崔濟安的懷裡直撲。

崔濟安驚得忙去看崔景蕙的臉色，見崔景蕙臉上並無冷色，這才伸手將團團抱住，然後轉了幾圈。「這娃子可真紮實！還一直吃著羊奶吧？」

「嗯，小娃子多吃點羊奶好。大伯，您這是有什麼事嗎？」崔景蕙笑著應了一聲，轉而詢問道，畢竟他們都已經分了家了，大伯這平白無端的也不會上門只為了看一眼團團吧？

「是這樣的，我之前去外面上工的時候，認識了一個小夥子，人不錯，家裡也不錯。我和妳伯娘合計了一下，蘭子如今也到了談婚論嫁的時候，就讓蘭子相看了一下，蘭子自己也願意，所以這婚事就算是定下來了。」

對於崔景蕙這個姪女，崔濟安從心底就有些怵，明明是自己女兒的親事，可話到臨頭，卻又止不住看向崔景蕙的臉上。

「真的？這可是大喜事呀！難怪最近都沒見蘭姊出門了，原來是在準備嫁妝呢！」崔景蕙頓時面上一喜，亦是發自內心的為崔景蘭高興。

「那小夥子家在哪裡？家裡還有些什麼人？可有什麼營生？不知道伯父可否說一下。」崔濟安看崔景蕙一副高興的模樣，偷偷鬆了一口氣，說話的語氣也輕鬆了起來。「是咱們縣裡一家雜貨鋪的夥計，家裡爹娘尚在，有一個姊姊已經出嫁，識得些字，是個挺不錯的小夥子。當初我在縣裡的活兒，還是他給介紹的。」

「大伯看得上，想來那小夥子也是極其不錯的，這樣我就放心了。」崔景蕙點了點頭，看來崔濟安也是已經考察了一番。畢竟十來年的相處，崔景蕙亦是看得明白得很，大伯是個極其疼兒女的。

「蘭子能願意，我這也算是去了一樁心事了。我今兒個來，就是來跟妳說一聲，我選了個吉利的日子，準備到縣裡備個酒席，給蘭子先訂個親，將這樁婚事落到實處。到時候我想請妳作蘭子的娘家人一起去，大妮，妳看成嗎？」

時間他早已和親家那邊說好了，只是大妮要是不去的話，他總感覺心裡缺了點什麼似的。

對於崔濟安的請求，崔景蕙沈吟了片刻，然後問道：「周氏去嗎？」

「爹說了，要是妳去的話，娘就留在家裡守院子。」來請崔景蕙，是他們大房一家子早就商量好了的事，也跟崔老漢通了氣。

沒了讓人生厭的人，崔景蕙自然是沒有理由拒絕的。「行，這事我應了。什麼時候？」

崔濟安曬得黝黑的臉頓時喜形於色。「日子就定在八月十六，我已經和剛子說好了，咱們十五號提前去，在縣裡歇上一夜，然後就去親家家裡。」

「好，就這麼說定了。」崔景蕙對崔濟安這個打算並沒有異議。

「蘭子知道妳願意去，肯定高興壞了！我得回去告訴她們娘倆一聲！」崔濟安嘿嘿地笑了一下，將團團送到崔景蕙的懷裡，然後扭頭一路小跑著直接出了院子。

第八十五章 誘進山中

雖然蘭姊的親事定了下來，是一件值得高興的事，可是不知道為什麼，夜裡崔景蕙卻是失了眠，輾轉反側，如何也睡不著覺。

鬼使神差的，崔景蕙又去了大別山的密道那兒，畢竟，自從上次埋了人以後，崔景蕙便再也沒去過了。崔景蕙也不知道為什麼，明明寶藏那裡的活兒還沒有幹完。

崔景蕙走上了去破山神廟的那一段密道，等到了山神廟下面，崔景蕙才猛然想起，自己來這兒幹什麼？無奈地苦笑了一下，便打算折身轉回去。

也不知是錯覺還是什麼，崔景蕙竟隱隱聽到了外面有嘈雜的聲音，她糾結了一陣，咬了咬牙，從密道裡爬上了山神廟，然後躲在了斷壁之後，悄悄地往山坡下望去。

人怎麼又多了?!她記得，之前在這山坡下面安營紮寨的也就只剩二十來人，如今一看，怕又是近百人聚集在了此地！怎麼會這樣？

崔景蕙忍住滿心的驚駭，躲在斷壁延伸出的枝葉下，瞇著眼睛往篝火的位置細看，看了好一會兒才發現，如今的營地較之於之前營地的差別——

鐵匠！這個營地裡居然有鐵匠，而且還有好幾個！他們找鐵匠來，這是要幹什麼？崔景蕙這會兒是滿肚子的疑惑，不得而解，只是她可沒那個膽子去夜探營地什麼的。

崔景蕙想了一會兒，也沒想出個所以然來，索性悄然地遁回了密道之中。她手上的傷還沒痊癒，所以幹活的事，還是再等等吧！

崔景蕙原路返回，回了屋子，想了一個晚上也沒想出個所以然來。

翌日，崔景蕙便帶著團團坐著剛叔的驢車去了鎮上，這不去不知道，去了才發現詭異的地方。

崔景蕙是直接去了之前她打匕首的鐵匠鋪，卻發現，好端端的鐵匠鋪竟然關門了！崔景蕙找人問了才知道，不光是這個鐵匠鋪，鎮上原有的三家鐵匠鋪裡的師父，連人帶打鐵的工具，一夜之間全都不見了。縣衙門都已經立案了，可是卻連個鬼影子都沒有發現。

崔景蕙想都不用想便知道，大別山裡的鐵匠是哪裡來的了。崔景蕙越想越覺得可疑，可是卻弄不明白，究竟是哪裡不對。

「你說這造的什麼孽呀？我這鍋都爛了好幾天了，想找個人補補都不成！」

「就是！這好端端的人，能上哪兒去了？我想買把鐮刀，現在都只能去縣裡了，你說這多麻煩啊！」

「你急什麼！這稻子都還是青的，你的鐮刀還能等等。不知道哪個殺千刀的，把我家菜刀給摸了去，我現在連炒個菜都得上別家借去！」

菜刀？鐵匠、匕首……武器！幾個婦人的閒聊，頓時撥開了崔景蕙腦中的迷霧。她怎麼就沒想到，鐵匠除了打鐵還能幹什麼？寶藏她能尋到兩個，說不準人家也尋到一個了！

密道通往大別山一共是三個出口，她除了在破山神廟的出口沒有收穫之外，另外兩個出口，雖然位置不一樣，但是寶藏卻是貨真價實的。

原本她還以為，弄三個出口只是為了故布疑陣，該是她想岔了，三三之數，想來也是在說明，這原本就該是三處寶藏！

一處是古籍書畫，一處是金銀財寶，現在看來，另一處，無疑就是鐵礦了。

有錢，有文學資本，還有武器，這妥妥的就是為了謀逆造反而留存下來的寶藏。

崔景蕙一瞬間便將事情想透，可卻又發現，想透了也沒有用。以她現在的身分，說出的話不但激不起任何波瀾，反而是飛蛾撲火，會斷送了自己的性命。

兩兩一權衡，崔景蕙毫不猶豫地選擇了顧全自己，畢竟她可不是能夠捨己為公的人。

崔景蕙又在鎮上隨意逛了一圈，買了些生活必需品之後，待到下午的時候，便跟著剛叔的驢車再度回了村子裡。

而這件事，崔景蕙亦是絕口不談。晚上，崔景蕙更是花了三個夜裡的工夫，將之前沒幹完的活兒全部幹好，同時還把之前準備好的地皮，直接將除了破廟那處的另外兩個出口封住，崔景蕙不安的那顆心，這才稍稍安定了下來。

「妳這是在繡嫁妝？」崔景蕙正有一下、沒一下地繡著一塊紅布，忽然聽到耳邊有聲音響起，一瞬間，她眼中的恨意透骨。崔景蕙不用看也知道，這是封不山。

崔景蕙拿著繡繃子的手，緊了又鬆，鬆了又緊，費了好大功夫，這才將眼底的恨意隱藏住，若無其事地將繡繃子擱回了針線筐裡，抬頭望向封不山。「我姊要訂親了，閒來無事，繡幾個荷包給她添添妝而已。」

封不山點了點頭，坐在離崔景蕙不遠處的地方，目光忽然瞟到了崔景蕙擱在青石板上、沾著泥巴的繡鞋。「小妮子，妳進山了？」

崔景蕙順著封不山的視線，看了自己的繡鞋，嘴角輕輕地勾了一下，然後答非所問道：「封老，這話可不得亂說，咱們這周邊幾個村裡，可是沒人敢進大別山的。」

「春丫頭可是都跟我透底了，說妳沒事就往大別山裡轉悠。不過老夫不是多嘴之人，小妮子大可放心。」

春蓮本來就是個自來熟的，再加上崔景蕙之前多次提醒了春蓮，讓她在封不山面前乖巧點，看能不能從封不山手裡討要幾個止血方子，畢竟春蓮學的是穩婆的營生，所以春蓮沒事就在封不山面前轉悠，封不山自然也就知道了很多有關於大河村裡的人和事。

封不山本來是為了崔景蕙的傷而來的，只是沒想到，竟然會在江大夫那裡別有收穫。百年分的何首烏雖然不常見，但要是他發話的話，還是能弄到的，只是據那江源所說，他在大別山裡見到的那株何首烏，至少有三百年的年分，這對安顏的病可是有大大的好處，這才是他心動的理由。

只是，那處常有野豬出沒，江源幾次進山都是僥倖逃脫，這才歇了念頭。而依著大河村的人對大別山的忌憚，根本就無人敢領他進去。

他本來已經打算回縣裡和姜家說一聲，帶幾個侍衛再進大別山裡，不料春蓮說漏了嘴，他從而知道了崔景蕙不但經常在大別山裡轉悠，而且還專挑大晚上的去，這膽子可真是大，所以封不山就動了心思。

「春兒這丫頭，看我不撕了她的嘴！」崔景蕙故作懊惱地抱怨了一句，這才不好意思地朝封不山道了一聲謝。「那就多謝封老替我隱瞞了，畢竟我和幼弟在村裡的名聲不太好。去年咱們村裡有人死在了大別山裡，若是讓別人知道的話，又得牽扯到我們姊弟身上了。我爹娘的孝期未至，我不想在這時候離開這裡。」

「重孝，這是應該的！不過老夫有一懇求，想讓小妮子斟酌一二。」封不山在春蓮那裡也是知道了崔景蕙不少的事，再聽崔景蕙為了守孝而不願離開村子，亦是讚賞地點了點頭。

「封老幫了我這麼大的忙，有什麼事，只要我能幫上忙的，我定義不容辭。」崔景蕙此刻心在胸腔內撲通撲通地亂跳，可是為了不讓封不山起疑，面上也只能裝出一臉無事的模樣。

崔景蕙話說得這麼痛快，封不山臉上的笑意也是多了幾分。「我聽江大夫說，大別山某處生長有一株何首烏，老夫極感興趣，不知小妮子可否願意為老夫領路一回？老夫想進大別山裡去走上一遭。」

「這不過是小事。我蘭姊要訂親了，我正打算去大別山裡選幾根好木材，給蘭姊做些常用的器具，封老要是願意的話，到時候可以跟著我一道去。這大別山裡，我可是熟得很！」崔景蕙只差拍著胸脯保證了。這段時間，為了把封不山誆騙到大別山裡動手，她可是想破了腦袋都沒有想到法子，沒想到，封不山竟然自己送上門來了！若不是封不山現在還在，崔景蕙只怕要喜得樂翻天了。

「如此甚好！老夫還要準備一下，出發之前，我會讓春丫頭來叫妳。」崔景蕙高興，封不山更加高興，畢竟他用了二十八年也沒有將安顏治好，而現在，希望就在眼前，他又豈能不高興？

「行，不過這要上大別山，咱們得早點出發，不然要是被村裡人碰上了，不好說話。封老要是決定要去的話，最好提前一天告訴我，然後咱們在第二天寅時過半就出發。」崔景蕙才不想讓過多的人知道她和封不山一起去大別山裡，畢竟她心有圖謀，若是讓太多人知道，待封不山一死，這罪責只怕又會賴在團團身上了。

封不山對崔景蕙這個說法也是滿意得很。「還是小妮子妳考慮周全，行，咱們就這麼說定了！」事已經敲定，封不山也不多留，他得去尋江源，將何首烏的所在位置標出來才行，不然這麼大的一座山，毫無目的地找尋，要找到什麼時候才是個頭呀？

崔景蕙目送封不山離去之後，原本壓抑在心頭的激動卻是再也掩飾不住，只是她又怕在人前露了痕跡，所以直接轉身衝進了屋內，然後猛的將門關上。

背靠在門板上，身體慢慢地滑下，崔景蕙伸手摀住了自己的嘴，無聲的大笑，笑得眼淚都出來了。只是笑到最後，眼淚卻越流越多，以至於崔景蕙最後痛哭了起來，只是手卻仍是緊緊地摀住嘴巴，只聽到「嗚嗚」的嗚泣聲從手心裡傳來，再無其他。

十三年，自己上一輩子，被封不山整整折磨了十三年才得以以死解脫。或許是老天垂憐，她又重活了一遍，而今距離自己倉皇逃離汴京，已是十一個年頭，如今她終於能站在明處，將上一世封不山加諸在自己身上的痛楚還給他。

崔景蕙笑了個痛快，哭了個痛快之後，便從地上站了起來。她伸出衣袖囫圇地將臉上的淚水抹去，然後走到炕頭的衣箱邊上，從裡面找出了紙筆，打算寫信。

為了以防自己進入大別山後對封不山下手不成，反而遭了毒手，崔景蕙打算將所有該交代的事都交代下來。

她給三爺寫了一封信，告訴三爺自家地窖裡藏著的銀子和書本，還有大別山裡被自己用泥巴封住的兩個密室的寶藏，讓三爺把地窖的東西自己留著，大別山裡的東西都交給衛席儒。然後，團團入三爺那一脈。

她給春蓮寫了一封信，給她留了些錢財，還有活字印刷的事。

她還給衛席儒留了一封信，讓他處理寶藏的事，並將自己就是他未婚妻張景蕙一事也寫在了裡面，還有能夠證明自己身分的東西，也一一附在信裡。萬一她遭遇不測，那她也只能靠衛席儒來幫自己正名了。

雖然想寫的話很多，可是快要落筆的時候，卻又不知道該如何下手了。等崔景蕙將信全部寫完之後，已經又是兩天之後的事。

封不山那邊一直沒有傳來任何消息，她手中的傷痕也終於脫痂了，雖然還有一條淺淺的印子，但封不山給了祛疤藥膏，說是只要每天上心抹上幾次，不消一個月的工夫，應該就會沒事了。

八月十一日的傍晚，崔景蕙終於等來了春蓮的傳訊，聽到這個消息的時候，崔景蕙完全聽不進春蓮後面說了什麼話，更不知道春蓮是什麼時候走的。

她懵著腦袋坐在院子裡，等清醒過來時，已經是月上枝頭了。

崔景蕙有些茫然地站了起來，拖著已經麻了的腿回到屋裡，將之前寫好的信，還有她從汴京一路帶過來的那個小箱子，一起放在三爺屋裡那個通往地窖的木箱子裡。

接著又去墳山，在爹娘的墳頭坐了一個時辰，這才躺回了炕上。她這會兒心中算得上百感交集，雖然睡不著，可是為了明天有精神，崔景蕙仍是硬逼著自己歇了一個半時辰。

等到外面的天呈淡灰色時，崔景蕙起了身，將事先準備好的匕首綁在了手臂上，又放了幾把刻刀在荷包裡，以免到時候丟了兵刃。

確定準備無誤之後，崔景蕙深吸了一口氣，出了屋子，鎖上房門，然後將鑰匙擱在角落的一塊碎瓦片下面，這才出了院子。

走到大道上的時候，封不山已經在那裡等著了，他肩膀上揹著個小包袱，穿著一身束腳短打外衫。

「封老，我們走吧！」崔景蕙走到封不山跟前，喊了一句，然後便領著封不山往山上而去。也許是封不山早就已經摸了幾回通往大別山裡的路，所以二人幾乎沒有半點停留，直接到了大別山的周邊。

「這是江大夫給的地圖，妳看看該往哪邊走？」封不山也不倚老賣老，直接將江源給他的地圖送到了崔景蕙的手裡。

崔景蕙打開地圖，辨認了一會兒，確認了方向之後，便將地圖還給了封不山，然後率先走進了大別山裡。「封老，往這邊走！」

崔景蕙知道封不山以前也經常採藥，所以其他的根本就不需要她的提醒，她自然是不會多這個嘴，領著封不山就往地圖所指的位置走去。

「小妮子，妳知道老夫為何執意要進山嗎？」現在正值夏末的時候，山中草木藤蔓何等的茂盛，二人行走起來亦是困難，封不山看著崔景蕙在前面靈巧避開斜伸過來的藤蔓，忽然問了句。

「封老是大夫，除了採藥，我倒是想不出還有其他的理由讓封老願意到這個人見人怕的山裡來。」崔景蕙沒有回頭，她怕自己一回頭，會控制不住心裡翻騰的恨意，現在就動起手來。畢竟，現在可算不得是最好的時機。

「這倒是老夫問得蠢了，或許就是因為這是座人見人怕的大山，所以它才會有老夫最想要的東西。老夫這一輩子，為無數人治病，也治好了無數人，可是有一個人，她如今二十八歲，老夫也給她治了二十八載的病，卻依舊無法治好，這已經成了老夫的執念。而這山裡，卻有能夠了結老夫執念的藥材，老夫不能不來。」

封不山其實早在和崔景蕙說了之後，便派人聯繫了姜家的人。只是這麼多天來，姜家的人卻一直沒能過來，所以他實在是等不及了，這才決定和崔景蕙二人直接進大別山裡。

封不山一提，崔景蕙便知道他說的是誰了。她的繼母，亦是她親生母親的堂妹，安顏。

第八十六章 報前世仇

安顏還在母親腹中的時候就遭人迫害，以至於帶著一身的胎毒出生，身似弱柳扶風，長得仙姿玉色，可卻是滿腹毒蠍。

以前她沒有想透，可是重活一次，一次次百轉夢迴，回想起自己出生時的場景，崔景蕙還有什麼不明白的？凝血丸可止血崩之象，從無有失手的時候，唯一一次，卻是她的親生母親在服藥之後，依舊血崩而亡，而那贈藥的安顏，後來卻成了她的繼母。再加上後來發生的一切，這一件件、一樁樁，環環相扣，想來是那安顏一早就窺覬張默真，一步一步設下圈套，後來將她們這些礙腳石給拔除，也是理所當然的事。

崔景蕙並不想在這裡聽到有關那個女人的任何消息，因為這會讓原本就已經浮躁不已的她失去理智，進而魯莽行事。

「能有封老這般看顧，這人的命，只怕是大羅神仙也不收吧？我倒是羨慕得緊，若是我娘還在的話，封老出手，我和團團也不至於成為沒爹沒娘的孩子。」

「時也，命也，這又豈是人能算得清的事？」封不山自然知道崔景蕙的爹娘緣何而死，只是那個時候，就算他在，只怕也不會答應崔景蕙求醫的要求，只是這話，自然不能攤在明面上說。

崔景蕙沒有再回話，封不山也沒有繼續之前的話題，二人沈默地穿行在密林之中。

「封老，地圖再給我看看。」忽然，崔景蕙在走到一棵刻有標識的大樹前停了下來，轉身向封不山伸出了手。

封不山忙將地圖遞了過去。「小妮子，怎麼了？」

「我找到一個標記，只是位置和印記都比較模糊了，我比對一下。」崔景蕙伸手指了指旁邊樹幹上的一個刻印，然後打開地圖，比對了一下。再次確認了方向之後，又將地圖還給了封不山。「應該沒錯，江伯上次來也是幾年前了，樹年年長，位置不同也是可能的。咱們快要到了，往這邊走。」

崔景蕙說的不遠，也確實不遠，兩人繼續走了不到一刻鐘的時間，就來到了地圖上所標記的位置。

一個斜坡處，雜亂地攀爬著一些灌木，突出的岩石邊上，還滴答滴答地往下掉著水珠。

「封老，到了！您看您要找什麼？需要我幫忙嗎？」崔景蕙讓開點位置，然後朝灌木叢的位置指了指。

封不山看了下地圖，也確定了這就是自己要找的地方，頓時一喜，收了地圖。「對，就是這兒了！」然後取下自己的包袱，攤開在地上，露出裡面的幾個小瓷瓶，還有小鐵鍬、小鐮子，都是封不山用來採藥常用的工具。「小妮子，先把這些個撒在這旁邊，這樣就不會招來野獸了。」封不山將瓷瓶全部都挑了出來，遞給了崔景蕙。

崔景蕙點了點頭，接過瓷瓶，就去灑藥粉了。

封不山辨認了一會兒，確認了何首烏所在的位置，清理了旁邊的雜草和灌木後，便開始動手挖了起來。

封不山交給崔景蕙的瓷瓶，崔景蕙留了一瓶沒有動，其他的便依著封不山的吩咐，圍著這一塊地撒了一個圈兒。殺人是殺人，她可不想到時候血腥味傳出去，招引來野獸。

崔景蕙並沒有走很遠，等她做完這些事之後，便轉身往封不山所在的位置走去。

只是，有時候，事情總是這樣的出人意料。崔景蕙走到一半的時候，忽然發現居然還有人在這兒！就在離封不山蹲下的身影不遠處，一個滿臉絡腮鬍的矮瘦漢子，正背對著封不山，站在那裡撒尿。

崔景蕙看那人的打扮，就知道是屬於大別山營地裡那一夥的人，一時間，崔景蕙的心思飛快地轉動起來。

喊還是不喊？借刀殺人的話，自己能不能打得過這人還是個未知數，畢竟上次，那可是在晚上，她占了先機。

她不知道這人為什麼會出現在這裡，但是有一點她可以確定，她只要喊出了聲音，那人絕對會將自己和封不山滅口，以保全秘密。

*那人要走了！*崔景蕙看到那人抖了兩下，腦子裡忽然閃過這個念頭。

不能等了，大不了拚個魚死網破！

「封老，小心，有人！」

崔景蕙的聲音，讓原本蹲在地上專心挖地的封不山立即回頭，而不遠處原本正要走開的矮瘦男子，亦是往這邊望來，三人皆看到了對方。

正如崔景蕙所預料的那般，矮瘦男子瞬間目露凶光，直接拔開擋在面前的枝藤，就向最近的封不山衝了過去。或許在他眼裡，瘦弱單薄的崔景蕙根本不會給他構成任何的威脅。

「封老，快跑！」崔景蕙喊了一句，甚至還跌跌撞撞地往封不山那邊趕去，只是路還沒走幾步，崔景蕙便裝作被絆了一下，直接跪到了地上。而就這麼一會兒工夫，那人已經衝到了封不山的面前，直接掄起拳頭就往封不山頭上砸去。

封不山自然不可能就這樣被人得手，他直接抓了一把泥土，往矮瘦男子面前一揚，然後伸手拿起鐵鍬就往那人掄過來的拳頭上砸去。

那人直接揚起另一隻手擋在眼前，生受了封不山的一鏟子，手臂上傳來的痛楚讓矮瘦男子瞬間怒火中燒，完全不顧自己的傷勢，直接一撲，將封不山壓到了地上，兩人頓時撕扯成一團。

封不山雖然保養有方，但終究比不得年輕人，不過翻滾了幾次，便被男子壓在地上，然後掐住了脖子。

「你不能殺我！我是封神醫，我有皇帝親賜的權杖！」封不山被掐得臉都紅了，他掙扎著從懷裡抽出鑲玉的黃金牌子，卻沒想到那人根本就不理會這個。

「今兒個，就算你是天王老子，你也必須死！」矮瘦的男子看也不看封不山手裡的權杖，他們一幫人窩在這山坳裡，幹的就是叛國的勾當，封不山不提皇帝還好，這一提皇帝，在矮瘦男子心中，封不山已是必死無疑。

而沒人注意到的崔景蕙，這會兒也是算準了時間，朝矮瘦男子撲了過去，之前蹲下時就已經取出來的匕首，直接就往矮瘦男子身上扎去。

矮瘦男子根本就想不到，這看起來瘦弱的崔景蕙，身上居然還帶了利器，本以為只是拳頭砸在身上，所以矮瘦男子根本就沒有理會崔景蕙的撲勢，以至於讓崔景蕙一匕首直接插進了肩膀裡。利器插進肉裡所帶來的痛楚，讓矮瘦男子瞬間就轉了身，他鬆了封不山的脖子，然後一把握住崔景蕙想要抽出匕首的手，往崔景蕙推去。

崔景蕙的一隻手掙脫不掉，這個時候再去荷包裡面拿刻刀也是來不及了，索性直接抽了挽髮的髮釵，插進了矮瘦男子的左眼裡。

「啊！」矮瘦男子發出一聲痛呼，下意識裡放開了崔景蕙的手，等崔景蕙的手退回去之後，他一把握住肩頭的匕首，直接拔了出來，就往崔景蕙身上刺去！

崔景蕙根本就躲閃不及，手臂上被劃出了一道長長的痕跡。

身後荊棘藤蔓遍布，但崔景蕙這會兒哪裡還顧得上刺扎在肉裡痛不痛？她狼狽不堪地後退著，躲閃著矮瘦男子襲來的匕首，只不過是幾個呼吸間的工夫，崔景蕙身上、胳膊上已經被劃了三、四道口子了，溢出的鮮血將她身上素色的衣裳染開了花。

矮瘦男子看著崔景蕙倉皇逃避的模樣，表情獰笑。就在他以為崔景蕙根本就逃不出他的手掌心時，崔景蕙手裡不知何時多了一個開了口的瓷瓶。

當矮瘦男子在崔景蕙的胳膊上又留下一道傷痕的時候，崔景蕙手中揚起的粉塵直接對著矮瘦男子剩下的右眼撒了下去。

這次，矮瘦男子沒能躲過，粉塵進入了尚存的那隻眼睛裡，頓時迷花了他的視線，手中的匕首揮舞起來也沒了章法。

崔景蕙貓著腰，手忙腳亂地從荷包裡抓了刻刀出來，想也不想，直接側身朝矮瘦男子撞了過去，然後手下絲毫沒有半點遲疑地將刻刀插進了矮瘦男子的太陽穴裡。

矮瘦男子還在揮舞的動作頓時一滯，然後「砰」的一聲栽到了地上。

崔景蕙喘著粗氣，看著躺在地上、紅著眼睛、死不瞑目的矮瘦男子，再看看因為之前得到了解脫，已經倉皇往樹林中逃離的封不山，嘴角滑出一絲冷笑。她忍著身上的痛楚，彎腰從矮瘦男子還沒僵化的手裡抽出匕首，然後步履蹣跚地往封不山逃竄的方向追去。

「封老，人已經被我解決掉了，沒事了！」

崔景蕙喊一句，封不山果然回了頭。他看崔景蕙獨身一人追了上來，後面不見那黑面煞神，原本驚慌失措的表情終於稍稍褪去了一些，心有餘悸地站在那裡等了一會兒，始終未看到那個突然殺出來的男子再出現，這才往崔景蕙的位置移了過去。

等看到崔景蕙的衣服被刀劃得殘破，身上到處血跡斑斑，他這才想起，這都是崔景蕙為了救自己而受的傷，可自己卻在崔景蕙將匪徒引開之後，不但沒有上前幫忙，反而獨自逃離。

封不山頓時有些不好意思地看著崔景蕙。「小妮子，妳放心，有老夫在，老夫絕對不會讓妳身上留下一個疤的。」

崔景蕙根本就不在乎這個，她身上的傷看著是恐怖得很，也疼得很，但都只是皮外傷而已。「封老，現在不是說這個的時候，您趕緊挖了藥材，我們得趕快走，我怕他還有同夥。」

聽到還有同夥，封不山臉上的表情頓時一變，倒是走得比崔景蕙還要快了。「對對對！我這就去！」

等回到何首烏所在的下坡處，封不山看到矮瘦男子的屍體時，望向崔景蕙的眼神又是一變。這看起來純善無比的小妮子，下起手來還真是狠毒。

他打定了主意，等他回了村子之後，定要離崔景蕙遠遠的！

只是，他卻沒想到，他永遠沒有這個機會了。

就在封不山蹲下來要繼續挖何首烏的時候，崔景蕙站在封不山身後，直接亮出匕首，一匕首插進了封不山的後心窩裡。

「妳?!妳……為什麼？」封不山只感覺胸口一陣錐心的痛楚，他一屁股坐在地上，不敢置信地回頭望著崔景蕙，不明白她為什麼會向自己動手。

「十一年前，安顏那女人曾給你去信一封，讓你元宵的時候去接一個孩子，你還記得嗎？」

「妳識得安顏？十一年前……妳是那個孩子？妳怎麼會活著？」崔景蕙一提，封不山便想起來了，他說怎麼越來越覺得崔景蕙面善，原來她就是十一年前那個被安顏遺棄的孩子！只是，她不是死了嗎？

「老天看不過眼，所以讓我活了過來，讓我有了報仇的機會。」崔景蕙一臉快意地看著封不山已經痛到沒有半點風度的模樣。

「不，不對，妳不可能知道安顏給老夫去信的事，妳也不該認識我！」封不山卻是根本就不相信，他不相信崔景蕙會知道安顏給自己去信的事。

「那是因為你們已經得逞過一次了，而我被你生生製成了藥人！是閻王看我太可憐了，讓我從地獄裡爬了回來，找你們這對狗男女報仇！你就放心地去吧，很快地那個女人就會下去陪你，到時候你們這對狗男女就可以在地獄相會了，你應該感謝我的。」

封不山還想再說什麼，只可惜崔景蕙根本就沒有給他這個機會，她伸手握住匕首，從封不山的後心窩裡抽了出來。

看著封不山的眼睛漸漸失去了神采，然後軟倒在了地上，崔景蕙這時候心裡沒有半點害怕，有的只有快意。她轉身將矮瘦男子的屍體直接拖到了離封不山不遠的地方，然後將匕首塞進了那人手裡，接著抽出插入矮瘦男子太陽穴的刻刀，再拔出封不山頭上用來固定髮冠的髮釵，將髮釵就著矮瘦男子太陽穴處的傷口插了進去。

崔景蕙將帶血的刻刀收入懷中，這才沒有任何猶豫地轉身，朝原路準備折返回去。她不敢停留，那矮瘦男子能來這裡，就說明他的同夥肯定也不會離太遠，只要察覺到矮瘦男子遲遲沒有回去，那邊的人肯定會找了過來。

能解決掉一個已經是萬幸了，崔景蕙可沒有任何把握能在另一個人手裡逃生。而且，來的也不可能只有一個。

所以，崔景蕙當機立斷，忍著身上的痛意，帶著滿心的暢快，直接小跑著離去。

只是，崔景蕙沒有想到，這個時候，通往大別山的山道上，江大夫領著姜尚還有數十個侍衛模樣的人，正往大別山裡而來。

等崔景蕙一路來到大別山周邊的時候，姜尚一行人也到了。

「江伯，麻煩您領路了！」一向吊兒郎當的姜尚，此時多了幾分沈穩，他皺著眉頭，看著眼前鬱鬱蔥蔥的樹林，心裡卻是在暗自祈禱封神醫和那小妮子千萬別出事。他其實一早就接到了封不山的訊息，只是中間出了點事，他去了祁陽一趟，昨天才趕回了安鄉。今日一早，天微明，他便已經帶人騎馬過來，卻沒想到，封不山竟然和小妮子兩人就這麼進山了。這封不山要是出了點事，只怕他們整個姜家都要交代在裡面了，所以，他能不急嗎？

只是，有些時候，明明最怕什麼，卻偏偏來什麼。

就在江大夫欲領著姜尚進入大別山的時候，崔景蕙拖著滿身的血汗，跌跌撞撞地闖進了眾人的視線裡。

「是大妮姑娘！」納福率先喊出了聲音。

而姜尚更是直接奔過去，一把將踉踉蹌蹌的崔景蕙扶住。

「別……別管我，封老還在大別山裡！」崔景蕙只看了姜尚一眼，便一臉焦急地將姜尚推開，自己卻是身形不穩地跌坐在地上。

「大妮，這是怎麼了？」江大夫忙上前將崔景蕙扶住，一臉急切地問道。

「大別山裡有人，是軍營的人！我和封老已經到了地圖上標註的位置，可是忽然出現一個人，二話不說就要殺我們滅口，封老為了救我，拖住了那人，我才……別問了，快去找封老，你們快去……」崔景蕙完全就是一副不顧自己受傷的模樣，只是好不容易將話說完，她直接眼神渙散地向江大夫倒了去。

「怎麼辦？」江大夫一時間陷入了兩難之境，崔景蕙傷得不輕，若是現在得不到救治的話，會十分危險。可崔景蕙所說的那個地方，現在只有他知道，如果他沒有帶路的話，姜尚根本就沒有辦法找到地圖所指的位置。

「你們兩個，將這姑娘送回去，納福你也跟著去，讓春蓮那丫頭給這小妮子處理傷口。江伯，您領我們過去，要快，我們沒有時間了。」姜尚深吸了一口氣，瞬間作出了決定。

「少爺放心，我一定會跟好大妮姑娘的！」

「納福，你回去之後，去叫石頭。石頭跟我學過幾年，你叫上他。」江大夫待納福應下之後，又囑咐了一句。

「江伯，小的知道了！」納福一臉鄭重地點了點頭，跟著抬起崔景蕙的兩名侍衛，小跑著往村裡而去。

「江伯，我們走！」姜尚也不敢耽擱，讓一個侍衛揹了江大夫，一行人直接衝進了大別山裡。

第八十七章　賊喊抓賊

等兩個侍衛將滿身血汙的崔景蕙抬回屋子之後，還不等納福去叫春蓮，早已聞訊趕到的春蓮看到崔景蕙慘白著一張臉，渾身血汙、不省人事的樣子，頓時嚇得摀住了嘴巴。

「怎麼會這樣？昨天不是還好好的嗎？怎麼變成現在這個樣子了？」

「這事一會兒說不清，我去拿封神醫的藥箱子，他箱子裡應該有可以治療外傷的藥。」現在救人要緊，所以納福直接說了一聲，招呼了一個侍衛，就跑去了江大夫的藥廬。其他的人都不認識路，他必須先將人領到藥廬，拿了藥箱，然後再去找石頭。

春蓮看著崔景蕙滿身血糊糊的樣子，一時間方寸大亂。

「姑娘，我去燒水，妳先將這位姑娘的傷口清理一下。」

還是留下的那位侍衛提醒了春蓮一句，春蓮這才清醒過來。等那人出了房間之後，春蓮趕忙將門關上，走到炕邊，哆嗦著一雙手去解崔景蕙的衣服。

一道、兩道……五道，崔景蕙的胳膊上、身上，共有五道三尺寬的傷口，此刻正汩汩地往外淌著鮮血，看得春蓮眼淚直接刷刷地往下掉。

她只接生過，沒處理過傷口，這可怎麼辦呀！

正當崔景蕙手足無措的時候，門口忽然響起了一陣叩門聲。

「姑娘，藥箱子來了！」

春蓮趕忙用被子將崔景蕙蓋上，這才小跑著過去，開了一條門縫，將藥箱接了進來。回到炕邊，春蓮將藥箱打開，看著裡面的瓶瓶罐罐，再度發起愁來。這麼多，哪一個才是止血的？

「春兒，拿左邊二排第三個！」

崔景蕙的聲音突然響起，讓春蓮頓時回了頭。「大妮，妳醒來了！」

「嗯。先拿藥，我傷口痛。」崔景蕙自然不會告訴春蓮，她從一開始就是醒著的，裝暈只是不想洩漏太多而已。當時要是多說幾句，露了破綻，到時候可就脫不了干係了，畢竟她可是殺了兩個人。

「好，我這就給妳上藥！」春蓮聽到崔景蕙說痛，也不敢耽擱，直接照著崔景蕙的吩咐，給她上了藥。「然後怎麼辦？」

「炕頭的箱子裡有布條，幫我把傷處裹好就行了。」

春蓮放下藥，然後跑到炕頭，打開箱子，果然看到了一捆布條。春蓮也來不及想崔景蕙這兒為什麼會有布條，急忙拿了，將崔景蕙身上的傷處一一包紮妥當。

「春兒，妳在裡面嗎？需要我幫忙嗎？」

春蓮正忙活著，卻聽到門外再度傳來了聲音，只是這次是石頭。

春蓮還沒有開口回應，崔景蕙便先吩咐了起來。

「春兒，掀開我腳邊的蓆子，那裡有之前封老給我開的藥，妳拿去給石頭，讓他去江伯的藥廬裡抓上一帖藥。跟石頭說，再加點安神的藥在裡面。」

「嗯，我這就告訴石頭。」崔景蕙的吩咐，頓時讓春蓮有了主心骨一樣，她打開了一條門縫，將崔景蕙的話告訴了石頭。

一番折騰下來，崔景蕙吃完安神的藥之後便沈沈地睡下了。

春蓮因為不放心崔景蕙，便一直守在炕邊上。

姜尚一行人，在大別山中一路狂行，等到了崔景蕙所說的位置，自然也看到了封不山的屍體，還有六、七個一直窩在大別山裡、見矮瘦男子遲遲不回而前來查看情況的人。

沒有半點語言的交流，兩隊人馬一對上，便是極其有默契的彼此廝殺起來，瞬間便陷入了混戰之中。

姜尚這邊占有人數的優勢，但對方的人卻是軍中精銳，久經沙場，動起手來絲毫不留活口。而且戰鬥一開始，便有人暗自撤回，想是去尋找幫手，欲將姜尚一行人全部葬送於此。

姜尚也不是傻的，當機立斷，拉了江源就往來路狂奔，絲毫不敢有半分停留。「劉宇，你帶人斷後！江伯跟我走！」那小妮子說得沒錯，這夥人就是軍營裡的！雖然不知道他們為什麼會出現在這窮鄉僻壤，可是照著他們一動手就要滅口的行徑來看，自是所圖不小。所以，他絕不能將性命葬送於此。

所幸對方的人也是多有顧慮，姜尚在折損了幾位墊後的侍從後，總算安全出了大別山。留下了幾個人留守大河村後，姜尚便帶著其他的人直接回了縣城。他雖然不知道這夥軍營裡的人藏在大別山裡究竟是為了什麼，但他可以肯定的是，這裡面一定藏著一個天大的陰謀！他得趕緊回去，找祖父拿個章程才行。

「江伯，那小妮子就暫且託付於您照應了，我會盡早帶人過來。」臨走之前，姜尚不放心地給江大夫留了一句話，這才縱馬而去。

江大夫也是被剛剛的場面嚇到了，這大別山更是一刻也不敢留，隨著留下的幾人，一併回了村子。

這一切，崔景蕙都不知道。等她幽幽地醒來，已經是第二天早上了。她眨了幾下眼睛，這才注意到，離自己炕邊不遠處，崔景蘭正坐在那裡，垂著頭繡著一件男款的外衫。

「蘭姊，妳怎麼來了？」

「大妮，妳醒了？有沒有哪裡不舒服？需要我叫江伯來嗎？」聽到崔景蕙虛弱而略顯沙啞的聲音，崔景蘭一臉驚喜地抬起了頭，將手中的衣裳擱下，忙走到崔景蕙的床邊。

「就是傷口有點疼，其他沒什麼事。蘭姊，妳都快要訂親了，不應該來的。」崔景蕙倒也沒有自不量力地起身，她看著崔景蘭，微微扯了下嘴唇。崔景蘭能來她自是極其高興的，但是這個時候，怕是會惹人忌諱。

「說什麼呢！咱們可是姊妹，妳都傷成這樣了，我能不來看妳嗎？」崔景蘭才不管這些呢！天曉得，她知道崔景蕙受了重傷的消息時，嚇得魂都快掉了，待聽了江大夫說崔景蕙沒什麼大事之後，這才稍稍安心下來。但是放崔景蕙一個人在屋裡，她自然是極不放心的，所以便和春蓮二人商量了，春蓮守上半夜，她守下半夜。「都睡了快一天一夜了，餓急了吧？我給妳熬了點粥，妳等著，我就去給妳拿。」

粥是崔景蘭之前就已經煮好的，這個時候也只需端過來，不用費太大的工夫。

崔景蕙本來是想自己吃的，但是崔景蘭一再堅持，說她手上有傷，硬是餵了她一碗粥。

崔景蕙吃完粥之後，又躺著和崔景蘭說了一會兒話，喝了一次藥，便再度歇下了。

就在崔景蕙歇下沒多久，姜尚領著一隊近二百人的士卒，再度出現在大河村裡，原本就有些人心惶惶的村民看到這陣仗，更是嚇得紛紛閉了門戶。

姜尚領著人，也沒在大河村停留，便直接帶人衝進了大別山。也算是姜尚的運氣，在大別山裡和欲撤退的尋寶人撞了個正著，一番廝殺之後，姜尚這邊以人數的優勢，留下了對方近二十人。

至於崔景蕙所看到的近百人，或許是因為已經提前撤退的原因，所以姜尚一行並沒有撞見。

但姜尚他們也不能說是沒有半點收穫，在解決完對方留下的二十來人時，他們還繳獲了三箱鐵礦，以及封不山和其他幾人的屍體。

「少爺，這個應該就是殺死封老的人。」姜尚帶來的人倒是有點本事，一番查探之後，便將之前刺傷封不山的那具屍體尋了出來。

「都統大人，可認得此人？」姜尚看著那具矮瘦男子的屍體，轉而問向了身邊的都統。

「不曾認識！你們幾個可見過？」都統擰著眉頭，直接走到屍體旁邊查看了一番，轉而問向了身後的幾人。

「都統，下官認識！此人乃屬順王治下營地斥候，下官曾與其共事過，是斥候裡的中高手。」

居然還真有人認識這矮瘦男子！只是此人的話一出，都統不由得又皺了下眉頭。

「姜公子，本官記得，順王殿下曾有一營軍士剿匪失蹤，不知與此人是否有關聯？」只是此地距離順王封地有千里之遙，若真是順王的人，那確實是值得重視。

「此事與封神醫有關，勞請都統交由我姜家處理。」封不山算是在他們姜家出的事，此事若是處理不好的話，只怕他姜家再無翻身的餘地了。

「那就煩勞姜公子了。」既然姜尚願意攬過去，都統自然願意做個順水人情。如今陛下早已老邁，各方藩王蠢蠢欲動，一不小心就會成為某一方勢力爭鬥下的炮灰；他可是好不容易才爬到如今的位置，可不想這官就這麼當到頭了。都統也不想再繼續糾結這個問題，轉而問道：「我聽說當時還有一個姑娘在，她是這村裡的嗎？」

「是這個村的。都統要是願意的話，我可以領你過去問問。」姜尚這個時候其實也有一肚子問題想要問崔景蕙，只是之前情況緊急，而且崔景蕙又是昏迷狀態，所以才沒來得及問。

「走，咱們去看看。」都統點了點頭，然後率先出了院子，姜尚趕緊幾步，走到前面，為都統帶路。

姜尚他們到的時候，崔景蕙還在睡，姜尚雖然認識村裡幾個人，但崔景蘭卻是不認識的，所以看到崔景蘭坐在崔景蕙的院子裡，下意識裡愣了一下，身形側移，攔在了都統前面，擋住眾人望向崔景蘭的視線。「姑娘，妳是？」

「我是大妮的堂姊。大妮剛睡下了，你們要是有事的話，能不能等大妮醒來再問？」崔景蘭看到四、五個男人湧進了屋子，自是怕得很，頭也垂得低低的，手指緊緊地拽著衣襟，可是為了崔景蕙，卻還是忍著心裡的驚懼，據理力爭。

「姑娘，此事事關重大，還請麻煩姑娘喚醒大妮。」若是平常，姜尚自是願意等，可是現在急的不只是自己一個人，他自然不可能因此而退讓，惹得別人笑話。

「這樣啊……」崔景蘭咬了咬下唇，遲疑地抬頭瞅了姜尚一眼，這才伸手推了推崔景蕙。「大妮、大妮，醒醒，有人找妳。」

崔景蕙並沒有睡得太沈，所以崔景蘭不過是喚了一句，她便睜開了眼睛。恍惚地看著屋裡的五、六個大男人，崔景蕙下意識就望向了崔景蘭。「蘭姊，妳回去。」

「我留下來陪妳。」說實話，崔景蘭此時其實是巴不得離開了，但是若放崔景蕙一個人面對一屋子男人，那大妮以後出去還怎麼見人呢？所以她咬了咬牙堅持著。

「蘭姊，回去！」崔景蕙才不管崔景蘭想的是什麼，她只知道，蘭姊馬上就要訂親了，在此之前，絕對不能有任何有礙蘭姊名聲的謠言傳出去。

「大妮，我……」崔景蘭還想再堅持一下。

「聽話，這件事我能處理。」崔景蕙斬釘截鐵地說著，不給崔景蘭任何反駁的機會。

雖說崔景蘭是堂姊，可是她卻對崔景蕙的話生不出任何反駁的情緒來。所以，崔景蘭也只好收拾了東西，離開這裡。「那我晌午的時候再過來。」

崔景蕙一直注視著蘭姊出去，然後慢慢地蹭坐了起來，挪到了炕壁邊上，靠著牆壁坐下，這才將視線投在了姜尚身上。「來的都是客，但恕小女如今行走不便，不能下床待客，姜公子和你帶來的客人就隨意坐吧！」

「這小妮子夠味！」都統聽到崔景蕙這不冷不熱的話，愣了一下，調侃了一句，倒也隨便，抓了條凳子就在桌子邊坐了下來，還自己拿了個茶杯倒起白水喝。「你們也別傻愣著，都聽這小妮子的，坐！」

「是，都統。」這官最大的都坐了，剩下的人也沒了矯情的勁兒了，都自己選了位置坐下。

「無事不登三寶殿，姜公子，說吧，來找我什麼事？」崔景蕙才不管人家官大不大，算算，她都弄死三人了。俗話說得好，赤腳的不怕穿鞋的，她這事要麼就搗得死死的，日子照常過；要麼就捅出去，死個一了百了。但是死之前，只要讓她弄死那個叫安顏的女人，她也就心滿意足了。

「封老死了，妳知道嗎？」姜尚看著一臉冷淡無比的崔景蕙，眼中閃過一絲無奈。

封不山本就是死在自己手裡的，崔景蕙怎麼可能不知道？可是做戲也要做全套，因此在姜尚說出這話的時候，崔景蕙原本的表情瞬間愣住，搭在被子上的手一緊，臉上隨即現出一抹蒼白無力，聲音也是緩和了幾分。「我猜到了……我很抱歉。」

崔景蕙的一番小動作，自然被姜尚看在了眼裡，不由得嘆了口氣，語氣也是緩和了幾分。「能跟我說說事情的經過嗎？」

「從哪裡說起？」崔景蕙也沒有抗拒這個問題，畢竟，她謀的事已經成了大半，她不能在這時候露了破綻。

「都說一遍吧！」姜尚要問的太多，索性讓崔景蕙全部都說了。

崔景蕙便將事情從封不山邀請自己去大別山的那一日開始說起，等說到大別山的時候，崔景蕙從「自己救下快要被掐死的封不山，然後受傷嚴重」這裡開始稍作調整。她沒有說封不山棄自己而逃的事，反而說封不山看自己快要被那人殺死，故而拖住那人，讓自己快跑，這才自個兒遭了難。說到最後，更是一副唏噓不已的表情。

姜尚聽完崔景蕙的話之後，沈思了一會兒，這才開口問道：「妳怎麼知道那人是軍中的人？還有，若是本公子沒有看錯的話，那屍體左眼中插入的髮釵是妳的吧？」

「三爺曾在軍中服役過，我聽他說過一些軍中的習慣，也看過他在軍中的招式，所以才知道。至於那支髮釵，自然是我的。若不是封神醫箝制住了那賊人，我也沒辦法傷到那賊人，有了逃脫的機會。」崔景蕙一點都不慌張地將原本想好的藉口說了出去。如今人都死了，死無對證，不管她怎麼說，姜尚都不可能找到證據的。而且這個時代根本就不可能出現什麼驗證指紋的東西，所以他們根本就發現不了，那把匕首也是她的。「姜公子，還有什麼要問的，一塊兒問了吧，不然下次，我可就沒這個好性子再回答你的問題了。」

「小妮子，妳怎麼敢一個人上大別山？」都統別有趣味地看著崔景蕙明顯對姜尚一臉嫌棄的表情，忽然開口問了句。

崔景蕙微微地垂了頭，沈默了一下，這才傳出了這麼一句話來。「這人啊，都沒條活路了，難道還會怕死嗎？」

聽了崔景蕙這麼一句，都統忽然就沒了興致。他伸手一拍大腿，然後站了起來，就往門外走去。「行了，該問的都問完了，別打擾人家小姑娘養傷了！姜公子，咱們走吧！去大別山轉上一圈來？」

「都聽大人的。」姜尚也沒什麼要再問的了，他苦笑著看了一眼垂著頭、不願理會自己的崔景蕙，然後跟了上去。

等到他出了門，再次回頭的時候，依舊看見崔景蕙孤零零的一個人坐在炕邊上，單薄的身形、低垂的頭，讓姜尚感覺，就如同一幅蕭瑟的畫一樣。

姜尚這模樣，自然是被都統看在了眼裡。直至走出了老遠，都統這才問道：「我看那小妮子對你這堂堂姜公子可是半點都沒有好臉色，難道是你得罪了人家小妮子了？」

「她爹是因為我們姜家的原因而過世的，所以一直以來，對本公子都有點偏見。」對於這個，姜尚也是有些無奈。他都解釋了無數次了，可是崔景蕙那小妮子卻是對他半點改觀都沒有。

「原來如此！」都統頓時露出一絲了然的表情，也沒有繼續再揭姜尚的傷疤。

第八十八章　村裡遭殃

姜尚一行，在大河村裡又逗留了兩天，將大別山翻了個遍，再也沒看到一個人影，這才拖著三、四十具屍體，離開大河村。

大河村頓時籠罩在一片驚恐之中，有膽兒小的，在姜尚他們離開那日便拖家帶口，暫時離開了大河村，以期避過此次風頭。有了帶頭的人，村裡其他人自然也是有樣學樣了。不過短短幾天工夫，村子裡的人便已經走了大半，只留下些個膽子大的，還有因為上了年紀不願離開村裡的。

原本該是農人一年最忙活、最熱鬧的時候，就因為出了這樣的岔子，整個大河村都顯得寂寥了起來。

崔景蕙的傷沒有好，春蓮本來是不想走的，只是在崔景蕙的勸說下，還是離開了村子，去到外婆家小住。

崔老漢一家倒是沒有走，畢竟訂親也就這幾天的事了。崔景蘭跟崔景蕙說了，等到時候去縣裡之後，她爹打算帶著他們幾個在縣裡待上一段時間，順便找個活計，要是可以的話，就租個院子，讓元元以後就在縣裡的私學上學了。

而剛叔因為應了崔濟安的事，所以便打算十五號的時候和崔濟安一家一起去到縣城裡，崔景蕙自然是沒有異議。

只是，誰都沒想到，八月十五，崔家人滿懷興奮地在縣裡的第一個夜裡，遠在石頭嶺的大河村卻出大事了。

夜裡，當大河村內僅剩的幾戶人家都陷入沈睡之中時，從大別山方向穿出了三個黑影，黑影沿著山路直接到了大河村裡。

崔獵戶家為了避難，院子裡自然是沒人住的，三人頓時撲了個空。一路下來，下一戶，便是崔老漢家了。家中唯有周氏一人留守屋裡，黑影撬開了崔家的門，直接就進到正屋裡，周氏在床上睡得死死的，連聲音都沒發出一絲，便被黑影直接割了喉嚨，再無生機。

三個黑影直接沿路而下，一個一個屋子的穿去，僅剩的大河村村民根本就沒有人反應過來，直至三人到了齊大山家裡，正要解決掉齊麟時，卻被夜起查看齊麟情況的齊嬸撞了個正著。

「殺人了！殺人了！」齊嬸看著齊麟屋內突然多出的三個黑衣人，愣了一下，眼看黑衣人手中的刀就要往齊麟身上戳去，急得直接就將手中的燈扔了過去，然後扭頭大喊了起來。

尖銳的聲音，頓時驚醒了大河村的人，原本還在沈睡的村民猛然驚嚇了起來。

齊大山別看老實巴交的，可是服過兵役的，他聽到自己媳婦的聲音後，直接一骨碌就從床上跳了起來，隨手抄起一把鋤頭就往齊麟屋裡衝撞了過去。

齊大山救得了媳婦，卻救不了兒子，就在他將齊嬸拖回自己身後的時候，原本扎向齊麟的刀子再度壓下，直接將欲要驚醒的齊麟扎了個對穿！

「齊齊！我要跟你拚命！」看到自己寶貝了快二十年的兒子就這麼死在了前面，齊婞如何受得了？直接撲著就往黑衣人面前撓去！幸好齊大山終究沒有失了理智，他一把拖住齊婞就往外跑。

而此時，已經有好幾個村民拿著鋤具衝了過來。

三個黑衣人追出來的時候，一看村民們都聚集過來，便生出了逃跑的念頭。

只是，原本就擔驚受怕了好幾日的村民，這個時候怎麼可能會放過他們？即便他們久經生死，可是在村民的怒火之下，直接一頓鋤頭、耙頭，將三個人敲在地上，起不來身。

要不是慶伯出面，只怕挾憤的村民會將這三人活活打死。

將三人捆綁嚴實了，關進了宗祠裡，義憤填膺的村民這時候哪裡還睡得著？舉著火把，順著上山的道兒，一家一家的往上摸去，越走心裡卻是越怕，從齊大山家到崔老漢家的距離，原本留在村裡的四戶人家，竟是無一活口，盡數被殺害在屋內。

眾人沈默著，幫忙拆了門板，從自家拿來家裡老人事先備好的壽衣，給遇害的村人換上，然後將屍體都擱在了門板上。

原本的憤慨，在這一瞬間都化為了驚慌失措，無力應對。

齊家院子裡，留在村裡的江大夫被齊大山揹了過來，只可惜，江大夫連脈都沒把，直接就搖了搖頭。「沒氣了，準備後事吧！」

「不！江大夫，您再看看！我兒子只是受了點傷，江大夫，只要治治就好了！我有錢的，對，我還有人參！只要吃了人參，我家齊齊就一定會醒來的！」齊嬸身上也被刀劃了幾道口子，可是這會兒，她哪裡還顧得上自己？一下就跪在了江大夫的腳邊，然後哀求著。提到人參的時候，絕望的臉上頓時浮現一絲希望，她手腳並爬地衝到了自己臥房裡，然後開始翻箱倒櫃了起來。家裡的那根人參，上次給了崔景蕙一半，現在還剩一半。她兒子受傷了，只要吃了人參，一定就會沒事的！

「大山，還請節哀。」江大夫嘆了口氣，然後伸手拍了拍一臉木然的齊大山，越過他的身側，出了屋子。

走出了老遠，江大夫依然還能聽到後面齊家嬸子呼喚著兒子，不肯相信兒子已死的聲音。

唉，這是造的什麼孽呀！江大夫搖了搖頭，一股無力感頓時湧上了心頭。

村裡一下子死了十來個人，這不管擱哪兒都是一件大案，而且這匪徒凶煞得很，因此以慶伯為首的村裡幾個長輩當下一合計後，直接遣了榔頭和虎子，去到鎮上將此事通報給村長。

村長知道這事之後，哪裡還有心思睡得下去了？當下便與二人租了一輛驢車，連夜趕往縣裡，打算等城門一開，便直奔知縣衙門，將此事告與知縣。

不過是一日工夫，便是縣城裡也傳得沸沸揚揚，一時間眾說紛紜，各種版本都有。

崔家一行自然也得到了消息，這下哪裡還坐得住？幸好崔景蘭的訂婚宴已經在上午舉行了儀式，崔景蕙將團團留在橋嬸那兒，其他人那是半點也不敢耽擱地往大河村趕了回去。路終究還是有點遠，崔濟安替了剛叔一段路，緊趕慢趕，這才終於在第二天日出前趕回了村裡。

來不及向剛叔道謝，崔濟安一進村口，就直接從驢車上跳了下來，撒開腳丫子往山上奔去。

崔老漢雖說上了年紀，腿腳沒有崔濟安索利，可是這個當口，也不知他從哪裡生出的氣力，緊隨在崔濟安之後，佝僂著身形奔去。

崔景蕙在其後謝過剛叔，便由著崔景蘭扶下了驢車。顛簸了一路，倒是扯得她傷口有些痛了，看到張氏一副想走又不敢走的為難模樣，崔景蕙便提了一句嘴。「伯娘，您帶元元先走，我和蘭姊隨後就到。」

「那好，蘭子妳領著大妮慢點，娘先回去看看。」既然崔景蕙都說了，張氏招呼了崔景蘭一聲，便提著大包小包和崔元生先走了。

上山的路，說遠不遠，說近倒也不算太近，等到崔景蕙姊妹兩個去到崔老漢院子的時候，這還沒上坡呢，便聽到堂屋那邊傳來一陣嗚嗚咽咽的聲音。

兩姊妹下意識裡對視了一眼，頓時有了不祥的猜測。

「咱們進去吧！」崔景蘭苦笑了一下，下意識裡只覺得喉頭有些發緊，就連揣著崔景蕙的手，也無意識間收了收。

果不其然，等崔景蕙和崔景蘭進到了堂屋裡的時候，一口棺材已經架在了兩條長凳上，兩行燭淚順著燭身滴落在了棺材前面的桌子上。

早先回來的崔濟安此時跌坐在地上，正拿著袖子抹著眼淚；崔老漢則沈默地站在棺材邊上，佝僂著腦袋，伸手扶著棺木；張氏拉著元元，站在桌子前乾嚎著；還有一個村裡老人正杵著枴杖，坐在堂屋靠門的一張竹椅上，和崔老漢還帶了點親戚關係，想來是村長安排給周氏守夜的，畢竟之前屋裡也沒其他人了。

「牛爺，辛苦您老人家了。這是晚輩的一點心意，就收下吧！」崔景蕙鬆了崔景蘭的手，從荷包裡倒出二十來個銅板，走到老人的身邊，將錢遞進了老人的手裡，算是謝謝他一日的幫忙。

只是，任崔景蕙怎麼也想不到的是，牛爺抬起渾濁的眼睛瞅了一眼崔景蕙之後，看也不看崔景蕙遞到面前的銅板，直接一把就將崔景蕙的手掃到一邊，然後拿起杵著的枴杖就往崔景蕙的身上打去！

「都是妳這個害人精，我打死妳這個害人精！」

崔景蕙猝不及防之下，被牛爺一棍子直接敲在了胳膊上。胳膊上一處原本已經結痂的傷口再度受到了重創，片刻間，鮮血就從傷口溢出，然後浸透了夏衫，顯現出來，痛得崔景蕙後退了好幾步，這才險險地避開了牛爺接下來的棍子。

只是，牛爺這會兒恨透了崔景蕙，怎麼可能善罷干休？他舉起柺杖，直接朝崔景蕙衝了過去，勢要將崔景蕙打個頭破血流，這才甘心。

但這會兒，其他人已經反應過來了，又怎麼可能任由牛爺再打到崔景蕙的身上？

崔濟安直接衝到牛爺的前面，一把扯住牛爺的柺杖，還帶著哭腔的奇怪音調響起。「牛叔，您幹什麼？」

另一邊，崔景蘭亦是護在了崔景蕙的身前，一邊警戒地看著牛爺。

「別攔我，我要打死她！就是她養了個害人精，連帶著咱們村都不安寧了！你給我讓開，讓我打死了這個害人精，那個小害人精也就活不了！我這是在給村裡除害！」

牛爺畢竟是上了年紀，力氣怎麼敵得過崔濟安？他死命地抽了兩下，卻是沒能將柺杖抽出，索性撕開臉面來，對著崔景蕙就是一頓訓斥。

原來如此！聽到牛爺的話，崔景蕙的臉上頓時一沈，這還有什麼不明白的？這些人還是死揪著團團是剋門星的事不放，即便有大師的批命在，可這些人卻還是要把子虛烏有的事推到團團的身上，明明這件事和團團一點關係都沒有！

崔景蕙忽然覺得有些厭了，甚至是有些噁心這些在她看來極度愚蠢的事。她沒有再理會牛爺的叫囂，而是一臉漠然地轉身，準備離去。

「臭婊子，妳不准走！心虛了吧？都是因為你們這一家子倒楣鬼、喪門星，咱們村裡才會丟了十三條人命，妳就該以死謝罪！臭婊子，妳給我回來！」

崔景蘭扭頭看到崔景蕙要走，忙擔心地寬慰道：「大妮，妳別聽他的，他都是亂說的，我們都知道這不關妳和團團——」

只是，這個時候，崔景蕙什麼都不想再聽了。「蘭姊，別說了，我先回去了。」崔景蕙說完之後，將所有聲音都拋到腦後，直接離開了崔家的院子。

崔景蘭表情複雜地看著崔景蕙離去的背影，想叫，但是聽著耳邊不堪入目的辱罵聲，崔景蘭卻怎麼都叫不出來了。

崔景蕙回到自己的屋子，她坐在炕邊，只覺心煩意亂得很。她這一坐，便直接坐到了上午，要不是外面突然傳來嘈雜聲，崔景蕙還沈浸在自己的思緒中無法自拔。

「妳個喪門星，我知道妳在裡面，快滾出來！」

「崔景蕙，妳個缺德的！妳害咱們村裡死了這麼多人，妳她娘的快出來，不讓我就拆了妳的屋子！」

「啪啪！」

「砰砰……」

各種辱罵的聲音交雜在一起，倒是讓崔景蕙有些聽不真切了。崔景蕙坐在炕邊上，漠然地看著自家的門窗被外面的人用石頭砸得砰砰直響。

她沒有動，也沒有開腔，彷彿這一切都和自己沒多大的關係一樣。

只是，她不回應，並不代表外面的人會善罷甘休。崔景蕙的不作為，反而助長了外面的人囂張的氣焰。

一些個早就對崔景蕙懷恨在心、心中嫉妒的人，眼看逼迫不出崔景蕙，一合計，直接拿鋤頭的拿鋤頭、拿柴刀的拿柴刀、拿梯子的拿梯子，還真打算將崔三爺這座院子給拆了。

也有於心不忍的，看這陣仗，偷偷地上崔老漢家給崔濟安報了信。

這崔濟安得知後，如何還待得下去？穿著的孝衣也來不及褪，直接就往三爺的院子裡趕。

張氏怕崔濟安吃了虧，便使崔元生在後面跟著，囑咐要是出了事，就去找村長。

等到崔濟安跑到崔三爺院子的時候，鬧事的村裡人已經架著梯子，直接上了梁，打算揭瓦了！

崔濟安如何能任由他們將三爺的屋子給拆了？嘴裡喊著就直接往梯子上爬，想要將已經爬到梁上的人扯下來。

但崔濟安就一個人，這樣的行為無異於螳臂擋車，這才爬了兩階梯子，就被別人給扯了下來，直接甩在了地上。

崔濟安還想掙扎，可是卻被幾個人按得死死的，根本起不了身，只能徒勞地喊著。「這不關大妮的事，你們不能這樣！」

只可惜，他的話在已經憤怒無比的村民心中激不起任何波浪，幾個人直接將崔濟安拖到一旁，撿了根麻繩，將崔濟安綁在樹上。

「都是那個崔大妮害的！要不是她執意帶著那個喪門星住在村裡，咱們村子也不會發生這麼多事！濟子，這事你別管，今天我們非得把這屋子給拆了，把這賤人給弄出來！」確定崔濟安再掀不起什麼浪來，待在地上的人便開始起鬨道：「狗子，砸了！」

已經站在屋頂上的狗子聽到下面的聲音，得意地抽出兩塊瓦片，「乒」地直接扔在了地上，瓦片頓時被摔得四分五裂，下面立即傳來了一陣叫好聲，這也讓狗子摔得更加起勁了。

遠遠地貓在田坎邊上的崔元生看著爹被綁了起來，而那些認識的村人在崔景蕙的院子裡摔著、扔著，再也看不下去了，直接轉身就往大道上跑去，他要去找村長來！

崔景蕙坐在炕邊，抬頭看著被抽了瓦片的地方，陽光透過房梁，映照著翻飛的細微灰塵，照射進屋內。聽著屋外瓦片摔在地上，以及各種叫囂的聲音，她腦中忽然生出一個念頭——

她真的在這個村裡待不下去了。

大河村，這個曾經帶給她無比珍貴的童年，治癒了她上一輩子所缺失的感情的地方，從此往後，只怕再也沒了她和團團的容身之處了。

便是那個小小的、想要在離爹娘最近的地方守完孝的願望，只怕也是無法實現了。

——未完，待續，請看文創風726《硬頸姑娘》4（完）

3月 PUPPY 2 春暖桃花開

Doghouse X PUPPY

揮別友情關係，
終結不確定的曖昧，
我們一起手牽手，
走過寂寞寒冬；
迎向愛情的春天……

NO／539
不當你的甜點情人 著 米琪

關於他風花雪月的耳語那麼多，讓她決定要分手，
因為她不過是他的愛情點心，但她不想只當點心……
誰知事隔多年，他竟然又再次出現，攪亂了她的心！

NO／540
糖水情人 著 辛蕾

她是個愛寫食記的平凡秘書，卻不小心成了知名部落客。
平時低調，不受訪不接邀約，但偏偏卻被飯店少東盯上！
他力邀她試菜，字裡行間充滿誠意，動搖了她的心……

NO／541
帶著走情人 著 夏洛蔓

心裡很愛她，他卻不停地回到她身邊又從她身邊離開，
她也從不要求他永遠留下。但最後不滿足的竟是他自己，
多希望她可以帶著走，多希望可以將她獨占……

NO／542
回收舊情人 著 香奈兒

大學那年的無心插柳，讓杜乙旻邂逅影響他至深的女孩，
她溫婉可人，時常掛著笑臉，他漸漸被她吸引，
只是他的深情陪伴，竟換來她的無情背叛……

3/20 萊爾富 有情人必看 單本49元

2019年2月出版

紅妝攻略

文創風 716～720

前世她嫁得看似風光，卻落得夫妻不睦，最後被丈夫與小三陷害，

這一世她定要避得遠遠的，重新為自己找個出路！

脈脈柔情 寫下生死相許／三石

從侯夫人淪落為流民，又遭夫君與小三聯手害死，
她想，大約是自己的不甘和委屈太深，才換得一個重生機會——
只是怎麼卻回到了六歲那年，母親剛逝，父親一蹶不振，
家裡一團亂，誰會聽個六歲小孩的話呢 ?! 唉，也只得硬著頭皮試試，
反正先把前世那個吞了母親嫁妝的嬤嬤弄走，
再順勢清理父親身邊的通房，免得日後成了姨娘來磋磨自己……
沒想到她頭一次清內宅就上手，卻也引得父親關注，
決定把喪母的女兒送回京城的岳家，圖個大家閨秀的將來；
好吧，她這是聰明反被聰明誤，既然要回去當個國公府的小姐，
不如先裝小裝傻，摸清了外祖的底，她才知道怎麼避過前世的夫家！
畢竟能重活一回，她才不想再跟那些極品親戚們扯上干係，
不過她費心避開了京城的名門世家，怎麼卻多了皇子們圍在身邊呢 ?!

2019年2月出版

烏龍小龍女

文創風 721～722

下凡一遭，她從未想過單純的相夫教子、安於後宅，
她要遊遍天下，享盡天下美食，看遍天下美景！

吃喝玩樂一點通，兒女之情懵懂懂／風白秋

人家是坑爹，袁妧卻是被爹給坑了！
她本在龍宮乖巧的當著花瓶公主，
卻被老爹踹到人間歷練，只給了蝦兵蟹將用的控水術 ?!
如今這境地，怎一個「慘」字了得……
幸好，身為一個小肉團，除了吃食寡淡，生活還是挺愜意，
她只要專心賣萌，吃吃睡睡，時間也就這麼溜了。
抓週那日，她終於等來龍爹指派的保鑣小烏龜，
有個能安心交流的夥伴，她心底總算鬆快許多。
正當她放鬆神經，倚在祖母懷中將要睡去，
未料下一刻她就出了大糗，莫名吹出了個大口水泡，
還吹破在前來打招呼的世孫——趙澹那精緻的臉上。
這口水泡招來的世孫哥哥對她挺好，時常來看望她，
就是命不太好，平日爹不疼、娘不愛，
每回來訪，總是羨慕地看著她家溫馨的氣氛。
唉！天將大任於斯人也，這小可憐，就由她這個小可愛來哄唄～～

硬頸姑娘 3

國家圖書館出版品預行編目資料

硬頸姑娘 / 鹿鳴著. --
初版. -- 臺北市 : 狗屋, 2019.03
冊 ; 公分. --（文創風）
ISBN 978-986-328-974-6（第3冊：平裝）. --

857.7　　108000571

著作者　鹿鳴
編輯　黃淑珍
校對　林慧琪　周貝桂
發行所　狗屋出版社有限公司
地址　台北市104中山區龍江路71巷15號1樓
電話　02-2776-5889～0
發行字號　局版台業字845號
法律顧問　蕭雄淋律師
總經銷　知遠文化事業有限公司
電話　02-2664-8800
初版　2019年3月
國際書碼　ISBN-13　978-986-328-974-6

本著作物由廣州阿里巴巴文學信息技術有限公司授權出版

定價250元
狗屋劃撥帳號：19001626
網址：love.doghouse.com.tw　E-mail：love@doghouse.com.tw